Blacklip Shell Earrings

Kairi Sunamura

黒蝶貝のピアス

砂村かいり

東京創元社

目　次

黒蝶貝のピアス

邂逅

汗のしずくが顎の下で数秒留まり、ぽたりと落ちた。

暑さの質には種類がある。顎の先に流れ落ちて溜まった汗を折り畳んだハンカチで拭きとりながら、環（たまき）は思う。

煮えるような暑さ。溶けるような暑さ。焼け焦げるような暑さ。今日はじっくりと蒸されるような暑さだ。せいろに入れられた中華まんになった気分を味わいながら、環は首すじの汗を拭う。拭きとるそばから新しい汗の粒が吹きだしてくる。ハンカチにはもう、乾いた部分の面積はほとんど残されていない。

斜めに流してヘアスプレーで固めた前髪は既に崩れ、ハンカチの届かない脇や胸の谷間にも次次に汗の粒が生まれては流れてゆく。背骨に沿って滝のようにだくだくと流れ落ち、ワイシャツの背中を湿らせる。

まだ梅雨（つゆ）時なのに、埼玉はなんて容赦（ようしゃ）なく暑いのだろう。少し前まで住んでいた東京とは質そのものが違う暑さだ。

クローゼットの奥から取り出して数年ぶりに袖を通そうとしたリクルートスーツには黴（かび）が生えていて、環は就職活動用にスーツを新調した。無難にチャコールグレーを選んだけれど、似合っているのかどうか自分ではわからない。「環はなんでも似合う」という母の言葉は本心ではあるのかもしれないが、客観性に欠け参考にならない。母は昔からいつだって手放しで環を褒めるのだ。

　平日昼間のＪＲ埼京線には就職活動中と思われる大学生がちらほら乗っていて、彼らこそ「本物の就活生」だと環には思えた。二十五歳になろうとしている自分が大学生に擬態しているかのような居心地の悪さが、胸の中をもぞもぞと這いまわった。

　しかし、そんな思いをするのも今日で終わる。終わらせたい。

　商業施設を見渡せる大宮駅のペデストリアンデッキで、環は深呼吸した。逆立ちしたおたまじゃくしのようなモニュメントの脇にある石のベンチに、鳥の糞を気にしながら腰かける。黒い合皮の鞄から天然水のペットボトルを取り出すと、その表面にはびっしりと水滴が浮かんでいた。口紅が落ちないよう飲み口に唇をごく軽く触れさせて、まだ冷たさを保っている水を呷った。喉を鳴らして飲みたい勢いだけれど、面接中に尿意が兆したら面倒なのでひと口に留めた。

　目的地をいま一度確認すべく、夏の陽射しにうなじと耳たぶを焼かれながらスマートフォンを取り出す。亨輔から「面接がんばれ！」というＬＩＮＥが届いている。親指を突きたてたウサギのキャラクターのスタンプを選んで送信する。自信もないくせにとっさにポジティブなスタンプを選んでしまったことへの言いわけのように「当たって砕けてきまーす」と付け足し、既読の文字が現れるのを待たずに側面のモニター電源をぷちりとＯＦＦにする。

　ＪＲ大宮駅西口から徒歩九分。百貨店の裏側に回りこんだあたりに立ち並ぶ数軒の雑居ビルのひとつが、今日の目的地だ。環の自宅の最寄駅である武蔵浦和からは五駅しか離れておらず、快速なら七〜八分、各駅停車でも十二分程度で着いてしまう。

　皮算用をするのは愚かかもしれないけれど——目的を持って歩く人たちを見つめながら環は思

考をめぐらせる。大宮で働けることになったら、自宅から下り列車で通えるので、通勤ラッシュとは無縁の生活が待っている。職場のスタッフは女性だけというから、セクハラの類はまず起こりえない。あんな思いは、もうしなくていい。あくまで受かったらの話だけれど。

それに、大宮駅前のエリアは自分にとってもことさら思い入れの強い場所なのだ。立ち並ぶ商業施設を、環はペデストリアンデッキから見下ろす。レコード販売店の入ったビルの一階入口前に簡易ステージを設置し、音響機材を運びこんでいる黒い作業着のスタッフが数人見える。そのスペースは子どもの頃の記憶よりひとまわり小さく見えた。かつてここで自分の感性を揺さぶったあの時間を思うと、感傷が爪先から這い上ってくる。

あの口コミが、もし本当ならば。あまりメジャーでない口コミサイトに書かれていた情報を、環は胸の中で反芻(はんすう)する。

『サディスティック・バタフライのアゲハは現在、イラストレーターのNARIとして活動中。大宮でイラストの会社を起こしている』

もしそれが彼女ならば、今からわたしは再会を果たすことになる――

「すみませえん」

思考を分断したのは見知らぬ男の声だった。ひと回りほど年上らしいその男が首から下げている一眼レフカメラに、環は暑さも忘れてしゃきんと背筋を伸ばした。

しかし、彼の視線は環を素通りして歩行中の別の女性に向けられている。デニム素材のホットパンツから伸びるすらりとした両脚がまぶしい、自分と同じ年頃の女性。

「すみませえん、美少女クロックっていうんですけどお」

環は小さく息を呑んだ。

声をかけられた女性は初めて男を一瞥する。大げさな身振りで何やら説明をする男を見つめたあと、ペデストリアンデッキをともに歩いてゆくのを環は黙って見ていた。数分後、「22:53」と書かれたパネルを持ってまんざらでもなさそうにポージングする女性は男のカメラのフラッシュを浴びていた。

口の中に苦いものが広がってゆくのを感じながら、環はのろのろと立ち上がる。

そう、面接。人生を変えるかもしれない面接を受けるために今、ここにいる。わかっているのに、一度ブレた思考はぐるぐると回りだす。

美少女クロックなら知っている。主に男性ユーザーをターゲットにしたスマートフォン用のアプリだ。一分ごとに待ち受け画面が切り替わり、きれいな女性の写真が時刻を知らせてくれる。プロの芸能人やモデルではなく、一般人を使っているのがウケていると聞いているけれど、こんなふうに街角で被写体をキャッチしている現場は初めて見た。

あの男は、環を値踏みすらしなかった。

◆

「なんか今日、アンニュイな顔してる」

船橋に言われて、菜里子は意味なく顔の輪郭を撫でた。

「そうかな」

「うん。なんか物憂げでそそられる。面接にイケメンでも来た？」

軽口を瞬きで受け流して、恋人のマグカップにコーヒーを注ぎ足す。長年の付き合いなので、おかわりをほしがっているかどうかは確認せずとも空気でわかる。

この男が先に出勤したら、手早く食器を片づけて、ぱぱっと化粧して。頭の中でこのあとの順序を追いながら、自分も二杯目のコーヒーを口にする。淹れたてよりもやや酸味を増した液体が喉を通過したとき、これから一緒に働くことになる若い女性の、面接にやってきたときの様子が思いだされた。

町川環(まちかわ)といった。経営学部出身、前職はメーカーの事務。見るからに健やかな長い手足が印象的だった。両親の愛情をたっぷり受けて育ったのであろう、栄養の行き渡った肌や髪がきらめいていた。猛暑の中やってきて、汗ばんだ前髪をしきりに撫でつけながら、なぜ「アトリエＮＡＲＩ」で働きたいか熱弁していた。

——蝶をモチーフにした御社のロゴに、昔大好きだったアイドルユニットを思いだしまして。そこから既存の作品を拝見したらもう、全部全部好きで。

あれを聞いたとき一瞬ぎくりとしたことは、気づかれてはいないはずだ。いや、気づかれたところで別段どうということもない。話せばいいだけだ、あの日々のことを。

「ううん、女の子。なんか熱量がすごくてね」

「ふーん。いくつの子？」

「二十四。来月で二十五だって」

「若いねえ。滴(したた)るような若さだね」

「本人はそうは思ってないみたい。新卒の人たちに負けないくらい頑張りますから！　ってアピールしてた」

「そういうところが若いんだよねえ」

ぱりり。船橋がバゲットに歯を立てる音が響く。パンの表面にこってりと塗りつけられたマーガリンは、油彩画のマチエールを思わせた。バターナイフとペインティングナイフを入れ替えることは、菜里子がたびたび耽る想像のひとつだ。

お互い働いているのに、なんならそれぞれ経営者の立場にあるのに、平日の夜も当然のように泊まってゆく男。癖のある前髪がひとすじ垂れ、柔らかな陰影を作りだしている。

平日の昼は時間の節約のためにデスクでパンを齧って済ませることが多いから、朝はできるだけご飯にしたいのにな。リズムが狂っちゃうんだよな。心の中だけで文句を言う。

子どものように乳製品を好むこの男が頻繁に出入りするせいで、菜里子の冷蔵庫にはバターやマーガリン、チーズやヨーグルトが常備されるようになった。そのせいか前よりも少し体重が増え、そのぶん肌の調子はよくなったように感じている。

「――その子、いつから来るの?」

「今日から」

正直、若い人たちのことはよくわからない。そもそも他人と深く関わることが菜里子はあまり得意ではない。それでも、よくわからない人ほど新たな色彩をもたらしてくれるような予感がする。会社にも、自分にも。

発散するエネルギーはすごいのに、どこか自信のなさそうだった町川環をもう一度瞼の裏に浮かべる。あの、他人の衣装を着て演じている役者のような彼女の素顔を見てみたいと菜里子は思ったのだ。

「えーところで、また近々うちで個展やりませんか?」

カフェのオーナーのくせにプライベートではコーヒーを淹れてくれない船橋が、急にビジネス口調になった。近隣に競合店ができたせいか客足が落ちたため、新規顧客の呼び水にしたいという。

「うーん、お金にならないからなあ個展は。やっぱりアナログってコスパ悪いし」

あまり得意ではないアクリル画を十数点展示し、時間も経費もかかった挙句に大赤字で終わった前回の個展を思いだして、菜里子の胸に苦いものが広がる。

「なんでもコスパで考えちゃうのって現代人の悪い癖だよ。そんなんだから文化が衰退するんだよ」

「そうかなあ」

ふたつ年下のこの男は、たびたび会話が説教口調になる。

面倒くさくもあり、愛おしくもあり。のらくらと言葉を交わしているこの関係が嫌いじゃないと、菜里子は自分に確認するように思う。

考えとく、と小さく言って菜里子はテーブルの向かい側に腕を伸ばし、恋人の柔らかな癖毛にそっと触れた。

レースカーテンを閉めたままの窓ガラスに、夏の光がめいっぱい押し寄せている。


金属の蝶のモチーフを指でなぞると、硬質な感触が伝わってくる。

出社して扉を開ける前、〝アトリエＮＡＲＩ〟のロゴが刻まれたプレートをそっとひと撫でするのがささやかな習慣だった。今日もいい仕事ができますように。いいアイディアが湧きますように。抱えている案件が進捗しますように。そんな小さな願いを指先にこめて。

宅配ボックスから取り出した荷物を抱えて室内に一歩入ると、ブラインド越しに注ぎこんだ朝の光が机や床の上に縞模様を作っている。窓の大きな物件を借りてよかった。太陽から清潔な生命力を受け取った気がして、ごく自然に力が漲ってくる。創作意欲と労働意欲の違いは、年々曖昧になってゆくばかりだ。

戸塚菜里子がフリーのイラストレーター・ＮＡＲＩとして出発してから、去年の春できっかり十年が経った。

開業して個人事業主となってからしばらくの間は、ひたすら手探りの日々が続いた。何のコネクションもないフリーランスには、副業をいくつも抱えながら自分ひとりの生活を回すのがやっとだった。あの頃の息苦しさや心細さを、菜里子はいつだって昨日のことのように思いだすことができる。

がむしゃらに手を動かしているうちに転機は訪れた。受注が増え始め、専業になれた喜びを噛みしめるゆとりもないまま、仕事のボリュームや雑務の煩雑さに呑みこまれ溺れそうになった。付随するデザインの仕事も増えて、とうとう人を雇う決心をしたとき、「それだったら、いっそ法人化したほうが早いかもよ？　節税にもなるし」と有益なアドバイスをくれたのは船橋だった。自分の起業の際に世話になったというベンチャーサポート企業を紹介してくれ、その担当者と一緒に菜里子の細々とした不安をひとつずつ取り除いてくれた。

開業から十年となる去年四月に、満を持して会社を立ち上げた。フリーランスのイラストレーター・ＮＡＲＩから、アトリエＮＡＲＩの代表取締役になった。あのときの足元がふわふわする感覚は忘れられないな。朝の光の中でパソコンを起動させ、デスク周りの掃除をしながら菜里子はひとり感傷に浸る。

「あーっ、今日も菜里子さんに先越されちゃったあ」

背後で扉が開き、亜衣の明るい声が壁に小さく反響する。グレーのシャツに黒のタイトスカート。モノクロのコーディネートに赤いフレームの眼鏡がよく映えている。

会社設立にあたり、思いがけず亜衣という優秀なスタッフを獲得できたことは、菜里子の人生における大きな幸運のひとつだった。

転職サイトを利用し、「デザインの基礎知識がある方」と「経理及び庶務総務をお願いできる方」を別個の案件として募集をかけたのだが、面接に現れたのは印刷会社にデザイナーとして在籍していたという亜衣だった。webデザインからDTPデザインまで幅広いスキルと実務経験を持ち、その前の職場では経理部として決算も経験しているという。窺(うかが)い知れる人間性も申し分なかった。役職を付けようとしたら固辞されたため、予定していた額を大幅に超える給与を支給することで自分を納得させることにした。

彼女は文字通り菜里子の右腕となった。おかげで受注できる仕事の幅がぐんと広がり、苦手な数字と向き合う時間も減って快適になったものの、制作に集中するにはもうひとり、細かい雑務をこなしてくれる人間が必要だと最近気がついたのだった。なので、今日から新しいスタッフがやってくる。

「楽しみですね、新しい人」

菜里子の手から掃除道具を奪って他のデスクを拭きながら、亜衣が朗らかに言う。初めての後輩ができることが嬉しいのだろう。その気持ちは自分にも覚えがある。

そうだね、楽しみだね。答えようとしたとき、遠慮がちなノックの音が響いた。

「はあい」

亜衣の声と重なった。扉がキィ、と開(ひら)かれた。

「おは、おはようございますっ」

面接のときと同じスーツをぴしりと着こんだ新人は、扉を後ろ手に閉めて深すぎるほどのお辞儀をした。

「今日からお世話になりますあの、町川と申します」

カジュアルな服装でいいって言ったのに。微笑(ほほえ)みながら、新しい風が吹きこんでくるのを菜里子は感じていた。

本当に小さな会社だった。
雑居ビルの四階に入っているアトリエNARIは、エレベーターが開くと現れる白い扉の奥にある。事務所のメインスペース、環が面接を受けた接客スペース、作業場と備品置き場を兼ねたバックヤードとふたりが呼ぶスペース、あとはささやかな給湯コーナーとトイレという間取り。入口からは見えないバックヤードはさすがに広めにスペースが取られており、社長はアナログで制作するときここにこもるのだという。キャンバスを載せたイーゼルがいくつか置かれていて、遠い昔美術室で嗅(か)いだオイルのにおいがした。
転職前に環が勤めていた電子機器メーカーは、ワンフロアに百以上もの座席があり、設計者たちや管理職のパソコンがずらりと並ぶ圧倒的な光景だった。それに比べたらここは一般家庭のような規模だと環は思う。
「事務所」より「オフィス」と呼ぶのがふさわしい洗練されたその空間は大きな窓に囲まれており、一歩入ると、大宮の街に浮かんでいるような浮遊感を覚えた。いちばん奥に社長でありイラストレーター・NARIである戸塚菜里子の大きなデスクがある。その上にはモニターがふたつ設置され、袖机の上には――おそらくは中にも――資料らしき大量の本や書類が重ね置かれている。

デザイン会社だけあって、管理者のセンスが妥協なく行き渡り、手狭ながらもクリエイターらしいこだわりが随所に感じられた。ぱっきりとしたカラーの書棚に、数字が直接壁に打ちこまれた壁時計。デスクの上のペン立てに至るまでが厳しく選び抜かれたものとひと目でわかった。

毛利(もうり)亜衣と環のデスクは、サイドを社長側にくっつける形で向かい合わせに配置されていた。今までは自分がいなかったわけだから、急遽(きゅうきょ)レイアウト変更をしたのかもしれないと環は想像する。環のデスクも椅子もぴかぴかだったが、パソコンは最新型ではないようだった。中古品かもしれないと当たりをつける。

「とりあえず電話業務から引き継いでいくね」

こめかみに指をあて鬼のような表情でモニターをにらんでいる菜里子をよそに、亜衣が環の席に自分の椅子を運んできて指導してくれる。彼女のつけているフローラル系の香水が鼻をくすぐる。それだけで、ああ大人っぽい、と環は思った。自分の香りというものを、環はまだ見つけていなかった。

背筋をぴんと伸ばした環に、楽にしてね、と亜衣は薄く微笑んで言う。

「かかってきたら、まずはここ押して『お電話ありがとうございます。アトリエＮＡＲＩでございます』」

「はいっ」

「社長いますか～とか、戸塚さんいますか～とか、いきなり名指ししてくる人多いんだけど、菜里子さんが席にいるからってそのまま取り次がないでね。まずは必ず先方のお名前と会社名を聞き取って、いるともいないとも明言せずに『確認いたします、少々お待ちください』って言って保留にして」

「はいっ」

メモするまでもないだろうかと考えつつ、環はポーズとして持参した手帳の余白のメモ欄に書きつけた。

「常連さんっていうか、よくかかってくるのはこれ」

デスクマットに挟んである取引先リストを亜衣は指し示す。その指先はムラなく深紅に塗られており、偏光パールが繊細な光を放った。環は一瞬見惚れてしまう。こういうのがOKな会社って、いいな。

「特にマーカーしてあるところからはほんとにしょっちゅうかかってくるから」

言っているそばから着信があり、思わずぴくりと肩が動く。亜衣がメモパッドとペンを引き寄せながら受話器をとり、「外線」ボタンを押す。菜里子はぴくりとも表情を動かさずにマウスを操作している。

「お電話ありがとうございます。アトリエNARIでご……はい、お世話になっております。ええ、ええ」

受け答えしながら、亜衣はペンを持った右手の人差し指を伸ばして先程のリストの中の一行をとんとん叩いてみせた。アルファベット三文字のそれは会社名のようだ。ピンクの蛍光マーカーが引いてある。受話器からはかすかに男性の声が漏れ聞こえる。

亜衣が保留ボタンを押した。

「菜里子さん、TIAの橋口さんより打ち合わせの日程調整のお電話です」

「もう、メールしてくれたら済むのにね」

いくらか毒を含んだ口調に環は驚き、その驚きを悟られまいと思った。亜衣がすぐさま上司に同調する。

「橋口さん電話好きですよね」

「せっかちなのよあの人」

保留したままとは言え、きわどいやりとりに環はひやひやした。ポッと保留が解除される音がして、菜里子が受話器をとる。ぱりっとした声に切り替え、卓上カレンダーを指先でつまむように持ち上げて、菜里子はにこやかに話している。

器用な人たち。環は胸の中で小さく息を吐いた。

「今のはエージェントさんね」

亜衣がトーンを落として環に囁(ささや)く。

「エージェントさん？」

「イラストエージェント。制作会社とイラストレーターを仲介してくれる業者さん。その先には制作会社さん、その先には広告代理店、その先にクライアントの企業がいるから」

「……え、え、ええっと、すみませんもう一回いいですか」

手帳に忙しくペンを走らせていると、あーいいよいいよメモんなくて、と亜衣が手を振りながら笑った。

「おいおいわかってくるから。案件ごとに全然違うし。ね、菜里子さん」

ちょうど通話を終えた菜里子に亜衣が話しかける。一年と数か月かけてできあがったふたりの呼吸に、早く自分も合わせられるようになりたい。さっきの共犯めいたやりとりを少しうらやましく思っている自分に環は気づく。

そうね、と答えながら、菜里子が今日初めて環と視線を合わせた。どきりとする。

本当は、面接のとき向かい合ってすぐに思ったのだ。絶対に似ている。昔大好きだったアゲハに。いや、でも。

「町川さん、今日お昼って持ってきた?」

「あ、はい、お弁当持ってきました」

「そう、だったらそこの打ち合わせコーナー使ってね。給湯室のお茶とかてきとうに飲んでくれていいから。亜衣さんは外だよね?」

「はい」

「それだったら、それぞれ十二時から昼休憩入ってくれていいからね。私はどうしよっかなあ」

首をこきこき鳴らしながら菜里子は作業に戻る。またパンだけで済ませちゃだめですよ、しっかり食べてくださいね、体が資本なんですから。亜衣が母親のような声がけをしている。

もしかして、昔アイドルやってましたか? いくら小規模な会社とは言え、入社したばかりの人間が社長にそんな質問をぶつけられるはずもなく、環はその問いを飲みこんだ。

電話応対のほかに掃除のしかたや給湯コーナーの使いかたを教わり、スタッフ用のメールアドレスを開設してテストメールを交わしたところでお昼になった。

「打ち合わせコーナー」と呼ばれている接客スペースは、オフィスと仕切られてはいるものの、天井との間には隙間があり声や音はほぼ筒抜けだった。誰もいないのに「失礼します」と言いながら入ると、菜里子がくすりと笑うのがかすかに聞こえた。

初出勤だからと母が作ってくれた弁当を、環は完全にはリラックスできないまま口に運んだ。

時折電話がかかってきて、菜里子が自分で応対する声が聞こえてくる。しっとり甘い声。ねえ、その声で歌っていたんじゃない？　大小さまざまなステージで。

　スペースの端には雑誌用のラックがあり、語学のテキストや医療施設のリーフレット、あまり本を読まない環でもぎりぎり名前を聞いたことのある作家の単行本などが表紙を向けて並べられている。何の関連もなさそうなそれらの共通点は、菜里子がイラストを手掛けていることだ。入社前にネットで調べたとき目にした作品の数々の現物たち。

「すてき」

　ほうれん草入りの卵焼きを奥歯で嚙みしめながら、環は小さくつぶやいた。

　どの作品も使われている色自体はややくすんでいるのに不思議な透明感があり、光と影のバランスが美しい。ドイツ語のテキストに描かれた青い古城のイラストが、とりわけ環の胸を打った。なんという画法なのか正式にはわからないが、水彩画のようだ。美術に造詣（ぞうけい）があるわけではない者にもしっかりと訴求する力が、菜里子のイラストにはあった。

　この人の力になりたい。運命論者ではないけれど、何か大きな力に導かれてここへやってきたような気がしていた。

　水筒の蓋をひねってダイエットティーを注いでいると、テーブルの上でスマートフォンが短く振動した。

『お疲れ～。転職祝いと誕生祝い兼ねちゃうことになって悪いんだけど、ここなんてどうかな？たまちゃん窯（かま）焼きピザ好きだよね』

　亨輔からのＬＩＮＥだった。

　床の上に落ちたパンを「三秒ルール」と言って食べてしまったり、映画に誘ってきたくせに突然行き先を「東京二級河川めぐり」に変更したりするようないいかげんな奴だけれど、誕生日をけっして忘れないことは大きな美点であると環は評価している。

　メッセージに貼られているリンクをタップすると、レストランのホームページに飛んだ。川越のイタリアンレストラン。カジュアルな店構えや手ごろな料金は、社会人のデートより大学生の合コンに向いていそうだ。

　窯焼きピザならなんでもいいわけじゃないんだけど。せっかく川越まで行くならもっとそれらしいお店があるんじゃないの。そんな不満の種を飲みこんで、環はＬＩＮＥに「ありがとう！嬉しい！　ぜひそこで♥」と打ちこむ。

　思い描いていた未来とはずいぶん違う、そう思う一方で環は充足も覚える。誕生日を忘れずにいてくれる人がいるありがたさ。

　谷亭輔は、大学時代に親しくしていた友人の志保の恋人の友人だった。志保はとにかくおせっかいな子で、若者とはすべからく恋人を持つべきものと思っているタイプだった。

　ある日騙し討ちのような形で環は亭輔とカフェでふたりきりにさせられた。志保の顔を立てるためになんとなく付き合い始めてみたところ、思いがけず波長が合い、いつのまにか二年が経とうとしている。志保と当時の恋人は既に破局して久しいというのに。

　パンプスに押しこめた爪先がむくんでいるのを感じ、両足首を床から浮かせてぐるぐると回した。明日から室内履きを持ってこようと心の隅にメモをする。今日の帰り、駅ビルで調達しよう。亜衣の履いていた白いナースサンダルがすてきだったなと思う。

　ああ、すてきなものがいっぱいだ。願わくは自分もすてきと賞賛される側の人間になれたらと思っていたのが、白亜紀くらい遠い過去に思える。他人の生みだす「すてき」のために奉仕するのがわたしの人生、それでいい。美少女クロックのスカウトマンの目になど留まらないのが、わたしなのだ。

　冷たいダイエットティーが胃壁を心地よく滑り落ちてゆく。スマートフォンがまた短く振動し、タップすると親指を立てた熊のスタンプが表示された。


　ビニールの継ぎ目に爪を立て、その破れ目からめりめりと引き裂く。剝き出しになった薄いボール紙をそっと取り外すと、小さなキャンバスが現れた。

「これ……」

　何号サイズというのだろう。横長に描かれたのは緑の草原に座りこんだ小さな女性の後ろ姿だ。白いバケツ帽からこぼれた赤茶色の髪の毛先が肩に散らばっている。年齢も国籍も推測できないが、どことなく漂うよるべない印象に気持ちが引き寄せられる。

「いちいち見入ってたらきりがないよ。でも見ちゃうよね」

　横から亜衣に声をかけられ、自分の手が止まっていたことに気づく。

「すみません、きれいな絵だから……」

「書籍のカバーに使われたイラストの原画だよ。環さんって小説とか読む?」

「……いえ、あんまり」

「あたしもあんまり」

　亜衣はいたずらっぽく笑った。正直に答えてよかったと環は小さく安堵する。教えられた作家の名前は、案の定まったく耳にしたことがなかった。

「今はデジタル作画も多いけど、ＮＡＲＩさんと言えばやっぱり油絵の人だからね」

「そうなんですね」

配達物の梱包を解いて仕分けする作業は、ほぼ毎日発生するらしい。

イラスト・デザイン会社であるアトリエＮＡＲＩには、日々様々な荷物が届く。ブックデザインを手掛けているため出版社からの色校や見本誌がとりわけ多く、納品済み作品の原画の返却もある。梱包を解くたびに、封筒、ビニール、ボール紙、ガムテープなどのごみが大量に出る。それらを分別して廃棄し、適宜シュレッダーにかけ、中身を然るべき場所に収めるという一連の作業はなかなかボリュームのある仕事だった。今までこれをデザイナーで経理担当でもある亜衣がこなしてきたというのはもったいないような話だ。

「この絵はどこに……」

「うーん、これは小さいからバックヤードでいいかな。菜里子さあん、これ奥でいいですか？」

亜衣が声を張り上げて呼びかけると、パソコンに向かっていた菜里子が顔を上げた。集中していた菜里子がふっと顔から緊張を解く瞬間を目にすると、なんだかちょっといいものを見たような気分になる。

「あ、それもう返ってきたんだ」

「ええ。そろそろ原画展が開けちゃいますね」

「えー、お客さん来ないよー」

「なに仰るんですか、来ますって」

「来ないよー、大赤字だよー」

すぐに軽口の叩き合いになるふたりの関係をうらやましく思いながら、環は小さな絵をもう一度見つめた。草原を飛び回る蝶が何羽も描きこまれている。黒い羽を美しく伸ばしたアゲハ蝶が。

午後になると編集者が訪ねてきた。読書家ではない環でも知っている大手出版社の初老の男性だった。予定表には名前しか書かれていなかったので内心慌てている環に、「あれ、新人さんですか?」と笑いかけながら手土産の菓子を渡してくれた。

ＮＡＲＩというクリエイター名義で様々なイラストを描いてきた菜里子だが、会社を起こしてからはどうやらブックデザインの仕事が多くなっているらしいということを環は理解し始めていた。ＮＡＲＩ個人としてイラストだけを担当することもあれば、亜衣と一緒にデザインまで含めて担当することもあるらしい。今回は後者の案件らしく、三人は談笑しながら打ち合わせコーナーへ入ってゆく。冬に出版される実用書のカバーを担当するようだ。

「ごめん、コーヒーお願いしていいかな」

菜里子に囁かれる。言われなくてもそうするつもりだった。はいっと返事をして環は給湯コーナーへ向かう。

コーヒー豆を電動ミルにざらざらと移していると、ひときわ大きな笑い声が聞こえてきた。ふいに疎外感に襲われる。

わたしも「そっち」側になれたらいいのに。一瞬芽生えた思いをすぐに打ち消しながら、抽出されたコーヒーを、来客用のコーヒーカップに注ぐ。

自分に期待するのは、とっくにやめたのだ。

迷った末に、簡単な歓迎会を開くことにした。

船橋のカフェの半分のスペースを貸し切りにしてもらい——そうするまでもなく普段から来客

数はたかが知れたものだったが——、環、亜衣、自分、そこにカフェオーナーの船橋もなんとなく加わるかたちで小さなパーティーを開いた。従業員の就業後の時間を奪うのはどことなく気が引けて、環の初出勤の数日後、午後を臨時休業にして割り当てた。店でいちばん大きな杉無垢材のテーブルは、菜里子のお気に入りだった。

「もうほんと嬉しいです、もうほんとに」

環は船橋の淹れるコーヒーをおいしいおいしいと絶賛し、スイーツに歓声を上げ、よく喋った。喋るだけ喋ってすぐ伏し目がちになるが、またすぐにぱっと顔を上げて喋り始める。元から明るいというより、努力してそうしているとわかるような明るさだった。

本当にコーヒーのおいしさがわかるのかしら。かすかにいじわるな感情が湧くのを菜里子は感じた。上辺（うわべ）だけの言葉を聞くのは好きではない。アプリで美容室を予約するときも毎回「なるべく静かに過ごしたい」にチェックを入れているくらいだ。

「にわかファンですけど、社長のイラストがほんとに好きになっちゃって。イラスト集もLINEスタンプも買いました。雑用でもお手伝いできるなら幸せです、ほんとに」

環は「ほんとに」を連発する。汚れた皿を片づける船橋と目が合った。やっぱり若いな、と表情だけで伝えてくる。

「『戸塚さん』でいいよ」

「え?」

「『社長』じゃなくて、名前で呼んで。去年の春に会社になったばかりで、そんなたいそうな身分じゃないの。待遇だってそんなによくないんだし申し訳ない気分になっちゃう」

「あたしは『菜里子さん』って呼んでますよ」

ブルーベリーのタルトを口に運びながら、亜衣が環に微笑みかけた。赤いフレームの眼鏡が、いつもシンプルな彼女の服装によく映えている。

「そうなんですか？　じゃあわたしもそう呼んじゃおうかなあ」

カジュアルな口調になってきた環が、おもねるような視線をよこす。好きに呼んでいいよと笑いながら、突然垣間見せたその意外なずうずうしささえ計算なのかもしれないと菜里子は考えてしまう。若い子のことは、やっぱりよくわからない。

「でも、こういう会っていいですね。あたしのときは何もなかったですけど」

肩の上できれいに内巻きにされた黒い髪を揺らして、亜衣がいたずらっぽい笑みを向ける。だからごめんって、と菜里子は苦笑いした。だってあの頃私まだ、従業員との距離感をつかみそこねていたのだもの。今だってそうだけど。

ああ、それにしても、部下がふたりになった。その事実はささやかな自尊心を満たし、経営者としての己を奮い立たせてくれる。人を雇うということは、他人の人生を巻きこむということだ。これまで以上にしっかりやらなくては。チーズタルトの鋭角にフォークを突き立てる指に、思わず力がこもる。

高校時代、母親によって創作とはまったく異なる方向に目を向けさせられていた菜里子は、イラストレーターとしてはスロースターターだった。学費を払えば誰でも入れる専門学校に二年間通っただけだ。そんな自分が専業でやってゆけるほど甘い世界ではないと覚悟して飛びこみ、やっとここまで来た。大海原を泳いで泳いで、ようやくたどり着いた島に立っている。

菜里子は数字や機械に強いほうではない。制作のみならず経理も総務も営業も自分ひとりでこなさなければ回らない個人事業主にとって、それは大きなハンデだった。イラストに集中したいのに帳簿のつけかたに頭を悩ませる時間をとられるのが苦痛で仕方なかった。納期と会計作業との板挟みになり、確定申告のたびに胃をきりきりさせた。Illustrator や Photoshop を人並みに使いこなすのがやっとで、簡単なホームページを自作することもままならず、外部委託にリソースを割くゆとりもなかった。

そもそも、作者が思いのままに描く一般的な絵画とは異なり、イラストとはビジネス目的で描くものである。わかっていたはずなのに、クライアントありきの制作ばかりの日々は想像以上に苦しかった。心動かされるままに描くという本来の楽しさを見失いつつもあった。

めげそうになっていた開業三年目、女性ファッション誌で連載された恋愛小説の扉絵を描く仕事を受けたのを機に潮目（しおめ）が変わった。連載時から好評だった絵は小説家本人にもいたく気に入られ、書籍化した際には装画を担当した。その書籍が電車の吊り広告やＳＮＳで多くの人の目をとらえ、大きな案件が舞いこんでくるようになり、戸塚菜里子は新進気鋭のイラストレーターとして少しずつ注目されるようになった。

書籍と縁ができたことを機にブックデザインを学び、本文組みと呼ばれる書籍の文字組みまでできるようになると、出版社の雑誌編集者たちにも重宝されておもしろいほど仕事の話が舞いこむようになった。

宣伝と受注と納品をひたすら繰り返す日々が始まった。時代に取り残されないよう、デジタル作画のスキルを磨き、ＤＴＰと呼ばれる版下データ作りもなんとか覚えこんだ頃には、宣伝している時間さえもとれなくなってきた。継続して発注してくれるクライアントが増え、しかも大口顧客が多かったため収益は大きく跳ね上がった。

デザイン関係の仕事が増え、本業のイラストに集中できないばかりか身の回りのことにすら手が回らなくなり、菜里子は人を雇う決心をした。フリーのデザイナーに手伝ってもらえばずっとうまく回るようになるのではないかと思い至るとそこから気持ちが動かなくなり、転職サイトに求人広告を出した。そこに現れたのが毛利亜衣だった。

専門学校でデザインを学んでから就職したという亜衣は、会社組織のしがらみが嫌になったと語っていたが、知識も技術も経験も豊富でＤＴＰソフトウエアから会計ソフトまで使いこなす優秀ぶりだった。自分より六つ年下の三十歳だが、感性は充分に若く、彼女の意見やアイディアはイラスト制作の大きなヒントになる。そのセンスと仕事ぶりに、菜里子は全幅の信頼を置いていた。もし彼女がいなければ、法人化にはもっと困難が伴ったことだろう。

「亜衣さんってお酒は好きですか？　わたしはカクテルとかワインとか好きです」

環は亜衣に対してもさっそく下の名前で呼び始めた。

「そうなんだ。あたしはビール、ただただビールひとすじなの。甘いお酒はだめで」

「えー、ビールもおいしいですよね！」

環と亜衣のはしゃいだ声が店内に響き合う。こんな瞬間を自分が作りだしたのだと思うと、胸がくすぐったいような気分になった。

比較的歳の近いふたりが仲良くやってくれたら、会社にとっても喜ばしいことだ。スタッフとべたべたした関係を築く気はないけれど、息のつまるような職場にはしたくないという思いがある。

環がトイレに立ったとき、亜衣が顔を寄せてきた。

「ええと、あのことは伏せておくってことでよかったんですよね？」

「まあそうだね……とりあえずはそれで」

冷めたカプチーノの泡を飲みこんで、菜里子は歯切れの悪い返事をする。それについてはまだ、自分のスタンスを決めかねているところがあった。

デザイン会社の社長であるイラストレーターが元ローカルアイドルだからといって、特に何か仕事に影響することもないだろう。新人に知られたからって、別にどうということもない。けれど、できることなら今はまだ伏せておきたかった。弾けるように若い環を見ていると、好ましく思う一方で古傷が痛む。それに、あれほど密度の高い日々のことを共有する相手は、この世にほんのちょっぴりでいい。

胸の奥に鍵のかかった卵形のカプセルがあり、その中に昔の自分が眠っている。それは、今でも母親に無遠慮に観察されている気がする。

笑顔を貼りつけた環がこちらに戻ってくるのを視界にとらえ、菜里子は口の端をゆったりと引き上げた。


環はよく仕事をした。

新人らしい熱心さ、新人らしい気遣い、新人らしい勘違いや空回り。そうしたすべてを菜里子は新鮮に感じた。亜衣の入社のときは拍子抜けするくらいクールでスマートだったから。

前職は大きな電子機器メーカーで事務全般をしていたと環は言っていた。配属の関係で二年間東京に住んでいたものの、今年退職して実家のあるさいたま市に戻ってきたという。会社と同じＪＲ埼京線沿いから通えるという点は、交通費を全額支給する経営者としても正直ありがたい。

面接時、履歴書を見ながら遠慮がちに退職理由をたずねると、環は瞳を曇らせた。「ちょっとひとことでは難しいんですけど……社員の男性と折り合いをつけることができませんでした」という答えに、だいぶデリケートな話かもしれないと察し、菜里子はそれ以上踏みこむことをしなかった。

　そもそも、退職理由を訊くというのは面接官としてあまり好ましくなかったかもしれない。近年では、応募者への質問として愛読書をたずねるということも行うべきではないとされているようだ。思想や信条に軽率に触れる質問であるかららしい。

　納期の迫っている案件のせいもあって、環の入社初日からしばらくの間は亜衣に教育を任せたが、その後は菜里子も自ら頼みたいことを伝え、覚えこんでもらうようにしていた。飲みこみは早いし熱意は伝わるのだが、「はい」「わかりました」を言うタイミングが早すぎるように思えて気になった。

「郵送してほしい書類はこのトレイにまとめてあるから」

「はいっ」

「切手はここね。このスケールで重さはかっ」

「はいっ」

「……ってね」

「わかりましたっ」

　ずいぶん前のめりだ。やる気のある有能な新人と印象づけたいのだろうか、予想の斜め上からの質問も多い。

「あの、画材屋さんでもし、値引きになってる画材とかがあったら、お電話入れてお知らせしたらいいですか?」

「えっ?　あ……ああ、うーん、めったに値引きとかってないし、とりあえずお願いしたものだけおつかいしてくれたらいいから」

「はいっ、『とりあえずお願いされたものだけ』ですねっ」

そこまではきはき復唱されると少々やりにくい。もっとリラックスしてくれたらいいのに。呼びかたも結局「社長」「戸塚さん」「菜里子さん」と行き来して定まらない。自分はそんなに緊張感を与える存在だろうか。せっかく開いた歓迎会で、もっと腹を割った話でもすればよかっただろうか。

それでも、環のおかげでだいぶ制作に集中できるようになった。

ここ数年、思いがけず取引先が増え、打ち合わせと制作と納期までのやりとりだけで手一杯になった。苦手だった経理処理は確定申告も含めてすべて亜衣に丸投げし、作品のデジタル加工や業者とのやりとりも一部任せるようになって、いったんは嘘のように楽になった。

けれど亜衣があまりに有能すぎて、ちょっとした雑用を頼むのが心苦しくなっていた。webデザインやweb言語に精通し、ホームページまで作ってくれる亜衣に「ちょっと絵筆洗っておいてくれるかな」などとは頼みづらい。とりわけ納期直前は神経質になることを自覚している菜里子にとって、本当に身の回りの雑務を担ってくれるスタッフが必要だったのだ。

油彩画や水彩画を描くとき、専用のアトリエを持たない菜里子はバックヤードにこもって作業することになる。一度集中すると、動くことがひどく億劫（おっくう）になる。デジタル制作がメインになってきているためうっかり画材を切らしそうになることも多く、絵具一本からおつかいに行ってくれる環の存在はありがたかった。

銀行から戻ってきた亜衣に環を任せて、菜里子はバックヤードに移動した。ロッカーから取り出した白衣に袖を通すと、さっとクリエイターモードに切り替わる。作業台に画材を並べながら心を整えてゆく。今週中に仕上げたい油彩画があった。

キャンバスに最初の色を置く瞬間は、いつだって贅沢な気分を味わう。けれど、その気分に浸っていられる時間は日ごとに短くなってゆく。納期がいつも頭にちらついている。依頼者の指示内容も盛りこんで描かなければならない。画材も浪費することはできない。

アナログ作品の依頼は久しぶりだった。小さなアトリエとしてのバックヤードに、オイルのにおいと菜里子の静かな興奮が満ちてゆく。

ハロウィンイベントのポスター用の油彩画を描いてほしいと依頼してきたのは、全国展開している英会話教室を運営するアングリカという企業だった。話を持ってきたのはまだ付き合いの浅い広告代理店の営業担当だったけれど、クライアントに知名度があり要望も具体的だったため、商談はスムーズに進んだ。

使用時期の限定された商品は、季節を先取りして早々と依頼が来る。おかげでしばしば南半球にいるような気分を味わう。ハロウィン関連の受注が落ち着くのを待たずに、クリスマス向けのイラストの依頼が入ってくるだろう。

たまご色の下地を塗りこんだキャンバス。油彩画だけれど、下地はアクリル絵具で作りこんである。油絵具で下地を作ると乾燥に時間がかかる上、コストもかさむ。アクリル絵具は水性なので、厚塗りしてもドライヤーで乾燥を早めることができる。乾燥後は耐水性になるため、上から油絵具を重ねても下地と混ざり合わず、絵具が濁らないという利点もある。いいことづくめだ。

これは中学時代に目をかけてくれた美術部の先輩が教えてくれた方法なのだが、美術界隈で普通に共有されている知識であることを最近知って複雑な気分になった。

下地の乾き具合を確認し、菜里子はとろけるチョコレートのような焦げ茶色の絵具を塗りつけてゆく。イエローオーカーとバーントアンバーを混ぜ合わせ、テレピン油で溶いて、キャンバスに広げる。使いこんだドイツ製のペインティングナイフが、うっとりするほど絶妙にしなる。筆跡が均一にならないよう、わざとムラを作りながら、ランダムに絵具を載せてゆく。そう、塗るというよりは載せてゆく感覚だ。

指にしっくりとなじむ豚毛の平筆に持ち替えて、菜里子はなおも画面を焦げ茶で埋めてゆく。下地をあえて隠しきらず、絵具をわざと掠れさせ、画面に凹凸（おうとつ）を作る。独特のマチエールができあがってゆく。

手を動かせば動かすほど、世界の雑音は遠のいてゆく。気づけば呼吸を忘れている。頭が空っぽになるこの感じが、菜里子は好きだった。自分は孤独になるために絵を描いているのかと思うほどだ。

土台が完成したキャンバスを、菜里子は惚れ惚れと見つめた。モチーフはシンプルにジャックオランタンだけを描くことになっている。ポスターの場合、文字がたくさん重ねられることになるため、情報の読みとりをイラストが邪魔しないようにと、言わずもがなのことをクライアントからも念押しされている。

乾燥を待ちながらリフレッシュしようと、絵具だらけの白衣を脱いで椅子の背にかけた。疲れた脳が、猛烈にコーヒーを欲していた。

油彩絵具で汚れた筆や絵皿をいったん放置することに後ろめたさを覚えながら、手だけ洗ってバックヤードを出る。アトリエＮＡＲＩが入る前、ここは設計事務所だったのだが、その前は小さなエステサロンだったらしい。その頃から水道が複数箇所に引いてあり、給湯コーナーとは別に作業スペースにも流しがあることが、この物件を借りる大きな決め手となった。

事務所に入るなり、亜衣の香水の香りが鼻に飛びこんできた。亜衣について唯一気になることと言えば、ときどき香水がきつすぎることかもしれない。しかし、オイルや絵具の独特のにおいを放つ自分にそれを指摘する権利はないと思っている。

「あ、お疲れさまでーす」

「お疲れさまです」

シンクロするふたりの声に、お疲れさま、と菜里子も返す。

「ちょうどコーヒー淹れようと思ってたんです。菜里子さんも飲みますよね？」

「あ、うん。お願いしたいかな」

亜衣に答えながら、自分の席にどさりと座る。デスクの上に置きっぱなしにしていたスマートフォンの画面には、「ルリ」の名前とメッセージの通知が並んでいる。急ぎではないとわかっている連絡なので触れずにおいた。

「あ、わたし淹れますよ」

環が立ち上がって給湯コーナーへ向かう。その背中をなんとなく見送りながら、自分の制作中に対応した案件について亜衣から引継ぎを受ける。電動ミルが作動するごごごという音とともに、香ばしい香りが漂ってきた。

トレイに三人分のカップとソーサーを載せて、環が歩いてくる。ふと気づいた。環の歩きかたがとてもきれいであることに。まるで訓練されたような、いわゆるモデル歩きに近い足取り。

「えっと、こちらから失礼いたします」

環は菜里子の席を回りこみ、デスクの右側に湯気の立ちのぼるコーヒーを置いた。その新人ウエイトレスのようなぎこちない様子に、少し笑いそうになる。

「ありがとう」

メーラーを立ち上げると、業務メールがびっしりと溜まっていた。件名を見ているだけでわずかに胃もたれがしてくる。ありがたいことに、しばらく暇になりそうにない。もちろん、そうでなければ困るのだけれど。

使いこんだマグカップから、コーヒーを啜り飲む。ああ、と思わず声が出そうになる。他人に淹れてもらったコーヒーは、なぜこんなにおいしいのだろう。

髪をひとつにまとめておけばよかった。小さく悔やみながら毛束を耳にかけると、爪の先がピアスに触れてかちんと鳴った。

ハート形のピアスは、去年のクリスマスに亨輔がくれたものだった。今時中学生でも買うことのできそうなカジュアルブランドのものだけれど、初めてのクリスマスにもらったサハラ砂漠の砂や二十四歳の誕生日にもらった謎の健康器具に比べたら進歩したと言える。今年の誕生日には何を贈ってくれるんだろう。

「まず、これで拭います。こんな感じで」

かぼちゃ色の絵具にまみれた絵筆の先を、菜里子が白い布で包む。そのままごしごしとしごくようにして絵具を拭う。汚れを拭きとるために使うこの布をウエスと呼ぶことを、環はさっき初めて知った。

菜里子の画材に触るのは初めてだった。油彩画の制作の後の、絵筆の洗浄を教わるのだ。オイルのにおいが漂うバックヤードでの距離感はオフィスのそれとは異なり、環は幾重にも緊張していた。

「器具やオイルをなるべく汚さないように、まずはウエスで極力汚れを拭きとります。筆を傷めないようにやさしくね。でもそれなりに力をこめないと汚れは落ちないから」

淡々と喋る様子からは、機嫌の悪さは読みとれない。それでも、自分との間に透明のアクリル板のようなものを置き、その向こうから語りかけられているような気がする。

「はいわか、わかりました」

「やってみて。どれでもいいから」

「え、あ、はい」

作業台の上の汚れた絵筆の中から少し迷って大きめのものを手にとり、その毛先をウエスでそっと包んだ。

「それは豚ね」

「え」

「豚毛。今はそんな色だけど、元は白い毛なの。よーく洗うとわかるよ」

「そうなんですね」

「ちなみにこれは狸」

菜里子は自分の拭っている絵筆を示して言った。

「狸ですか」

思わず復唱する。絵筆の材質についてなど考えたこともなかった。

「うん。テンとかイタチのもあるよ。このへんはナイロンだけど」

「はあ……」

「ある程度汚れが落ちたら、これ」

菜里子がステンレスの容器の蓋を開く。母がキッチンで使うオイルポットのようだと環は思った。中には濁った油がなみなみと入っている。筆洗器（ひっせんき）だと菜里子が説明した。筆洗器に、筆洗油（ひっせんゆ）。聞き慣れない言葉の響きに、メモを取りたい衝動に駆られる。

汚れを拭きとった筆を、菜里子が油の中にとぷんと沈めた。容器の内部には半円形の網が張られており、そこに筆を擦（こす）りつけるようにして洗う。

「毛先を傷めないように、やっぱり力加減にはコツが必要です。柔らかく丁寧にね」

「柔らかく、丁寧に……」

促されて、環も豚毛の筆を油に沈める。教わった通りに、柔らかい手つきで筆を扱う。

筆の油をウエスで丹念に拭い、今度は石鹸（せっけん）で洗う。けっして大きくはない流しの前にふたり並んで立つと、わずかながら環のほうが背が高いことがわかった。

固形石鹸によく擦りつけた筆先を手のひらに押しつけ、くるくると回す。泡と一緒に、落としきれていなかった絵具がじわじわとにじみ出てくる。よく泡立てたあと、念入りに水洗い。それを何度か繰り返すうちに、絵筆の毛先はたしかに本来の白さを現し始めた。

「根元の部分はカスが溜まりやすいから、爪でしごいて丁寧に洗います」

菜里子の爪にマニキュアが塗られていない理由を、環は唐突に理解した。

ああ、なんだか無心になっていく。菜里子もこのスペースでいつも、こんな気分を味わっていたのだろうか。中学校の美術室を思いださせる画材のにおいは、不思議と心を落ち着かせた。

「このへんでいいかな。染みついた汚れはもう仕方ないから」

再びウエスを使い、筆の水分を入念に拭きとる。美容院でシャンプーマッサージやトリートメントを施してもらった後のさっぱりした自分の頭を、思わずイメージした。

手先に集中しすぎて疲れた首を動かすと、おばけかぼちゃと目が合った。ええと、そう、ジャックオランタン。ハロウィンのために顔のくり抜かれたかぼちゃだ。

とてもシンプルな絵なのに、そのタッチは印象的だ。菜里子の内なる炎に触れたような気持ちになる。美術作品を評する言葉を持ち合わせていないことを環は悔しく思った。

「なり……戸塚さんって、高校時代は美術部だったんですか?」

愚問かと思いつつ、何か言わないではいられない気分になって問いかけた。共同作業を成し遂げた後の不思議な開放感が、気を大きくさせていた。

え、と菜里子は気の抜けた声を出した。視線は合っているのに、その目は環をとらえていないように見えた。

「え、あ、いや……やっぱり昔から、油絵とか描かれていたのかなって」

「中学のときは美術部だったよ」

「あ、やっぱりそうなんですね」

「うん。すごくよくしてくれる先輩がいて、美術部展とかもやって、楽しかったな。高校のときは……」

菜里子はゆっくりと瞬き(またた)、言い淀(よど)んだ。

「……忙しくて、部活どころじゃなかったから……」

あっ。環は心の中で息を呑む。菜里子の高校時代の活動に触れる問いかけをしてしまったことに、遅れて気がついた。

「あの、ごめんなさい」

思わず謝罪が口をついて出た。

「どうして謝るの？」

菜里子の顔に浮かんだ不快感は、一瞬で消えた。それでも、その表情は油絵具のように環に染みついた。


極太のストローの中を、黒い球体がゆっくりと上昇してゆく。

暴力的な暑さが続いていた。熊谷では先日、四十一・一度を記録したらしい。それに比べたらこの辺はまだましなのかもしれない。それでも自分の体温ほどはありそうな気温に、汗が次から次へと湧いてくる。アイスミルクティーの冷たさが食道をなぞるように胃に落ちてゆく。弾力のある食感と喉を通り抜ける甘みが環に小さな幸福をもたらす。

突然ブームがやってきたタピオカミルクティーは、環の生活を少しだけ変えた。仕事帰りに大宮の商業ビルでテイクアウトし、武蔵浦和駅に着いてから駅のホームのベンチに座って飲む習慣ができた。カロリーを考えて、夕食の白飯をかなり控えめにすることで調整する。

駅のホームから西の方角に見える小さな富士山を環は気に入っていた。万年雪と言って夏でも消えない雪が富士山にはあるのだと、子どもの頃図鑑で読んで知った。その頂に思いを馳せると、体感温度がわずかながら下がる気がする。電車がまた一本入線し、大量の人間を吐き出しては走り去ってゆく。ホームのエスカレーターに殺到する人たちをぼんやり眺めているうちに、溜めこんでいた疲れが少しずつ癒されてゆく。

昨夜は亨輔と中山道まつりに行ってきた。氷川神社の例大祭に合わせて行われる大きな祭である。神輿(みこし)、山車(だし)、民謡輪踊り、阿波(あわ)踊り、和太鼓。大宮駅東口周辺を中心に行われるオープニングパレードは圧巻だ。

屋台のたこ焼きを分け合い、ひょろ長く成形されたチーズ味のポテトフライを齧り、ラムネを飲んだ。仕事帰りだったため浴衣(ゆかた)を着てこられなかったことを環は悔しく思っていたけれど、浴衣姿の女性客たちより、山車の上で白い狐の面を被り白い長髪を振り乱して踊る山伏(やまぶし)の男に亨輔は夢中だった。笛の音色や太鼓の響きが、まだ耳の内側にやさしく貼りついているような気がする。

環よりふたつ年上の亨輔は、国内外の雑貨を扱うチェーン店「さばく堂」の雇われ店長をしている。

セレクトショップと言うと聞こえはいいが、アジアの独特なお香のにおいが立ちこめた店内にところ狭しとひしめく雑貨や用途のわからない布や安価な衣類たちに、環は何度訪れても馴染むことができずにいる。しかし店のファンは多く、ＳＮＳでもしばしば話題になる。店舗業務は常に忙しく、土日も営業しているため休みは不規則だ。しかも気のいい店長である亨輔はスタッフに請(こ)われるままにシフトを調整し、土日は自ら積極的にシフトに入るため、暦通りに働く環とはなかなかゆっくり会うことができない。今回の祭のような平日夜のイベントはデートのチャンスでもあった。

ひとりの男性と対等に付き合えていることが、どれだけ自分の心に平穏をもたらしているかわからない。たとえ、たまにしか会えなくても。明日の花火大会も一緒に行けたらもっとよかったのだけど。

『町川環様をスカウト　企業からスペシャルオファーが届』

スマートフォンがメールを受信したので片手で操作して確認すると、そんな件名が表示されていた。続きはほぼ間違いなく「届いています」か「届きました」だろう。

「スカウト」に、「オファー」。それらの言葉が放つ甘い響きにときめいたときもあったけれど、実態はただ登録してある条件が求人側の条件とマッチする大量の利用者に一斉送信されているだけであることを、環はもう知っている。

転職サイトに登録したときのメール配信設定をOFFにし忘れていて、就職した今となってはどうでもいいメールがこうして時折届いてしまう。今すぐ解除すればいいのに、そのためにはいったんサイトにログインしなければならないのがひどく億劫だった。パスワードすら思いだせない。いっそブロックしたほうが早いだろうか。通知をタップすらしないまま画面をぼんやり見つめたのち、結局また鞄に放りこんだ。

転職か。もう自分の人生には縁がないものになったと入社当時は思っていたけれど、本当にそうだろうか。

――どうして謝るの？

あの困惑の眼差しが忘れられない。たとえ一瞬でも菜里子にあんな顔をさせてしまったことを思い返すたび、小さく呻いてしまう。彼女の過去についての話題に触れた瞬間に謝ってしまったのは、どう考えても不自然なふるまいだった。

あれ以降は普通のトーンに戻って接してくれているけれど、努力してそうしているように見えるのは気のせいだろうか。この先ずっと、自分はあの場所でうまくやってゆけるのだろうか。

ずずっ。気づけば氷だけになっていた容器の底が、ストローで吸われて大きな音をたてる。いつのまにかホームはほとんど無人になっている。

プラスチックのカップをつかんで環は立ち上がった。タピオカミルクティーはおいしいけれど、最後に必ず残る氷の処分が少し面倒だ。氷を流すためだけに駅のトイレに立ち寄るたび、味の余韻が消えてしまう。

そうだ。

目の前を走る線路に近づいた。上りからも下りからも電車が来ないことを確かめ、カップの中の氷を線路に撒いた。ごくわずかなミルクティーの残りとともに氷は宙を舞い、線路の上にばらばらと落ちた。硬質なもの同士がぶつかり合う音に混じって、熱い鉄の上で氷が瞬時に水に変わるじゅっ、という音がかすかに聞こえた気がした。

入線を告げるアナウンスが流れる。環は線路から下がってエスカレーターを目指した。

自分のばら撒いた氷の上に、電車が滑りこんでくる。なんだかとびきり悪いことをしたような気がした。それなのに胸の中がすうすうと軽くて、ああ、こんな自分もいるんだと環は思った。

つなぐ手が汗でぬるぬるしていた。きっと自分の手汗だ。さりげなく離そうとしたら、より強く握られた。その思いがけない力に、菜里子は戸惑う。

ひゅるるるるるる。白い光が蛇行しながら夜空を上る。まるで空の高みで待つ誰かのもとへ向かうような切実さを感じる動きだ。

どん。破裂音とともに、夜空に大輪の花が咲いた。なんて大きいんだろう。柳の枝のようにだらんと垂れながら消える光の花びら。火薬のにおい。一発ごとに歓声を上げる人々。川面を渡るぬるい夜風。自分は今、夏の真ん中にいるんだという気がしてくる。

「やっぱり三尺玉はいいよなあ。あれって直径六百メートルもあるんだよな」
菜里子の右手をしっかりと握り、顔を上向けたまま船橋が言う。その語尾を搔き消して、また花火が打ち上げられる。一発の破裂により大量の小さな花が飛び散るように開き、まるでたくさんの銀河が生まれたように見えた。ばちばちばちっ。夜空を焼き焦がす音が連続して響き、光の尾がきらめいて散る。歓声がひときわ大きくなる。川の対岸でも三尺玉が続けて打ち上げられ、もはや視線を定めることができない。

荒川（あらかわ）の河川敷は花火の見物客でびっしりと埋め尽くされていた。毎年同時開催される、戸田橋（とだばし）花火大会といたばし花火大会。どんなに忙しくともこれだけは一緒に来よう。初めて一緒に見にきた四年前、船橋に耳元で甘く囁かれた。そうだ、あのときは気合を入れて浴衣を着ていた。白地に琉金（りゅうきん）が泳ぐデザインの浴衣は三十代には少し若すぎたと感じて、クローゼットの奥にしまったきりだ。

道路の渋滞を恐れて車ではなくJR埼京線に乗り、戸田公園駅から歩いた。途中ファミリーレストランに寄り、早めの夕食を胃に落とした。考えることは皆同じのようで、まだ十七時過ぎなのに店内は夕食をとる客で満席だった。コンビニでビールと炭酸飲料を買い、さらに歩いた。戸田橋競艇場方面の一般観覧席が、大会本部席付近の河川敷より空いていることを学んでいた。それでも充分混み合っているが、花火が始まってしまえば気にならなくなるのも例年通りだ。

「あっちはいいにおいするんだろうなあ」
「だろうねえ」
対岸の板橋側ではフードコートの出店するプレミアムゾーンがあるらしく、来るたびに船橋はうらやましがる。それでも「今年は板橋側で見ようか」となったことは一度もない。有料席を確保したこともない。ナイアガラの滝が角度的によく見えなくても平気のようだ。

実際のところどのくらい花火が好きなのだろう、この人は。なんだかよくわからない。頭の中でカラーサークルをぐるぐる回して夜空の色味のＨＥＸ値を考えている自分も大概だけれど。

どん。どん。どどどどどどど。スターマインが打ち上がる。聞いたことのあるようなないような音楽が破裂音とともに耳朶を打つ。歓声が大きくなるたび、河川敷の客に一体感が生まれる。そのどよめきが、ステージの上に立っていた頃の記憶を菜里子に運んできた。

うごめく無数の頭。向けられる熱視線。バックステージの蒸れた汗のにおい。冬のスタジオの床の冷たさ。ちくちくする衣装の肌ざわり。ときどきハウリングするマイク。自分のパートを歌うために吸いこんだ空気の温度。

あのときめきや高揚感を忘れたらおしまいだと思っていた。でも、私は忘れた。手放した。

——戸塚さんって、高校時代は美術部だったんですか？

環の何気ない問いかけに、菜里子の意識は強く引っぱられた。高校時代と聞いただけで湧きあがる、炭酸飲料の泡のように膨大な記憶。そのひとつひとつが菜里子の目の奥で弾ける。

高校時代の部活の話題を自分でふっておきながら、「ごめんなさい」と環は言った。なんなのよ、ごめんなさいって。思い返すと胸の中がもじゃもじゃしてくる。

ビールの缶を持っていないほうの左手で、船橋は菜里子の右手をしっかりと握る。サンダルを履いた素足を蚊に刺された気がするが、片手を拘束されていて確かめることができない。もはやどちらの手汗かわからないほど手のひらはぬめり、どっちでもいいやと菜里子は思う。

これが終わったらぎゅうぎゅう詰めの電車で大宮に帰って、どちらかの自宅へ行ってセックスするのだろう。きっとうちになるだろう。花火に心奪われた顔をしながら、思考はこの後の動きをなぞる。酔うとシャワーも浴びさせてくれずに押し倒す人だから、気をつけないと。さすがにこんな汗だらけの体で抱き合いたくないし。きっと泊まっていくんだろうな。チーズやヨーグルト、残ってたっけ。まあ、なければ買えばいいか。どうせスーパーに寄ってパンを買うことになるんだろうし。

音楽が切り替わる。今度ははっきりと、よく知っている曲が流れてくる。CMでも使われている陽気なサンバだ。主張が強すぎて花火の風情を打ち消しているようにも感じるが、そんなことを気にしている人間はきっとこの河川敷にはいない。空に向かってスマートフォンを突き出すたくさんの腕のシルエットが、闇の中にいくつも浮かび上がる。それぞれの画面の中に夜空を複製した小さな花火が映っている。

「ねえ」

「ん?」

「飲みづらいから離すよ」

草の上でしっかりとつながれた手を軽く揺すり、ようやく解放された手でペットボトルの蓋を開けた。ぷしゅっと音をたててガスが抜け、炭酸飲料が飛び散って菜里子の指先を汚した。慌ててショルダーバッグを探り、ハンカチで拭う。べたつきが肌に残り、わずかに憂鬱(ゆううつ)になる。

蓋を閉めたペットボトルを草の上に置き、再び夜空を見上げた菜里子に船橋が顔を近づけてきた。ビールのにおいの息が耳に吹きかかり、次の瞬間には唇が重ねられた。

「ちょっと」

なに若者みたいなことしてるのよ。抗議の声を上げつつも、悪い気分ではなかった。恋人はもう手を握ろうとはせず、視線を夜空に戻して子どものように歓声を上げている。

周囲の視線が気になってしばらく顔が上げられず、川面に映っているほうの揺らめく花火を見つめた。くるぶしのあたりにちくりと痛みが走り、今度こそ蚊に刺されたことがわかった。

亜衣が珍しく体調を崩して有休をとっていた。これは社長と距離を縮めるチャンスのような気がする。

業務については、既に充分に引継ぎしてもらっていた。癖のあるクライアントからの電話にも対応できるようになってきた。基本的な業務で困ることはほぼなくなりつつあった。

それどころか企画会議に参加させてもらったり、納品前のイラストデータについて感想を求められたりすることもある。アトリエＮＡＲＩの一員と認めてもらえているらしいことが、ただただ嬉しかった。

しかし今日の菜里子はあまり調子が良くなさそうだ。モニターを見つめたまま肘をつき、こめかみに拳をあてて険しい顔をしている。コンペでも入っていただろうか。Googleカレンダーで予定を確認するが、何が菜里子を憂鬱にさせているのか環にはわかりようもなかった。

誰かがぴんと張った膜のようなものの中に閉じこもっているときは、よけいなことをしないのがいちばんなのだろう。本能的に察していながら、しかし環は今日、無性に彼女に話しかけたい気分だった。

新人だから仕方ないのかもしれないが、菜里子と亜衣がじゃれ合うように喋っているとき、疎外感を覚えることが増えていた。職場において多忙よりも怖いのは、自分の存在価値の希薄さだ。菜里子があのアゲハであることを確かめたい思いも、再び膨れ上がっていた。

手がかりは、インターネットをさまよえばいくらでも見つかった。おそらくは違法アップロードであろう、小さなイベントのライブ動画。口コミサイトに書きこまれた情報。思わず書店で取り寄せてもらってしまった、往年のアイドルについてまとめられた雑誌の特集号。そして、菜里子の左目の下のほくろ。何もかもが、菜里子が元サディスティック・バタフライのアゲハであることを示していた。

だからもう、きっかけさえあればよかった。菜里子自身の口からその話が聞ければ、ようやくこの運命のめぐり合わせを心から驚き、喜ぶことができる。焦がれるほど憧れた過去が報われる。社長が元アイドルだからと言って態度を変えたり詮索(せんさく)したりする気などないこともきちんと示して、安心させたい。

彼女のためなら自分の情けない過去を開陳してもいい。あのピアスを着けるためにピアスホールを開けましたと打ち明けたい。あの業界の雰囲気って独特ですよねと笑い合いたい。それはきっと、社長との距離をぐっと縮めてくれることにもなるだろう。

けれどそんなきっかけが訪れることなどないまま、時間が過ぎてゆく。

女同士はやはり難しい。そんなありふれた言説に落ち着こうとするたび、環は電子機器メーカーでの日々を思いだす。

アイドルを目指していた日々を黒歴史として胸の奥深くにしまいこみ、環は生活のために働いていた。工場を備えた大規模の建物で、設計者を中心に約二千人もの従業員がいた。派遣社員を含めて五人の庶務総務アシスタントが配置されていて、ひとりあたり四百人程度の設計者たちの勤怠や工数の管理を任されていた。他にも出張の手配や旅費・経費精算、備品の発注や慶弔の電報、来客対応など、業務はまさしく無限にあった。

設計者の中で、苦手な相手がいた。櫛木(くしき)という三十代半ばの男で、資格を持った技師でもあり、周囲から一目置かれていた。

スキルは高いのかもしれないが、どこかアシスタントを軽んじている節があった。個人ごとに行う勤怠システムの月締め処理はいつもグループで最後だった。

勤怠報告は、締めの時刻を一分でも遅れると、経理部から各アシスタントにあてて「来月の給与が支払えなくなりますが構いませんか?」と脅しのような連絡が来る。櫛木に催促メールを送っても開封されている気配がないため仕方なく彼の席へ行くと、「ねえねえ、自分のことかわいいと思う?」「若手の中だったら誰が好み?」などと業務に関係のない問いを投げかけて困惑させるのだった。

ある夜、就寝しようとしていた環のスマートフォンに着信があった。櫛木だった。寝ぼけていた環の指がうっかり通話ボタンを押してしまった。

『今さあ、町川さんちの近くで呑んでたんだけど、終電がなくなっちゃってさあ。悪いけど泊めてくんない? あ、もちろん何もしないからさあ』

本気を冗談でくるんだような口調に環は戦慄(せんりつ)した。出張のサポート業務の関係で電話番号を教えたことはあったけれど、なぜ自宅を知られているのかさっぱり心当たりがなかった。指先に嫌な汗をかくのを感じた。

「それはちょっと……急すぎて……」

『え、もしかして俺があんたのこと襲うとか思ってる? やだなあ自意識過剰だよ。部屋の隅にちょっと転がしといてくれるだけでいいんだってば、まじで』

櫛木はまったく引かなかった。漫画喫茶やビジネスホテルを利用してくれればいいのに。彼らがどれだけ稼いでいるか、環は年末調整の業務を通じてよく知っていた。

「……今日はこれから、彼氏が来ることになっていて」

必死の思いでついた嘘だった。見破られてさらに強引に押し切られるかと怯えたが、大きな舌打ちとともに電話は切れた。

翌日から、櫛木は環を徹底的に無視した。何も悪いことなどしていないのに、環はびくびくと身を縮め、神経を擦り減らしながら仕事をした。

自意識過剰という言葉が棘のように胸に突き刺さって抜けない。上司にもアシスタント仲間にも誰にも相談できなかった。

知ってるよ。わたしはけっしてスリムじゃないし、美人でもない。才能もオーラもない。アイドルを目指していたことなんて、口が裂けても言えない黒歴史だ。

だとしても、恋人でも友達でもない男性を無防備に部屋に泊められるものだろうか。いや、もしかして本当にわたしはまだ自意識過剰を引きずっているのだろうか。思考が旋回して眠れない夜が続き、環はやつれていった。

そのうち、比較的良好な関係を築いていた設計者たちまでもが妙によそよそしくなった。「町川環は自分を高く売りつける女」という噂が流れていることをアシスタント仲間から遠慮がちに聞かされたとき、そこまでの驚きはなかった。発信源は確かめるまでもなかった。

――もう、あんな思いをすることはない。女だけの世界、最高じゃないか。

急に呼吸が楽になるのを感じた。今を、今置かれているこの環境を、大切にしよう。卓上カレンダーに書きこみをしている菜里子を視界の端にとらえつつ、環は気持ちを新たにする。

菜里子がどちらかと言うとアナログ人間であることは、環にもだんだんわかってきていた。ところどころに絵具の付着した白衣を着てバックヤードにこもっているときのほうが、パソコンをにらみながら作業しているときよりいきいきして見える。Googleカレンダーで社内の予定を可視化するようになったのはつい最近のことで、それも亜衣の提案によるものだったらしい。

菜里子の卓上カレンダーには彼女自身にしか読みとれない流れるような文字で短く予定が転記され、かろうじて意味がわかるのは「ラフ〆」「納」「打」くらいだった。

「菜里子さんって珍しいお名前ですよね。すてきです」

菜里子がコーヒーを飲み始めたタイミングで、環は思いきって声をかけた。先日のちょっとした過ち(あやま)を挽回(ばんかい)したい気持ちがあった。菜里子は物憂げに顔を上げた。

「母が万里子(まりこ)で、その妹が絵里子(えりこ)なの。単にパターンを踏襲しただけだよ」

他人を褒めれば必ず喜ばれるというのは幻想だ。わかっているのに、どこか突き放したような口調に環は怯(ひる)んだ。思考が空転する感覚を覚える。

「……でもかわいらしいと思います。『成田(なりた)』さんと結婚しちゃうとちょっと面倒だけど」

「結婚したら女が改姓しなきゃだめなの？」

絡むような言いかたに、内臓が縮こまった。あれ？　ちょっとした軽口のつもりだったのだけど、だめだったただろうか。わたしはまた間違えてしまったのだろうか。オフィスの中はこんなにエアコンが効いているのに、頬がじわじわと熱くなってゆく。菜里子の声がまた響いた。

「そもそも結婚するかどうかもわからないんだもの、あんまりそういうこと言わないほうがいいかもよ」

あーあ。

心の中だけでひとつ溜息をつき、気持ちを立て直して、印刷所から上がってきた書籍カバーの色校を確認する。思っていたよりわずかに明るめに出たが問題なさそうだ。

視界の隅でちらりと確認すると、環はわかりやすく萎縮したままパソコンに向かっていた。

自分の発した言葉の嫌な余韻が、筆先の絵具のように胸に居座っていた。どうしてあんなふうに言ってしまったのか。結婚というセンシティブな話題が突然飛びだしたことに苛立ったのだろうか。

いや違う。気圧のせいだ。フィリピンの海上で台風が発生したと、昨夜の天気予報で言っていた。

昔から、菜里子は気圧の変化に弱かった。気力を根こそぎ奪う頭痛が襲い、体中に倦怠感が行き渡って動きが鈍くなる。

頭がきりきりと締めつけられるように痛むたび、『西遊記』の孫悟空のイメージが浮かぶ。菜里子には書けない難しい漢字の名前がついた金の輪っかは、呪文を唱えることで収縮して額を締めつける。自分の額にはあれと同じ見えない輪っかがはまっているのではないかと、症状が酷いときには半ば本気で考えてしまう。

昔は原因も知らずに苦しんでいた。布団から出られずにいると、母親から「怠け病」と揶揄された。気象病という病名が存在することを知ったときは、自分を責めなくてよかったのだとわかって心から安堵するとともに、母に対する反発が強まった。

「十六〜二十二歳までの健康な女性」。サディスティック・バタフライの募集要項にはそう書いてあった。そもそも自分は条件を満たしていなかったんだな。自嘲気味に笑いながら、頭痛薬をコーヒーで流しこむ。

最近、事あるごとに昔の記憶が深い場所から浮かび上がってくる。環が入社した頃からだ。ばれているならそれでも構わない。必要以上に踏みこんでこないでくれるならば。

ただ、顔色を窺うような真似だけはやめてほしかった。気づけば必要以上に冷たい声が放たれていた。環にリラックスしてほしいとあんなに願っていたのに。

さて、今抱えている別件のラフにそろそろ取りかからなければならない。担当者にメールを打ち始めると、また頭がきりきりと痛みだした。

受注する案件の中で最も多いのが、書籍の装画や雑誌の挿絵だ。編集者を通じて作品の概要や先方の希望をヒアリングし、ゲラを読んで、湧きあがったイメージを元にラフを作る。ラフといってもほとんど完成形に近い形で提出するので、ここでかなりの集中力とエネルギーを投入する。直しの必要があればそれを反映し、着色まで施した本データを作ってゆく。イラストレーター・ＮＡＲＩ個人として受注した場合はここでいったん手を離れるが、アトリエＮＡＲＩとしてＤＴＰ込みで請(う)け負った場合は、亜衣の力を借りて入稿データの制作まで行う。

法人化してからずっと二人三脚で走ってきた亜衣が休みだから、今日は調子が悪いのかもしれない。うん、やっぱりそれもある。自分ひとりで回していた時代のことが、最近ではうまく思いだせないくらいだった。

思えば亜衣にだって最初からすんなり心を開けたわけではなかった。いつもスマートに仕事をこなし、ファッションも物腰も洗練されており、プライベートを想像しづらい部下だった。心の深い場所で何を考えているのかわからないところは不安ではあったけれど、謙遜(けんそん)も不遜(ふそん)もなく言われたことを淡々とこなすところをすぐに気に入った。何がきっかけだったか、気づけば自らアイドル時代の話を打ち明けていた。

うん、今日の私はよけいなことを考えすぎる。

自分自身に興味を持ちすぎると息が詰まる。やめよう。せっかく久しぶりに順子との飲み会の予定が入ったのだから。

自分の機嫌を取るために、菜里子はホームページを立ち上げた。菜里子の作品を素材にして亜衣が作ってくれたホームページは、トップページにアクセスするたびに無数の蝶がきらきらと舞う仕様になっている。何度見ても美しく、気分が上がる。アイコンはすべてアゲハ蝶だ。このくらいの遊び心はいいだろうと、菜里子は誰かにいいわけするように思っている。

応援メッセージが寄せられる掲示板に、新規の書きこみが増えている。

『高校生です。バイトしてイラスト集を手に入れました。NARIさんの世界が、もう大好きで……。枕元に置いて寝ています』

『LINEスタンプ買いました！　まさにああいうタッチのスタンプがほしかったので超お気に入りです！　みんなに真似してほしいようなしてほしくないような……（笑）』

『こんにちは。個展とかはもうやらないのですか？　自分はやっぱりNARIさんの油彩画が好きです。大きなキャンバスで観てみたいです』

SNSの全盛期に個別のホームページを訪れてくれる人はけっして多くはないが、それでもアクセスするたびに書きこみが増えていて、菜里子の胸に火が灯る。しばし頭痛を忘れて読みこんだ。

イラスト集は、フリーランスとしての最後の時期に作ったものだ。ブレイクするきっかけになった扉絵の仕事を依頼してくれてからずっと交流の続いていた編集者が、アートジャンルの書籍を主力商品とする別の出版社に転職し、ぜひＮＡＲＩとしてイラスト集を出さないかと持ちかけてくれた。ソフトカバーで気軽に持ち歩ける判型にしたことが功を奏したか、若い世代を中心に人気が出た。

　自分のセンスも情熱もぎゅっと凝縮されたその一冊は、新たな依頼の呼び水になり、会社を立ち上げようという思いつきを後押ししてくれた。今も継続的に売れ続けていて、業績を下支えしてくれている。

　蝶をモチーフにしたＬＩＮＥスタンプは、アトリエＮＡＲＩの宣伝を兼ねて今年の頭にリリースした。仕事の合間にちょこちょこと描き溜めたイラストを、亜衣がサイズ調整から背景透過、申請までほとんど引き受けてこなしてくれた。こちらの売れ行きもそこそこ好調なので、年内にでも第二弾をリリースしたいと考えている。

　ああ、よかった。私のイラスト、ちゃんと届いているんだ。この世界で、ちゃんと誰かの役に立っているんだ。ちゃんと誰かの生活に、文字通り彩りを添えることができているんだ——

　電話が鳴り、意識がｗｅｂから引き戻された。ポッ、と環が通話ボタンを押して受話器を持ち上げる。

「お電話ありがとうございます。アトリエＮＡＲＩでございます」

　環はとてもいい声をしている。水を含んだような、潤ったハリのある声。私なんかよりよっぽどアイドルに向いている気がする。

　ええ、ええ、とメモを取りながら、環は耳に髪の毛をかけた。ふっくらとした耳たぶにぶらさがったピアスが、窓からの光を反射した。

　——え？

菜里子は無言のまま激しく混乱した。

とろんとしたしずく形のピアス。偶然だろうか。

そんなことって、あるのだろうか。

表面のほんのり焦げたチーズがどこまでも伸びる。伸びる。

「ちょ、ちょっ、やばい、助けて」

「もうかぶりつけ、かぶりつけ」

亨輔と声を上げて笑った。歯を立てて齧りついた窯焼きピザの薄い生地はほどよくもっちりしていて、フルーティーなワインとよく合った。

カランコロンとドアベルが鳴り、新しい客が入店する。その都度スタッフが「ボナセーラ！いらっしゃいませ！」と劇団員のように唱和する。それが聞こえたときだけ、環は皮膚(ひふ)がむずむずした。不自然な明るさは、人を落ち着かなくさせるものなのかもしれない。

今回、環の誕生日が平日だったことで、亨輔が比較的スムーズに休みを取得し、環の仕事帰りに川越で落ち合うことができた。デートらしいデートは久しぶりだった。月初の中山道まつり以来だ。

二十五歳。亨輔と付き合い始めたのが二十三歳になる直前だったから、もう丸二年だ。一般的な恋人たちなら、そろそろ結婚の話題が出てもおかしくない頃かもしれない。亨輔にはしかし、そういうことを考えている気配がまるでなかった。

――そもそも結婚するかどうかもわからないんだもの、あんまりそういうこと言わないほうがいいかもよ。
思考の隅に追いやっていた言葉がぽろりと目の前に落ちてきて、口の中のピザが急に味をなくす。

どうしてわたしはまたよけいなことを口走ってしまったのだろう。どうしていつもうまくいかないのだろう。せっかく転職できたのに。誕生日だからと意気込んで、久しぶりに取り出した黒蝶貝(くろちょうがい)のピアスを御守りのように着けていたのに。

「なになに、どしたん？　顔が暗いよ」

イタリアンサラダを旺盛(おうせい)に食べながら亨輔が顔を覗きこんでくる。しゃくしゃくと健康的な咀嚼(そしゃく)音がする。その大きな唇がドレッシングでてらてらと光っている。

「いや、なんか……つぶしの効かない歳になってきたなあと思って」

無難な返事をしたつもりだけれど、結婚というデリケートな話題につながりかねないと思い至り、環はひとり気まずくなった。しかし亨輔はそんな繊細なニュアンスに気づく様子もなく、新しいピザのピースに手を伸ばしている。

「そんなことないっしょ。二十五なんてまだまだ可能性に満ちてるじゃないですか」

「でも、もう四捨五入すれば三十だし……」

「前から思ってたけど、年齢の四捨五入って何の意味があるの？　たまちゃんが若くて元気でかわいいのは揺るぎない事実じゃん。俺はむしろ早く歳とりたいって思うよ。知識や経験を積んでハクがついたイケオジになって、不思議な威厳を備えて商品を売りまくりたいね」

なんて楽観的なのだろう。それが亨輔のいいところでもあり、少し不安なところでもあった。

女性と男性とでは見えている世界も年齢の持つ意味も異なる。でも恋人の誕生日くらいは、二十五歳という数字の重みにもう少し寄り添ってくれてもいい気がした。

とはいえ、恋人にかわいいと言われるとやはり胸の奥がくすぐったくなる。亨輔はいつも真顔でさらりと「かわいい」を口にする。その言葉が意味するところは容姿が整っているということに限定されず、笑顔が癒されるとか雰囲気が好ましいとか化粧や服が似合っているとか、複合的な要素をざっくりと包括していることを環はもう知っていた。だからこそ卑屈にならずにその賞賛を受けとめることができる。亨輔が本当に感じたことしか言わない人間であることを、二年の付き合いで環は熟知していた。

どわっ。隣のテーブルから騒がしい声が上がった。

環よりわずかに若く見える男女混合の顔ぶれで賑(にぎ)やかに飲食しているグループ。どこかの大学のサークルだろうか、新社会人の合コンだろうか。男性側の気の抜けたような服装から、前者ではないかと環は見当をつける。女の子たちは皆隙のない化粧(けしょう)を施(ほどこ)し、ファッション雑誌から抜けだしてきたようなコーディネートだ。無造作にワイングラスをつかむ指先はマニキュアで彩られ、手首には細いブレスレットがきらめいている。この暑いのに、どの子の脚もぴしりとストッキングで包まれていた。どの子も、オーディションを受けていた頃の環よりよっぽど洗練されている。

「それ、いいね」

亨輔に言われて視線を正面に戻した。恋人は環の顔をまっすぐに見ている。

「それって?」

「そのピアス」

「……ああ」

視線を受けとめ、耳たぶに手をやった。久しぶりに呑んだワインのせいで熱を持っている。そこにぶらさがる小さな貝のピアスをそっと指先で弾いた。

「黒蝶貝っていうんだ」

隣席の騒がしさに負けないよう声を張った。

「なになに？」

「黒蝶貝」

「くろちょうがい？　あ、貝？」

「そう。ブラックパールがとれるやつ」

黒の、蝶の、貝。アゲハのために存在するかのようだ。思うたびに甘い溜息が出る。

ステージに向かって幼い腕を伸ばしたときのことは、いつでもくっきりと鮮明に脳裏に再現できる。首を傾げながら、自分の耳たぶからピアスを抜き取るアゲハ。ステージに膝をつき、目線を合わせて渡してくれたこと。生の声とマイクで増幅された声が重なって聞こえたこと。後ろからずっと自分の肩をつかんでいた父の手の温度。

まさかあのときのアイドルが自分の上司になるなんて、いったいどれほどの確率だろうか。宝くじが当たるよりも驚くべき偶然ではないだろうか。

「へええ……よくある天然石とかシルバー系とまた違って、光りかたが独特ですごくいいよ。色もシックだからどんな服にも合いそうだし、たまちゃんにすごく似合ってる」

例によって真顔で亨輔は褒めた。仕事でアクセサリーも扱う彼は、さすがに目ざとい。

「ありがとう」

かつてアイドルを目指していたことは、付き合い始めて早い段階で話してあった。でも、そのきっかけになったアイドルについて触れたことはない。昔ひっそり活動して消えた埼玉のご当地アイドルユニットのことを、北海道生まれ東京在住の亨輔に話して興味を持ってもらえるか、自信を持てずにいた。このピアスも特別な日にしか着用してこなかったから、彼の目に触れるのは初めてだったのだ。

「どこで買ったの？」

「――これね、もらったんだ」

誰から？　とたずねられ、環はためらいながら唇を開く。

かしゃん。グラスの倒れる音がした。また隣の席だ。うわあなにやってんだよ、最悪、だっせえ、店員さんすみませーんおしぼり。騒々しさに拍車がかかり、店員がばたばた走ってくる。

あーあ。だからもうちょっと落ち着く店がよかったのに。少しだけ亨輔を恨めしく思い、次の瞬間には気分を立て直す。なんたって誕生日なのだから。

「長くなるから、亨輔のうちで話すよ」

彼の耳に顔を寄せ、口に手を添えて囁く。その顔がわずかに赤くなるのがわかった。

デートが久しぶりなら、恋人らしい時間を過ごすのももちろん久しぶりだった。


『ご活躍ですね！　ＮＡＲＩさんのＬＩＮＥスタンプ、周りで使ってる人多いですよ！　オレ投稿仲間だったんだぜ～って自慢してますｗ　イラスト集も図書館に置いてあるの見ました。有名人！　僕もくすぶってないで投稿頑張らないとなーと思う日々であります。猛暑が続いてますのでご自愛ください。先日親父が熱中症で倒れました。救急搬送されて大変でした。最近は若い人もくも膜下出血で突然死したりしますから、お互い油断できませんな。　猿丸（さるまる）』

掲示板に書きこまれた応援メッセージは、管理者である自分たちが承認するまでは非公開になっている。「承認」をクリックしたあと、菜里子はコーヒーを飲みながらあらためて読み返し、返信を打ちこむ。

『いつも応援ありがとうございます。LINEスタンプもイラスト集も魂こめて作ったので嬉しいです。お父様大変でしたね。健康にはくれぐれも気をつけたいものです。NARI』

打ちこみながら、少し他人行儀だろうかと思う。いや、そんなことないか。この人はよくメッセージをくれるけど、実際には会ったこともないのだし。よけいなことを考える前に、えいっとENTERキーを押してしまう。

『イラスト現代』という雑誌を、かつて菜里子は愛読していた。画法を洗練させるための特集や注目アーティストのピックアップ、美術展のお知らせや画材の広告などで構成されている、イラストレーター志望のための隔月誌だ。

最も熱いのは、巻末の投稿コーナーだった。誰もがイラスト作品を投稿でき、毎回入賞作品が選出される。上位の賞には副賞として賞金や画材などが与えられた。年末の特大号では年間賞が決定され、そこからプロとして羽ばたいてゆく者もいた。油彩や水彩はもちろん、パステル、色鉛筆、カラーペン、木炭など、画材は問わない。現在はデータ投稿も可能になっているはずだ。

プロとして独立し忙しくなるにつれて、じっくり本や雑誌を開く余裕はどんどんなくなっていった。それでも近年のトレンドや注目のイラストレーターを知るために、会社の経費で定期購読を続けている。あとでゆっくり読もう、必ず。そう思いながら本棚に差しこむたび、罪悪感が顔を出しては消える。

学生時代、菜里子はその投稿コーナーの常連入賞者だった。一度だけ年間賞の次席になったことがあり、それをきっかけに仕事の依頼が来たことがＮＡＲＩの原点でもある。

　猿丸と名乗るこの人物は、菜里子と同時期に投稿していたらしい。掲示板への最初の書きこみは「僕のこと覚えてますか？」だった。同じ号で佳作に選ばれていたことがあるというのだが、菜里子は記憶にない。そもそも他の投稿者の名前までいちいち覚えているタイプではなかったので、最初は困惑しかなかった。

　けれど、ファンサービスもクリエイターの大切な仕事である。書きこみがあればそのボリュームに応じて返信し、彼が自分に抱いているらしい親近感に付き合うようにしていた。誹謗中傷(ひぼうちゅうしょう)でも冷やかしでもないのだし、ページが賑わうのはよいことだ。ホームページの掲示板というのはもっと荒らされるものという印象があったけれど、イラストのファンは常識をわきまえた人が多いのか、菜里子が不快になる書きこみはほとんど目にしたことがなかった。

　首をこきりと鳴らすと、向かって右手の席に座っている環がわずかに肩をびくりとさせるのがわかった。

　先日、理由もなく突き放すような受け答えをしてしまったことは、菜里子の胸にも苦く燻(くすぶ)っている。あれから環は業務上最低限の範囲でしか話しかけてこない。そんなふうにびくびくされると自分もそれなりに気難しい上司を演じなければならないような気がしてきて、人間の心理とはつくづく不思議なものだなと他人事のように感じている。

　午後は都内で大切な打ち合わせがある。順子との飲み会に着ていくために服も新調したい気分だし、久しぶりに大きな画材屋も覗きたい。ああ、小さなことを気にしている暇なんて一秒もないはずなのに。

「戻りましたー」

「やっほー」

銀行へ記帳に行っていた亜衣とともによく見知った顔が受付に現れて、思考がぱちんと断ち切られた。条件反射で腰を上げた環が、あ、とつぶやく。

「ランチのお誘いに参りました、菜里子様」

勝手知ったる他人の会社といったふるまいで、船橋は大股(おおまた)に歩いてみせる。青海波(せいがいは)のプリントされたシャツは、いつかの誕生日に菜里子が贈ったものだ。

法人化を提案し、物件探しまで付き合ってくれた船橋にとって、たしかにアトリエＮＡＲＩは彼の庭のようなものだった。たまにこうしてカフェのコーヒーやスイーツの余りを持って営業中にふらっと入ってきては、無駄話をして帰ってゆく。ふたりの関係を知る亜衣もすっかり彼に心を許している様子だった。

「さっきそこで会っちゃって。ねっ」

「ねっ」

船橋と亜衣が笑顔を交わす。一瞬、ふたりが歳の離れたきょうだいに見えた。

「『湖』は？　いいの？」

「今日はバイトがフルメンバーだから平気。店長帰っていいですよとか生意気言うからほんとに出てきちゃった。メシまだなら一緒に行かない？」

「え、でも今日、代々木(よよぎ)で打ち合わせなんだけど」

恋人同士特有の甘やかさを最大限に排除した声で応じる。いくら距離の近い人間とはいえ、部下の前で緩みきった態度を見せたくはない。

「何時から？」

「三時から……」

「ならそのまま車で送ってくよ。亜衣ちゃん、環ちゃん、社長借りてくね」

こちらの都合も確認せずに、船橋はひとりでさくさく決めてしまう。菜里子は慌てて資料をかき集め、ノートパソコンの充電ケーブルを引き抜く。

「ごめんね、そしたら早めに出るから。ふたりでお昼てきとうに回してね。終わる時間によっては直帰するかもしれないから戸締まりよろしくね」

「はいっ」

「はあい、お任せくださーい」

環の力んだ返事と、亜衣のゆったりした返事が重なる。

ばたばたと準備を整え、予定していた時間よりずいぶん早く、船橋とともに会社を出る。九月に入っても容赦なく強い陽射しがかっと肌に降り注ぐ。船橋が利用している月極駐車場は「湖」のすぐ裏手にある。照り返しの強い舗道を、ふたりは駅方面に向かって歩く。

「ん」

半歩先を歩く船橋が振り返って腕を差しだしてきた。

「え」

「持つよ」

菜里子の返事も聞かずに、船橋は菜里子のノートパソコンの入った大きなトートバッグを奪いとった。駐車場はすぐそこなのに。

自分のように世界との距離感がつかめない人間には、こういう男が必要なのだ。菜里子はあらためてそんなことを思う。

彼の青いシャツが陽射しを反射して輝き、海をまとっているように見えた。

菜里子がほとんど船橋にさらわれるようにして事務所を出て行ってしまうと、空気がゆるりとほどけ、亜衣がリラックスモードになった。銀行で記帳してきた通帳をものすごい速さで会計ソフトに打ちこみ、「しゅーりょー」と両腕を振り上げて微笑む。環も無意識に肩に力が入っていたことに気づき、ふう、と息を吐いた。

亜衣がいつも着用している赤いフレームの眼鏡は、自分には到底似合わなそうだな、と考える。個性的なファッションが悪目立ちしない彼女をうらやましく思った。

「前はこういう時間ひとりだったから、環さんがいてくれるようになって嬉しいな」

そう言われて、環はわずかに頬を熱くする。社長にはどうやら好かれていないようだけれど、このすてきな先輩はとてもフレンドリーに接してくれる。入社当時は優秀でおしゃれな印象ばかりが強かったが、ふたりのときの亜衣はよく喋る気さくな先輩だった。

「ね、お昼ふたりだから、ここでピザでも取っちゃおうか」

「えっ」

弁当持参生活はなかなか続かず、ここのところ昼は外へ食べに行くことのほうが多かった。外へ出たほうが気分転換になるし、どこのランチが安くておいしいか、という情報を亜衣と交換するのも楽しみのひとつになっていた。

会社でのデリバリーはまだ経験がない。環の胸は小さく躍った。

「……いいんですか?」

「もちろん。ピザ好き？」

「はい、大好物です。あっでも」

「でも？」

「先週の誕生日に食べてきたばかりで……」

気分を害してしまわないかちらりと不安になったものの、亜衣はむしろ目を輝かせた。

「え、え、お誕生日だったの？　言ってくれればいいのに！　何かプレゼントしたかったよー」

「そんなそんな」

「え、先週のいつ？」

「二十九日です」

「八月の二十九ね、カレンダーに入れちゃお。ちなみにあたしはクリスマスイブなの。超覚えやすいでしょ」

学生のようにきゃっきゃと雑談に花を咲かせる。こんな時間には電話が鳴らないでほしいと、従業員にあるまじきことをこっそり思った。

亜衣が前から目をつけていたというスペインバルから、パエリアをデリバリーしてもらうことになった。ランチ営業もしているスペイン居酒屋だ。Googleカレンダーで、来客予定の確認までした。

「魚介のパエージャ」「海老（えび）づくしパエージャ」「夏野菜のパエージャ」「ステーキパエージャ」と様々に用意されたメニューに目を奪われ、環は早くもごくんと喉を鳴らした。さんざん悩み倒して結局オーソドックスな「魚介のパエージャ」に決まり、せっかくだからと、少しだけ予算オーバーしてサラダも付けた。この暑い中外へ出ることなくスペイン料理が食べられるなら、高いとは思わない。

ホームページからオーダーを進めてゆくと、「40分後にお届け予定です」と赤字で表示された。支払いは亜衣の登録したクレジットカードで決済され、環が自分のぶんを現金で払おうとすると「誕生日祝いにさせて」と頑なに拒否され、結局奢られてしまった。

「ご馳走になります……すみません」

「パエリアって二人前からしかオーダーできないから、こういうときこそだよね。ああ楽しみ」

亜衣がうきうきと言うのを聞きながら、環は不思議な感慨にとらわれていた。

女同士でこんなふうにわいわいするの、いったいいつ以来だろう。

高校時代はオーディションやらタレント養成スクール通いやらで忙しく、友達とプライベートで楽しく過ごした記憶はほとんどない。大学時代はそれなりに青春を満喫したけれど、初めてできた恋人に夢中になり、卒業後にふられるまで、ほとんどの休日を彼に費やしていた。志保以外の友達とはSNSでゆるくつながっているだけで、特に連絡を取り合っていない。というか、志保とさえもしばらく会っていないような……あれ？

「あっそうだ、菜里子さんいないうちにあれやっちゃお」

ぼんやり考える環をよそに亜衣は仕事モードに戻り、マウスをかちりとクリックしてウィンドウを折り畳んだ。

そうだ、業務中だった。一緒に見ていた亜衣のモニターの前を離れ、反対側の自分の席へ戻る。

「わあ、すごいタイミング。菜里子さんが行った直後にこれかい。セーフ」

珍しく亜衣がぶつぶつとひとりごとを発している。何か反応すべきかと思い、椅子の背を引いて座ろうとした体を止めた。

「どうしたんですか？」

「ホームページの掲示板。たまにだけど、悪意のある書きこみが来るからね。ちょくちょくチェックして、菜里子さんが目にする前にあたしが削除してるんだ」

「えっ」

胸をひやりとしたものが流れた。

亜衣に手招きされ、環は再び亜衣の席に回りこんだ。菜里子のイラスト素材と亜衣の技術で作られたという、隅々まで美意識の行き渡ったホームページ。その掲示板の最上部、「承認待ち」となっている文章を見て、環は戦慄した。

『誰でも描ける絵ばっか。イラスト集もクソ。美大に行ってないのバレバレのお粗末なレベル』

ぬらぬらとした悪意、いや敵意か。泥水のようなどす黒い感情が美しいホームページを汚している。菜里子の涼しい目元を思いだして胸が痛み、環は具合が悪くなりそうだった。

「別にイラストレーターは美大行ってる必要ないのにね、画家じゃないんだし。この人なんもわかってない。『バレバレ』とか意味わかんないし」

えいっ。小さく言いながら、亜衣は書きこみの右下にある「削除」ボタンをぽちりと押した。書きこみは消え、環は思わず胸に手をあててほっと息を吐いた。

「どうせ管理者が承認するまでは非公開なんだけどさ。そんなのにわざわざ手間かけて書きこもうってのが悪意を感じるよね」

亜衣が頭を揺らすと、初対面のときよりわずかに伸びた彼女の黒髪が顎の下で揺れた。サマーニットから伸びる白い首筋に目を奪われる。

「めったにないけど、念のためＳＮＳも見回ってるんだ。風評対策って業者使ったら結構するからね、料金」

「……すごいです亜衣さん、さすがっていうか」

自分の語彙の少なさをはがゆく思いつつ、心から敬意をこめて環は言った。

「菜里子さんにはこんなつまらないものでモチベーション落とさずに思いきり仕事してほしいからね」

「ほんとそうですね。……あの、その作業ってわたしにもできますか？」

「もちろんだよ。管理者ログインすれば誰でも。ああ、でも菜里子さんは、環さんにはこういうの見られたくないんじゃないかな」

亜衣の機転や細やかな配慮に、環は自分の未熟さを思った。わたしはきっと、そこまで繊細に他人を思いやれない。

結局、オーダーしてからいくらも仕事らしい仕事をしないうちにパエリアが到着した。スパイスの香りがこぼれる大きな箱を、打ち合わせコーナーのテーブルに運ぶ。

ひととき仕事を忘れ、ふたりで旺盛に食べた。付属のプラスチックのスプーンは、銀皿にこびりついたサフランライスを剝がすには少し強度が心許なく、来客用のティースプーンを出してきて使った。残り少なくなってくると、皿に取り分けずに直接口に運び、いたずらをした子どものようにくすくすと笑い合った。

誕生日のことに再び話題が及んだ流れで、亭輔について初めて亜衣に話した。亜衣にも年上の恋人がいるという。クリスマスイブの彼女の誕生日には絶対に何か贈ろうと、心の隅にメモをした。

会社の先輩に友情を感じるのは、おかしいだろうか。それとも、こういう感情には既に何か名前が付いているのだろうか。

事務所にスパイスや魚介の香りが広がり、海老の殻やムール貝を触った指先は汚れ、それらにさえ非日常的な楽しさを感じて、環はいっそう声を立てて笑った。

改札を抜けると夕闇が迫っていた。九月に入り、日が沈むのがずいぶん早くなった気がする。日中はまだ真夏と変わらず暑いというのに。

大宮まで出向くよと順子は言ってくれたけれど、結婚して都心に住む彼女に足を運んでもらうのは気が引けた。そこで、ほぼ中間地点をとって板橋(いたばし)駅で会うことにした。

小さな時計塔をぐるりと囲む銀色のパイプに腰かけて順子は待っていた。その体が前回会ったときよりひと回り小さくなった気がして、はっとする。白っぽいサマーニットから肉づきの薄い肩が露出している。こちらに気づき、「よ」と肘を直角に曲げながら立ち上がる。動揺を気取られないよう笑顔を作って、菜里子も「よ」と手を挙げた。

順子の予約してくれた旧中山道沿いにある創作和食ダイニングに入ると、天井からぶら下がるガラスのランプシェードが、かつてのユニットメンバーの顔を残酷なまでに明るく照らしだす。目じりの皺(しわ)もほうれい線も深くなり、頰は健康な豊かさを失っていた。生活疲れという言葉が脳裏をよぎった。

「梅酒にする？　それか、ここオリジナルカクテルもいろいろあるらしいよ」

菜里子がビールや日本酒をあまり呑まないことを知っている順子がドリンクメニューをこちらに向けて差しだしてくれる。自分にはそういう心配りがあまりできないな。目の醒めるように青いカクテル、ブルー・ラグーンを指差しながら思った。

酒豪の順子は黒ビールを選んでいる。あの頃のお互いのメンバーカラーを選び合っているかのようで、少しおかしくなった。ルリシジミ担当のルリとして活動した順子は、今でも水色や青っぽい色のイメージを菜里子に与える。

形ばかりグラスを合わせ、いそいそとカクテルのストローに口をつけようとすると、

「ちょっと待って、撮らせて」

順子がスマートフォンのカメラでふたりぶんのグラスを撮影し始める。カシャカシャとシャッターの疑似音が鳴る。絵の資料になるかもしれないと、菜里子も自分のスマートフォンを引っぱり出した。

「はい、いいよー。ごめんね、呑もう呑もう」

「呑もう呑もう。今日はお義母さん、大丈夫だった？」

「平気。菜里子が社長だからじゃないかな、なんか社会的信用度の高い人と会うときは快諾してくれるんだよね。権威に弱いっていうか」

「そんな……そうなんだ」

ビールを呷る順子の白い喉が健康的に動くのを見て、菜里子も少しほっとしてカクテルを口にした。

最後にメンバー全員で会った日から、もう六年も経つ。

解散しても四年に一度のオリンピックイヤーには全員で集まろうと誓い合った。途中までは守られていたその約束が消滅したのは、やっぱり自分のせいなのだろうか。

とうとう誰も動かずにリオオリンピックの年が終わったとき、菜里子は四人の絆が崩れ去ったことを悟った。

かといって、寂しさの募ることはなかった。当時既に仕事が軌道に乗って受注がパンク気味だった。それに、その頃には順子とふたりで会う習慣が既にできていた。現役の頃から、メンバーでいちばん波長が合うと感じていたのは順子だった。

　順子以外のふたりとは、あれきり連絡をとっていない。

　メンバーの中で最初に結婚し、菜里子と会うたび妊活というものについて赤裸々に語っていた順子は今、五歳の男の子の母だ。今夜は近所にある義実家に預けて時間を作ってくれている。

　念願の母親という生き物になれて幸せであるべき彼女は、会うたびにやつれてゆく気がする。その理由に深く踏みこむのがどことなく怖くて、菜里子はついつい自分の話ばかりした。新しく雇った若いスタッフのこと。仕事ぶりはよいが前のめりすぎてたまに疲れること。その子がどう見てもあのときの黒蝶貝のピアスと同型のものを着けていたこと。

「何それ、すごい」

　順子は目を輝かせた。

「もちろん私のあげたものとはかぎらないんだけどね」

「うーん、まったく同じものも流通してるだろうけど、だとしてもすごいよ。本人に訊いてみたら？　あっでも、そうするとサディバタのこと話さなくちゃだめか」

「そうなんだよねえ……」

　息を吐きながら、いつのまにか雑然としているテーブルを見つめる。大根とじゃこのはりはりサラダ。燻製（くんせい）ハムのポテトサラダ。鮮魚のカルパッチョサラダ。気づけばサラダだけで三種類も注文していた。白いごはんが大好きだった順子なのに、ごはんものがひとつもない。それを言うため口を開きかけたとき、

「菜里子はすごいよ」

黒ビールから芋焼酎に切り替えた順子が、とろんとした目つきでつぶやいた。

「ひとり暮らししながら自分の会社起こして、経営も創作も両立して、ふたりも部下を雇って、本当にすごい。眩しすぎて直視できないよ」

「なに言ってるの」

照れ隠しにカルパッチョを無造作に口に入れ、咀嚼しながら厚焼き卵を箸で割った。

「謙遜でもなんでもなく、順子のほうがすごいよ。人間を一から生み育ててるんだもん。未来の社会の構成者をだよ。私なんて自分自身の世話で手一杯だよ」

心からの本音だった。でも順子は静かに首を振る。言いたいことが他にあるようだった。沈黙がまたふたりの間に横たわり、低い音量でかかっているジャズが急に意味を持ったものに感じられた。

「追っかけのほうはどうなの、最近」

話題を変えてみた。出会った頃から順子は筋金入りの男性アイドルファンで、サディバタに加入したのも芸能界へのコネクションとなり得る細い糸を手繰る気持ちだったと語っていた。結婚相手は自分の追っかけ活動に寛容な人に限る！　と高らかに宣言し、実際に条件に適う男性をつかまえたはずだった。

「んー、あんまり。ってか、全然」

長い指先をそろえて額にあてた。そんな仕草をすると、ますます疲れが強調されて見えた。

「あたし、最近男性アイドル……ってか、男性芸能人を見る目が変わってきたんだ」

意外な展開に意表を突かれながら、菜里子は顎を引いて続きを促した。

「自分が他人の妻になって、人の親になって、世界の見えかたがどんどん変わってきたんだ。家でも会社でも、お金にも名誉にもならない面倒な雑務は全部女が引き受けてる。母親にパンツ洗わせたり、妻や彼女にごはん作らせたりしないで活動している男性って、どのくらいいるのかな。なんかそう考えたら、大好きだったイチヤくんも急にださく思えてきたんだ。いつまでも実家暮らしだし、『そろそろ嫁がほしいっすね』とか平気で言っちゃうし」

内容の湿っぽさとは裏腹に、さらさらと淀みなく順子は語り続ける。

「……旦那さんと何かあった?」

近年たびたび話題になる「他人の夫をどう呼ぶか問題」を解決できないまま、結局そうたずねてみる。

「何もないよ。何もないのが問題なんだよ。会話もない、労りもない、セックスもない。そもそもお互い関心がない。あるのは不満だけ」

きわどいワードが出てきてぎょっとする。この店は隣席との境をパーテーションで区切っているが、それでも他の客の耳が気になって、菜里子は小さく黒目を揺らした。

「あたし来世はぜったい男に生まれてくるんだ。どう考えたって不平等じゃない。股を切り裂かれる激痛に耐えながら命がけで肉の塊を生み落とすのに、その後も延々子どもと夫のお世話の人生が待ってるんだよ。検診とか予防接種とか、イレギュラーな予定を全部クリアしながら夫が文句つけないメニューを用意して待たなきゃいけないんだよ。ベビーカーなんて、バスとか電車に乗るときどうやって畳むと思う? 地面に落ちたらグシャッといっちゃう豆腐みたいな頭の赤子を小脇に挟んで、片手でこうやって」

順子はグラスを持っていない左手でレバーを引くような仕草をした。

「なんとか畳んで乗りこんでも、舌打ちされたり邪魔だって蹴られたりするんだよ。どうして移動中のいっときくらい我慢してくれないの？　みんなそんなに快か不快かだけで動けるご身分で本当にいいよね。こっちはさ」

語る声に涙がにじむ。菜里子の胸に痛みが走った。

「こっちはさ、二十四時間命を守り続けて体も神経もへとへとなのに、どうして」

とうとう両手で顔を覆ってしまう。その十本の指の間から、ふ――っと長い溜息が漏れた。

――孤独を抱きしめる青い夜　苦しみはいつまでも続かないさ

――思いだして仲間の笑顔　冷たい手をつなげばほら羽ばたけるから

少しずつ大きくなってゆくステージの上で自分たちが歌い続けてきた持ち歌の歌詞が、ふと蘇(よみがえ)る。なんて具体性のない、いっそ残酷な歌詞を歌わされていたのだろう。菜里子は戦慄した。羽ばたけなくなった蝶はどうしたらよいのだろう。

ブルー・ラグーンは溶け残った氷で薄まり、淡い水色の中にさくらんぼの種が沈んでいる。誰よりも稽古(けいこ)に励み、毎回パフォーマンスのクオリティを上げるべく努力していたルリとしての順子の姿が、あどけない笑顔が、瞼の裏を鮮やかに駆け抜けていった。

コーヒーメーカーの手入れは、なかなか骨が折れる。

フィルターに溜まった豆殻（と呼ぶのだろうか）は毎日捨ててゆすいでいるけれど、毎月一度はクエン酸水をドリップさせて水垢や渋を取らなければならない。

給水タンクを満たした水にクエン酸を五グラム溶かし、ドリップのスイッチをＯＮにする。クエン酸ドリップを三回繰り返したら、最後は水だけで行う。フィルターカバーにこびりついた黒ずみは、重曹ペーストを作って歯ブラシにつけて擦る……。

「それ、ひとりでやらなくていいよ」

突然背後から声をかけられて、環はびくりとした。菜里子が不思議な笑顔で立っていた。てろんとした素材のグレーのワンピースを自分の皮膚のように着こなしている。おしゃれな人は何をどう着てもおしゃれなんだろうな。環は一瞬見惚れ、それから言われた意味を理解した。

「……えっ、でも、わたしの仕事ですから」

「いや、いくら新人だからって雑用やらせすぎちゃってるから」

言いながら、菜里子は環の横に立ち、優しい手つきで歯ブラシを奪った。

え、でもわたし、そのために雇われたんですよね？　亜衣さんみたいにＤＴＰの制作ができるわけでもないし、経理システムも触らせてもらってない。できることは限られているので、むしろやらせてください――

言葉は喉の中で渦巻き、うまく出てこない。しゃかしゃかとフィルターカバーを擦る音が、小さな給湯コーナーに響く。

「あの、でも、社長は制作が、制作を……」

濡れた手を持てあましながら、菜里子の顔を窺う。

「平気。さっきひとつ納品したばっかりだから。ね、コーヒーメーカーの掃除って今どんな頻度でやってるっけ」

「えっと、クエン酸洗浄は毎月一回です。最終営業日に……」

「じゃあそれさ、持ち回りにしよう。今日はほとんど町川さんがやってくれたから、来月は私、その次は毛利さんで」

「あの、いいんですけどあの、それだとわたしの存在意義が」

「存在意義！」

初めて聞いた単語のように菜里子は復唱し、顎を反らしておかしそうに笑った。嫌な気分にはならなかった。その目元に慈愛のようなものがにじんでいたから。

「町川さんにはちゃんと助けられてるよ。それに若い人のキャリア形成っていうものをちゃんと考えることにしたの。これからはもうちょっといろんな業務を覚えてもらうつもりだから」

なんだかいつもの社長らしくない。そう思いながらも、冷えた胸が温まってゆくのがわかった。先月の誕生日に生じた見えない膜は、今日はどこにも感じられなかった。

「はい、あの、ぜひ」

胸を熱くして答えると、菜里子は口角をきゅっと持ち上げて微笑んだ。幸福感が環を包む。よかった。やっぱりわたしここへ来てよかった、本当によかった。

一緒に二回目のクエン酸洗浄をセットして、自席に戻る。九月も半ばだというのに、窓の外にはまだまだ夏の濃厚な気配が居座っている。

「ファイリングとか、たまには私がやるよ」

菜里子は今度は納品書の整理をしている亜衣の背中に呼びかけている。いえいえこれは自分の仕事なので、菜里子さんは制作を。亜衣も環と同じ返事をしている。

いったいどんな心境の変化なのかわからない。それでも、そのままでいてくれたらいい。環の隣をふわりと離れた菜里子の温かい気配がまだ残っているのを感じながら、自分の席の椅子を引いた。腰かけようとしたとき、電話のベルが鳴った。

電話を真っ先にとるのは完全に環の役割になっている。受話器を顎の下に挟みこみながら電話メモを引き寄せ、ペン立てからジェルインクのボールペンを抜きだした。

「お電話ありがとうございます。アトリエＮＡＲＩでござ……」

『ＮＡＲＩちゃんいる？』

環が言い終わる前に相手がかぶせてきた。

そのきんきんした声とせっかちさで、もうわかる。ＴＩＡというイラストエージェントの橋口という男だ。イラストのみを菜里子に外注し、自社デザイナーがそれをデザインして広告代理店に渡すというのがいつもの流れらしい。メールで済む内容でも毎回電話してくる上に雑談も長いので、菜里子も亜衣も彼の名前を口にするたびに苦笑している、そんな存在だった。

イラストの仕事はイラストエージェントと呼ばれる業者を通して依頼されることが多いが、橋口はいつからかエージェントを通さず直接依頼してくるようになっていると亜衣から聞かされていた。それでも彼が広告会社からもぎとってくる案件はひとつひとつがかなり大口であるらしく、大切な取引相手であることは間違いないようだ。環は直接会ったことはないが、菜里子によれば「気のいいじいさん」であるらしい。

「恐れ入りますが、お名前をいただけますでしょうか」

相手がわかりきっていても、とにかく名乗ってもらってから取り次ぐのがビジネスルールだ。ここで教わらずとも社会常識だと認識している。だから環はそう言った。

『ＮＡＲＩちゃんいるかって訊いてんの』

橋口の声に苛立ちが含まれた。心臓がぴりっとなる。でも、今更「失礼しました、橋口様ですよね」とは言えない。

「あの、恐れ入りますが、お名前を——」

『あんたさあ』

橋口が色をなしたのがわかった。

『わかるでしょ、橋口でしょうが！　あんた入社してどんくらい経つの、え？　俺のことまだ覚えてないっていうの⁉』

思わず受話器から耳を離す。前回もその前も同じように対応したはずだけど、そうか今回は怒るのか。戸惑いながら、びりびりする鼓膜に思わず指を突っこむ。

『機械みたいにマニュアル繰り返しちゃってさあ、これだから若い者はって言われても仕方ないんじゃないの⁉　それともほんとに俺のことまだ覚えてないの⁉　どんだけ仕事できないのよ、え⁉』

感情に火がつくより先に、耳たぶが熱くなる。こちらの様子に気づいた菜里子と亜衣が顔を上げるのがわかった。

「——失礼いたしました。少々お待ちくださいませ」

なんとか言葉をねじこみ、罵声(ばせい)をシャットアウトするように保留ボタンを押した。自分の指先が細かく震えていることに気がつく。

「社長、ＴＩＡの……」

「橋口さんでしょ？　替わる替わる」

菜里子はすたすたと自分の席に移動し、腰かけながら受話器をとった。新人が失礼しました、と笑顔で応対している。その様子に物足りなさを覚えた。

「あの、すみませんでした」

通話が終わるなり菜里子の席へ回って謝った。

「大丈夫だった？　あの人たまに意味不明にキレるから気をつけてね」

「はい……でも、あの」

「ん？」

「先方に名乗ってもらってから取り次ぐっていうルールは間違ってないですよね？」

震える声を絞りだす。それだけはどうしても確認したかった。わたしは間違っていない。あんなふうに恫喝（どうかつ）される謂れ（いわ）はないはずだ。

「ああ、もう、いいよ。あの人、業界の常識とか超越しちゃってることで有名だから。『橋口様ですね』ってすぐに言っちゃっていいよ。臨機応変にね」

いかにも軽い調子で言われて、環は釈然としなかった。

だからって、特別扱いするんですか？　労りの言葉はもうないんですか？　臨機応変とは、なんて都合のいい言葉なんだろう。

のろのろと自分の席に戻る。さっきまでの幸福感はすっかり霧散していた。

「もうちょっとフォローほしかったよね」

菜里子がトイレに立った隙に、亜衣が向かいのデスクから声を落として話しかけてきた。

「え」

「こっちは怒鳴られるようなことしてないわけじゃん？　いくら取引先相手でも、そこはもうちょいびしっと言ってやってほしかったよね。ただでさえ女ばっかの会社だから舐められやすいのにさ」

亜衣が菜里子に対して批判的なニュアンスで話すのは珍しく、ようやくいくらか溜飲が下がる思いがした。

家に帰れば母の作った夕食が食べられるのに、どうしても直帰したくない気分だった。チューニングを間違えたまま演奏しているギタリストのような居心地の悪さや不如意(ふにょい)感を肌から引き剝がすことができない。

菜里子とはなんだか嚙み合わないし、亨輔からはデートの予定をキャンセルされた。珍しく土曜日に有休がとれたから少し遠出しようと誘ってきたのは彼のほうだったのに、バイトの子が試験対策が間に合わないと泣きついてきたので代わってあげることにしたという。お人好しにもほどがある気がして、環は憤慨をこらえるのに必死だった。誕生日以来会えていないというのに、彼は平気なのだろうか。

夕方から夜へと切り替わる薄闇の中を、環はぐずぐずと歩みをめぐらせた。いつものようにまっすぐ駅前を目指す気にはなれない。商業施設に立ち寄れば、ついつい散財してしまう。それに、今は街の華やぎとは遠い場所に腰を落ち着けたい気分だった。

路地に入り、一軒の店の前で足を止めた。ターコイズブルーの庇(ひさし)に、白抜きで「café 湖」と書かれている。自分が無意識にここを目指していたような気がした。

来店するのは歓迎会のとき以来だった。木製のドアをそっと押すと、しゃららんと澄んだ音でドアベルが鳴り響き、環は一瞬身を硬くした。コーヒーの香りを含んだ冷気がふわりと体を包み、肌が汗ばんでいたことに気づく。

「いらっしゃいませえおひとりさまですか」

やる気があるのかないのか測りかねる声で、若い女性店員がひと息に言いながら迎えた。アッシュグレーというのだろうか、飲食店の店員にはあまり見ない髪の色をしている。うなずきながら、つい探すような視線を店内にさまよわせた。

「おお、珍しいお客様」

キッチンにいた船橋がひょいと顔を出し、環はようやくほっとした。髪のあちこちに寝ぐせがついているのがなんだか彼らしい気がした。この人はいつも、肩の力がほどよく抜けている。

席を自由に選んでよい店では窓側に座りがちだが、今日はキッチンに最も近い位置に配された二人席を選んだ。テーブルの中央には麻紐を巻きつけた小ぶりのワインボトルが置かれ、オレンジ色のガーベラが活けてある。

先程のスタッフが水とおしぼりを運んできて、お決まりになりましたらお知らせくださいと平坦な声で告げる。

メニューを手にとると、胃に差しこむような空腹を感じた。ホットサンドや海老ピラフ、カレーライスといった食事メニューが並ぶページを見つめる。実家に戻ってからの日々で、会社帰りに外食をしたことは一度もなかった。

「仕事終わりでしょ？　お疲れさん」

キッチンで作業しながら船橋が声をかけてくる。

「あ、はい、そうなんです」

「よかったら食事メニューもあるからね。簡単なものだけど」

「あ、はい、今見てます」

自分の受け答えはどうしていつもおもしろくないのだろう。気のきいた返しというものができない。菜里子との会話でもいつも感じることを思いながら、環はオムライスとアイスカフェラテを注文した。「ほーい」と船橋が応じて奥へ引っこむ。

外食して帰る旨を伝えるべく母にＬＩＮＥを打ち、あらためて店内を見回す。

歓迎会のとき貸し切りにした奥のスペースで、社会人女性のグループが笑いさざめいている。ノマドワーカー風の男性に、新聞を読みながらコーヒーを飲んでいる白髪の老人。見たところ店員は船橋と先程の女性しか見当たらないが、オペレーションは大丈夫なのだろうか。学生時代にファミリーレストランでアルバイトした経験を持つ環は、飲食店に入るとついそんなよけいなことを考えてしまう。

船橋が自らオムライスを運んできた。わあ、と思わず声が出る。

トルネードオムライスというやつなのだろう。卵はとろとろの部分を外側にし、中央でひねってプリーツを作るかたちに盛りつけられていた。カーブの深い木製のスプーンでつつくと、つやつや光るケチャップライスが顔を出した。

どこか懐かしい味のするオムライスを、環は夢中で腹におさめた。卵がとろりと喉を滑り、ケチャップライスの中の玉ねぎやハムがほどよく主張する。上司の恋人が作った料理を食べるというのは妙な気分だった。

女性グループが退店すると、店内ＢＧＭがクリアに聞こえ始めた。船橋はあまり音楽にこだわりのないタイプなのか、洋楽に詳しくない環でも知っている世界的ヒットソングが低く流れている。エスプレッソマシンの作動する音がそれにかぶさる。

食後のアイスカフェラテを運んできた船橋は、そのまま環の向かいにすとんと腰を下ろした。通常の客と店員ならありえない行動なのに、不思議と嫌な気はしなかった。視線を感じながら、ガムシロップの蓋を剝がす。

「そういえば、環ちゃんって酒強いんだっけ」

「えっ」

どうして知っているのだろう。ああ、歓迎会のときの会話を聞いていたのか。

「強いってほどじゃないですけど、まあそこそこ……」

「いいね。今度、呑みに行く？」

近くにいいバーがあるんだ。なんでもないような口調で船橋はさらりと言った。ふたりでですか？　と確認するのは無粋だとわかっていた。

からん。カフェラテの氷が澄んだ音をたてた。

順子と呑んだ夜から、自分の中に焦燥が生まれているのを感じていた。
若い新人に身の回りの世話をやらせているなんて、結局自分も順子の軽蔑する男性芸能人と変わらないのではないか。経営者として、クリエイターとして、独り立ちしているとは言えないのではないか。そんな疑問がどうしても打ち消せない。
初心を忘れすぎだったと深く恥じ入った。私、ちっともすごくなんてないよ、順子。心の中で語りかける。あの震える肩に。やつれた頬に。
とりあえず誰にでもできる雑務のローテーションを組み、清掃業者に来てもらう日を増やして、スタッフの掃除の負担を減らした。クリアファイルに雑に挟んでいた書類をきちんと分類し、ファイリングした。バックヤードに溜まっている作品を整理し、環たちが収納に困らないようにした。自分で飲むコーヒーを部下に淹れさせるなんて、冷静に考えたらなんという傲慢さだろう。

数か月前の自分を消したいくらい恥ずかしい。

銀行へ記帳しに行くのも自分が外出のついでにやると亜衣に申し出たのだけれど、記帳と会計ソフトの入力は流れで行いたいからと固辞された。亜衣にはもっとデザインの勉強をする時間を与えたいのに、なかなかうまくいかない。

何もかもうまくやろうなんて思うな。どこかの大企業の偉いおじさんによるｗｅｂコラムにそう書いてあった気がする。他人事のように感じて読み流したけれど、今からでもマネジメントの本を読んだりすべきだろうか。

そんな思いから、久しぶりに書店に足を踏み入れた。東京から引っ越してきたばかりの頃から利用している、中規模のチェーン店。駅前まで行けばもっと大型の書店があるのはわかっているが、休日にまであまり駅前まで出たくないのが本音だった。

文芸書コーナーで自分の手掛けた装画の書籍が積まれているのを確認してから、ビジネス書をチェックする。ずらりと並ぶ経営者向けの本のタイトルを見てもあまりぴんと来るものがなく、結局いつものようにアート本のコーナーへ移動した。構図や色遣いのヒントになりそうな写真集をぱらぱらとめくっていると、足元に何かがぶつかってきてよろけそうになった。

「うわっ」

鮮やかなピンクが真っ先に目に飛びこんできた。

激突してきたのは女児だった。三歳くらいか、四歳か。菜里子には子どもの年齢がよくわからない。自分からぶつかってきたのに、目に痛いほど激しいピンクのワンピースを着たその子は転んだ体勢のまま、納得のいかないような表情を浮かべて菜里子を見上げている。抱き起こすべきなのかどうか、暫時(ざんじ)迷った。

「すみませーんっ」

母親らしき女性が駆け寄ってきた。こちらはショッキングパープルのTシャツに白いサブリナパンツ。一瞬白髪と見分けがつかないほど明るい金髪に染めた髪を頭頂部で団子にまとめ、サングラスにチェーンをつけて首からぶら下げている。オープントウのサンダルからは、銀色に塗られた爪がのぞいている。

「駆けまわるなって言ったでしょ！　ママ、あんたの絵本選んであげてたのに！」

叱りながらしゃがみこみ、よろよろと起き上がった娘の尻をはたいている。その声と横顔に見覚えがあった。

「あれ……あの、もしかして美和（みわ）？」

ぎくしゃくと声をかけた。

「え、嘘、菜里子？」

渡邊（わたなべ）美和は濃いアイラインに縁どられた目を見開き、こちらの全身にさっと視線を走らせたのち、やだ久しぶり、と笑った。距離感を推し量るような笑みだった。自分も今、そんな笑みを浮かべているのだろうと菜里子は思った。

「大宮に住んでるの？」

「うん。ダンナが転職して、会社がこっちのほうにあって」

「そうなんだ」

「菜里子は？　東京に行ったんじゃなかったっけ」

「あ、私も仕事の関係で」

イラストのことも起業したことも、口にするのが憚（はばか）られた。すぐそこの文芸書コーナーに自分が装画や装幀を手掛けたカバーのかかった本がいくつも並んでいることも。

へえ、と美和が相槌を打つと、沈黙がふたりの間に横たわった。

渡邊美和は高校二年のときの同級生だ。そういえば当時からファッションが個性的で、制服をアレンジして着ていた。指定の通学鞄にぶら下げられた海外アニメのマスコットがじゃらじゃらと揺れていたのを思いだす。

クラスのムードメーカーだった美和と菜里子は妙に波長が合い、一時かなり親しくしていた。休み時間をともに過ごし、菜里子のライブやレッスンのない放課後、マクドナルドで喋り倒したこともあった。サデイバタの知名度が上がり、菜里子を敬遠するムードがクラスに漂っても、美和とさえいれば心の安寧が保たれた。

『ごめんね。明日からお弁当はセイちゃんたちと食べることになった』

液晶がカラーになったばかりの携帯電話で美和がメールを送ってきたとき、菜里子はさほど驚かなかった。美和のような明るく派手な子が、美人でもないのにアイドルをやっている自分なんかといつまでもつるんでくれるなどとは最初から期待していなかった。

そうだよね、長いものに巻かれるほうが生きやすいよね。そう打ちこんでから全削除し、「了解」の二文字だけを送った。来るべき時が来たのだと静かに受け容れた。

その翌日から、菜里子は屋上や学食でひとりで昼食をとるようになった。トイレに行くのも教室移動もひとりだった。美和はクラスを牽引する華やかなグループと行動するようになった。菜里子が誰かから露骨なからかいを受けると「やめなよ」と控えめに注意してくれはするものの、けっして以前のように寄り添ってくれることはなかった。

菜里子はしゃがんで彼女の娘と目を合わせた。真正面から見ると、目の形も鼻梁のラインもはっとするほど美和に似ていた。

「おいくつでしゅかー?」

小さい子への接しかたって、こういう感じでいいんだっけ。自信を持てないまま菜里子は笑顔を作り、問いかけた。娘はにこりともせず、菜里子をじっと見つめ返している。自分の奥にある美和とのわだかまりを見透かされそうな澄んだ目に、緊張を覚えた。私、やっぱり子どもは苦手だ。

「四歳でーしゅ。もうすぐ五歳でしゅよー」

美和が娘の腕をつかみ、人形使いのようにぶんぶん振りながら代わりに返事をした。娘が平均よりも小柄なのか、自分が子どもの発達について知らなすぎるのか、菜里子には見当がつかない。互いの地雷を踏まないように当たり障りのない言葉を交わし、娘がぐずり始めたのを潮に、じゃあねと微笑み合って手を振る。美和はほっとしたような顔で娘の手を引き、立ち去った。ピンクとパープルが視界から消えるまで、菜里子はその場を動かずにいた。

連絡先さえ、訊かれなかったな。

ずっと手にしていた写真集を棚に戻しながら、安堵とも寂寥(せきりょう)ともつかないものがじわじわと胸を満たした。

連絡先をたずねなかったのは自分も同じだった。彼女の現在の名字も、子どもの名前すら訊かなかった。結婚おめでとうさえ言い忘れていたことに、帰り道で気づいた。

「三センチと言いますと、このくらいですね」

美容師の指が菜里子の髪の毛をひと房指先に巻きつけ、軽く持ち上げる。

「カールさせたとき毛先が顎のラインに来るような形になりますがよろしいですか」

「はい、それでお願いします」

　菜里子よりひと回りは若いであろう女性美容師は鏡越しに真剣にうなずき、続いて前髪とサイドの仕上がりを確認する。大きなポケットがいくつも腰まわりを囲むように縫いつけられたエプロンは、とても機能的に見えた。ポケットに突っこまれた鋏(はさみ)やコームを、頭の中で自分の丸筆や平筆に置き換えてみる。

「カラーのお色味は今の毛先と同じでよろしいですか」

「んーそうですね、同じで……」

「今のミルクティーみたいなお色味もすてきですけど、ただいま季節的に秋色のカラーも人気でございますよ。オレンジや赤がちょっとだけ入るとまた印象が変わります」

「なるほど」

　笑顔よりも親しみを感じる真顔で美容師は薦(すす)めてくる。その力まない接客を心地よく感じ、素直にカラー見本を持ってきてもらう。髪が褪色(たいしょく)したときの色味も勘案して、オレンジ寄りのワントーン暗めの色に決めた。

　自分も仕事柄、日々微妙な色味の調整をしているのだと、ふいに彼女に伝えたくなる。それにしても、仕事であれほど意識している季節感を自分の髪の毛に反映させようと思ったことはないと気がつき、おかしくなった。

　プラチナブロンドと言っていいほど明るく染められた美和の髪を目にしたことが、無意識のうちに自分の足を美容院へ向かわせたのだろうか。単純に気分転換をしたかったからかもしれない。ここのところ、心に負荷がかかりすぎていたような気がする。

サロン予約アプリで見つけたこの美容院は駅からも自宅からも少し離れているが、全体的に雰囲気がいい。美容師がよけいな世間話をしないのが何よりいい。仕上がりに問題がなければリピートしよう、なんならこの人を指名しようと菜里子は早くも心の中で思い定める。

その場限りの会話に価値を見出せず、上辺だけのコミュニケーションが苦手な菜里子にとって、美容院探しは難易度の高いタスクのひとつだった。数年前に気に入っていたサロンが都内へ移転してしまって以降あちこち利用してみたものの、どの美容院も共通して美容師が多弁すぎるのがネックだった。

でもここなら大丈夫な気がする。定番の「今日ってお休みなんですか?」の問いも向けられていないし、過不足のないサービスのおかげでリラックスできている。それを確かめるように、パンプスに包まれた足をくるくると回した。

肩に届くくらい伸びていた髪を三センチカットしてもらっただけで、頭がだいぶ軽くなった。自分のヘアスタイルを自分で決められることは、なんて幸せなのだろう。喜びがひたひたと全身に満ちてゆく。

――アイドルはストレートの黒髪と決まってるもんでしょう。

母の言葉がうっかり再生されてしまう。あのときの声の響きまでも、そのままに。

黒髪ストレートで過ごしていた時代、菜里子が電車の中でどれだけ痴漢(ちかん)に遭ったかを母は知らない。平日でも休日でも、すなわち制服でも私服でも同じだった。

彼らは容姿の好みでターゲットを選ぶのではない。抵抗や反撃をしなそうな、おとなしそうな相手を選ぶのだ。

そうだ、そのことをアドバイスしてくれたのは美和だった。高校卒業後、彼女の助言通り髪を明るく染めてショートボブにし、ついでに移動中だけサングラスを着用するようになってからというもの、痴漢に遭った記憶はない。再会したとき、そのことだけでも報告しておけばよかった。菜里子は小さく悔やむ。

ツンとするにおいのカラー剤を塗布され、前髪までぺったりと撫でつけられる。こんな姿は誰にも見せられないなと思う。きれいになるための過程は往々にして滑稽だ。

頭にラップを巻かれて放置されている間、ケープの先から指を伸ばしてスマートフォンを操作した。気圧アプリをチェックすると、グラフはやはり気圧が急激に下がっていることを示していた。どうりでさっきから頭痛がするはずだ。

いつのまにか背後に美容師が立っていた。菜里子の頭のラップをぺりぺりと剝がして髪の毛をひと束とり、染まり具合をチェックしている。

「いいですね……はい、オッケーです。シャンプー台へご案内します」

「はーい」

「こちら段差がございますのでお足元にお気をつけください」

美容師の小さな仕草やふるまいをありがたく感じるのは、自分の体やその一部をこんなふうに真剣かつ丁寧に扱ってもらった経験に乏しいからなのではないか。そんな思いが降ってくる。大事にされるたびにこんなことを考えなくて済む人は、なんて幸福なんだろう。

菜里子の体重を受けとめたシャンプー台がかすかに軋む。仰向けた顔にガーゼタオルがふわりと載せられ、思考をクローズせよと言われた気がした。美容師の指に髪を梳かれ、シャンプーで泡立つ頭をマッサージされているうちに、浅い眠りが菜里子をとらえた。

諦念

夢の入口は、どうしてこんなに現実的なんだろう。冷えびえとしたタイル張りの床を、環は踏みしめる。

〝スターユニオン第一次オーディション〟という文字は、一メートルの距離まで近づかないと読みとれないほど小さかった。いかにも即席で作られたようなそっけなさ、もっといえばやる気のなさ。爪の先まで体を磨き上げ、おろしたてのコートの下にシフォンのワンピースをまとった環は、なんだか自分が場違いな気がして落ち着かない。

こんな寒々しいビルから未来のアイドルが生まれるなんて、なんだかおかしい。

入所金も活動費用も月々のレッスン料も全額無料というのが売りのアイドルタレント事務所スターユニオンは、もちろん衣装代も撮影代も事務所持ちだ。オーディション雑誌の記事にも書いてあったし、買ってもらったばかりのノートパソコンでもきっちり調べたのだから間違いない。

事前に得ていた情報と眼前の光景のイメージの差に戸惑っていると、バニラのような香りがふわりと背後からやってきて、軽やかに環を追い抜いて行った。少しだけくすんだ水色のコートを着た長身の女の子。流行りのシャーベットカラーだ。そうだった、行かなくちゃ。慌てて足を踏みだしたら、水色コートの背中を追う格好になった。

大丈夫。大丈夫。受付同様にそっけない部屋のパイプ椅子に座らされ、クリップボードに挟まれた用紙に必要事項を記入しながら、環は自分に言い聞かせた。

子どもの頃からアイドルが好きだった。何のためらいもなく憧れの対象に己を投影し、夢を養分にして環は成長した。タレント養成スクールだって、一度も休まずきっちり通った。

「ねえ」

もしこのオーディションに合格して事務所に所属できたら、スターユニオン所属アイドルになれる。契約を結び、仕事が入ってくる。今度こそ夢が夢でなくなるのだ。

「ねえ、どっか通ってた人？」

その問いかけが自分に向けられていることに気づいて、声のしたほうに首をひねった。あどけなさの残る顔立ちの少女が、斜め後ろからこちらを見つめている。シンプルな白のニットに、あっさりしたメイク、下ろしただけの髪。特に気合が入っている様子はないのに垢抜けていて、目を逸らしがたい引力があった。これがオーラというものなのかもしれない。環はぞくりとした。

その少女の少し後ろの席で、水色のコートを膝に載せた先程の少女が書類に鉛筆を走らせている。

「養成所、どっか通ってた？　ちなみにあたしは東京エースアカデミー」

「あ、ああ、えっと」

受験者はまだ数名しか集まってはいないものの少しだけ声を落として、環は高二のとき通っていたスクールの名前を告げた。

「ああ、あそこね。恵比寿にあるとこでしょ」

わずかに目を細めた彼女は急に大人びて見えた。もしかしたら少女という歳でもないのかもしれない。十九歳の自分よりいくつか年上かもしれないと環は見当をつける。

「もしかしてだけど、カンダの煮豆のときいなかった？」

続く問いかけに、環は思わず全身で振り返った。

「え、いました！」

「やっぱり！　見覚えあると思ったんだよ」

彼女は鈴のような笑い声を立てた。

書店の雑誌コーナーでオーディション雑誌というものを初めて手にとったのは高一のときだった。自分に必要な情報がぎっしりと詰まったその誌面を食い入るように見つめながら、視界が一気に開けた気がした。わたしも自分を試してみたい。細胞が沸きたつのを感じた。

世間ではＡＫＢ48というアイドルグループがブレイクし、昨日まで一緒に授業を受けていた同級生が劇場のスポットライトを浴びたり音楽番組で歌ったりしているという現象が日本中で巻き起こっていた。自分も芸能界に入って本格的にアイドルを目指したいと告げる環に、両親は拍子抜けするくらいあっさり賛成してくれた。父に至っては「水着審査とかもあるんだろ？　うんとセクシーなやつ買ってやろうか」などと発言して母にたしなめられていた。

オーディションと呼ばれるものを受け始めた環に、現実は厳しかった。書類審査で振り落とされることがほとんどで、なかなかオーディション会場にたどり着くことができない。写真がいけないのだろうかと、衣装や髪型を何度も変えて撮り直した。

初めて審査員の前に立ったのは忘れもしない、煮豆のＣＭのオーディションだった。もはやアイドルでもモデルでもタレントでも、テレビに出られるならなんでもよくなっていた。味わったことのない緊張が膨らみきっていたが、食品メーカーの担当者の前に立ち「ぱっくりふっくらカンダの煮豆！」という短い台詞（せりふ）を全力で放った。受験者は二十名ほどいたけれど、そのグループ審査で審査員が「元気いいねえ」という言葉をかけたのは自分にだけだった。いけると思った。

手ごたえはあったのに、そこでも環はあっけなく落ちた。そこからはやけくそ気味に応募しまくった。ガールズバンドのボーカル。サーキットのイメージガール。地域の美少女コンテスト。競争率をだんだん落としていったにもかかわらず環は落ち続けた。

どんなオーディションもまずは所属事務所や養成所を訊かれることに気づいた環は、口コミを調べ、両親に頼んで東京都内のタレント養成スクールに学費を払いこんでもらった。大手プロダクションが経営している養成所は入所するにも試験があり、お金さえ払いこめば通学の許されるスクールを選んだ。

高校二年生の一年間、学校に通う傍ら、水曜の夜と土曜の昼間の週二回レッスンに通った。講師はプロの劇団員やミュージシャンだったが、いずれも名前を聞いたことのない人ばかりだった。座学、呼吸法、準備体操。ボイストレーニングが始まるまでにも長いコマ数を要した。

一年間のレッスンが終わる頃、オーディションを受ける機会がいくつも設けられたが、環はどれひとつとして合格をもらえないままだった。ともにレッスンを受けてきた仲間が百貨店の水着のCMに端役ながら出演が決まった日、祝福の言葉を述べる唇が震えた。

「三年生になっても、やる?」母親に遠慮がちに訊かれたとき、うなずくことができるほど心の強さは残っていなかった。三月に発生した東日本大震災が、夢を追う若者たちから後ろ盾を奪っていた時期でもあった。受験生としての一年はおとなしく勉強に集中して過ごした。被災地支援プロジェクトと称して小グループで被災地を回り簡素なステージでライブをするAKB48が、実際以上にまばゆい存在に思えた。

きっと、幼すぎたのだ。大学生になった環はそう思うことにしている。年齢的にも親の付き添いなしで会場に来られるようになって、審査員の求める空気も少しは読めるようになってきた気がする。あとは運次第。そうやって自分を鼓舞してきた。実際、書類審査を通過する確率は上がっていた。

けれどいざ会場に着くと、いかにも場慣れしたふるまいを見せる他の応募者たちが放つ輝きにすっかり臆してしまう自分がいる。

気づけば会場は受験者でほぼ埋まり、書類に書きこむ筆記具の音が響いている。白いニットの少女はもう、環のほうを見ていなかった。

大丈夫。大丈夫。耳たぶに揺れるピアスにそっと触れると、気持ちがすっと静まってゆく。

大丈夫。黒蝶貝のピアスが守ってくれる。

「いや、金取んのかよ」

恵(めぐみ)の声が店内に響き渡ることに、菜里子はひやひやした。彼女がこれから自分を傷つけようとしていることよりも。アイスコーヒーを運んでいたウエイトレスがちらりとこちらに視線を向け、すぐに戻した。

「えーっと、それはちょっとエリにびっくりされちゃう気がするなあ。なんて説明したらいいんだろ」

恵は顔を仰向け、いかにもおかしそうに笑う。まるで自分が不当に扱われているかのように、声に憂(うれ)いをにじませながら。

エリという子のことなど、まったく知らない。顔も素性も居住地も趣味も性格も、どんな相手と結婚するのかも。だから、私が無償で彼女に絵を描いてあげる義理はない。それを言えばいいだけなのに、菜里子の唇はかすかに震えただけだった。

恵の隣では明日香が何も聞こえていないかのようにカフェラテのグラスをスプーンでかき回している。菜里子の代わりに口を開いたのは隣に座る順子だった。

「ね、ちょっとさ、落ち着こうよ恵。久しぶりのバタ会なんだし、いきなりそんな話されたら菜里子だってびっくりするよ」

「いや別に100号キャンバスに描けとか言ってるわけじゃないんだよ。菜里子だったらささっと描ける程度の、このくらいの大きさでいいんだけど」

恵は自分のコーヒーが載ったトレイを滑らせて向かいの菜里子のトレイにつなげてみせた。

サディスティック・バタフライ。それが昔四人が組んでいたユニット名だった。正確には、組まされていたユニット名。プロデューサー兼マネージャーだった矢嶋という男がいわゆるビジュアル系バンドのメンバーだったことが影響し、そんな名前になったらしかった。

蝶の里・嵐山町を勝手にアピールするアイドルグループ。当時はそんな謳い文句でやっていた。ご当地アイドルという言葉すらまだなかった。ユニットという言葉さえ、使い始めたのは活動期間の途中からだった。蝶をモチーフにしたユニットで、それぞれに担当の蝶と一致させた活動名が与えられていた。明日香がモンシロチョウのマシロ。恵がオオムラサキのムラサキ。順子がルリシジミのルリ。そして菜里子が黒アゲハのアゲハ。

個人情報保護法などまだなかった時代に、本名ではなく愛称のような名前で活動できたのは、今思い返してもありがたいことだった。それでも一部のファンからの粘着質な行為がトラブルに発展することもあった。それがメンバー同士の絆を強める一助になったと言えなくもない。

夏に結成されたサディスティック・バタフライは、夏に解散した。

ユニット結成が一九九八年の八月。菜里子が脱退を宣言したのが、二〇〇〇年の七月。翌八月にミレニアムライブと称して都内の商業施設のイベントスペースで行ったのが、アゲハの卒業ライブとなった。

残る三人で活動を続けるという話だったのに、新曲も出さずライブのひとつも行わず、サディバタは事実上消滅してしまった。あれから、今年で干支がひとめぐりした。

四人で集まるオフ会のことをバタ会と呼び始めたのはいつだったか、誰だったか。できれば年に一度、最低でも四年に一度、オリンピックの開催年には集まろう。自分を恨まないどころか、定期的に会おうと呼びかけてくれる仲間たちに、菜里子は感謝した。

それにしても、四年に一度だなんて大げさな約束だと当初は思った。いくらなんでも、もっと頻繁に集まれるはずでしょう。

時の流れは四人の元アイドルから少しずつ若さを削りとっていったが、往時の記憶と最低限の絆だけは残しておいてくれた。それでも全員がきっちり集合するバタ会の頻度はみるみる低くなり、気づけばオリンピックイヤー以外はほぼメールのやりとりのみで関係をつないできた。集うたびにメンバーの誰かしらの居住地や職業、そして家族構成に変更が発生していた。結婚したのは明日香、順子、恵の順だった。明日香は双子のママに、順子は妊活中、恵はすぐに離婚してまた再婚と忙しかった。それでもバタ会の話が持ち上がれば、みんな家庭に都合をつけ、万難を排して集まった。独身のままなのは菜里子だけだった。

飲み会とカラオケのコースだったのが、夕食だけになり、昼食だけになり、そして今回、とうとうお茶だけになった。何よりも変わったのは、そのことを特段寂しいと思わない自分かもしれないと菜里子は静かに思った。

前回の開催は東日本大震災の前だった。みんな無事でよかったね。震災のときどうしてた？　紙類がなくなったり計画停電があったりしたとき、どんなだった？　それが今回の話題のテーマだった。ファミリーレストランのテーブル席で顔を突き合わせ、風量ＭＡＸで熱風を吐き出すドライヤーのように勢いよく語り尽くしたあとで、恵が菜里子に向かって身を乗りだしてきたのだ。

「ねえねえ、菜里子に個人的なお願いがあるんだけど」と。

　恵の親友のエリという人物が結婚することになり、披露宴のウェルカムボードを描いてくれる絵の上手い人を探している。それを聞いて菜里子のことを思いだした恵は、自分のアイドル仲間が無償で描いてくれるはずだと請け負ったのだという。

　経緯を聞いて、菜里子は胸の中だけで深い溜息をついた。イラストレーター・ＮＡＲＩの自分と、サディスティック・バタフライのアゲハだった自分を結びつける情報を、勝手に広めないでほしい。しかも自分に話をつける前に約束してしまうだなんて、社会人としてのリテラシーが低いのではないだろうか。

　こちらはビジネスとしてイラストを描いている。無償で作品を提供できるほどお人好しでもばかでも暇でもない。それで恵に言ったのだ。「材料費の他に、制作費がかかっちゃうけど」と。

「いやいや、だってさ、菜里子の宣伝にもなるわけじゃない？　エリのダンナさん、広告代理店の人なんだよ？　名前を売る機会にもなるって思ったんだけど」

　顔を正面に戻した恵は、大きな目をさらに大きく広げて赤子に諭すかのように宣う。昔からイニシアチブを取るのはいつだって恵だった。

　出た、「宣伝になるからいいじゃない」。まだ開業する前のこと、そうやって無償でイラストを描かせようとする人間に何度もエンカウントした。需要と供給が一致するでしょ、WIN-WINでしょ？　と言外に匂わせて。

開業を知らせたときお祝いどころか返信さえなかったのも、血を吐くような思いで準備した個展に来てくれなかったのも、恵だけだったな。そんな思いが自分の中にわだかまっていたことに気づかされながら、テーブルの下でぎゅっと手を握り、喉に力をこめた。

「……もし、一度でも」

恵よりも明日香と順子のほうがびくりとしたのがわかった。ごめんね。心の中で、先に謝る。ごめんね。私のせいで、私がこの場を穏便に収められないせいで、サディバタが本当の意味での解散になってしまったら。

「一度でも無償で引き受けてしまうと、私は『無償で描かせるイラストレーター』になっちゃうんだ。それは困るの」

恵は虚を衝かれたような顔をした。先程のウエイトレスが空のお盆を胸に抱えて通り過ぎてゆく。自分とは異なる人生を歩む彼女を、束の間ひどくうらやましく思った。

「ウェルカムボードの相場は、プロなら材料費とは別に三万円とかそれ以上だと思う。アマチュア時代でも最低一万円はいただいてた。それを無料でやるっていうのは、この仕事を価値のないものとみなすことになってしまうの。恵の顔を立てたい気持ちはあるんだけど、ごめんね」

最後の「ごめんね」は全員に向けて言ったつもりだった。

たっぷりと沈黙があった。明日香が落ち着きなくグラスを揺らし始める。彼女は昔から争いごとが嫌いだった。

「別にいいけどさ。あたし知ってるんだよね」

恵が唇の端を引きつらせて言った。

「菜里子さ、体調のせいなんかじゃなくて、やめたくてやめたんでしょ。アイドルを」

今度こそ何も言い返せなかった。その通りだったから。

どうしても納得がいかなかった。

配布された『ドン・キホーテ』の一節を、環は丹田に力をこめて朗々と読み上げた。ひそかなトラップなのであろう「大音声」もちゃんと間違えずに「だいおんじょう」と読んだ。カメラテストでは研究した角度に小さく首を傾げ、顎を引いて極上の笑みを作った。面接では両脚を斜めに流して座り、如才なく受け答えをした。アイドルへの夢を語り、長年の努力を語り、両親への愛と感謝を語った。我ながら完璧だと思った。それでも、二次に進む受験者の中に環の名前はなかったのだ。

信じられない。信じられない。歌唱審査もしてもらえないだなんて聞いてない。たしかにデモテープは事前送付してるけど、オーディション概要には課題曲も提示されていたはずだ。だから、あんなに練習してきたのに。

「お疲れ様でした。残念ながら一次までとなった方はここで終了となります。お忘れ物のないようにお荷物をまとめて後方のドアから出てお帰りいただきます。二次へ進まれる方はお昼を挟んでからになりますので、ご着席になったままこの後の説明をお聞きください」

黒髪の後れ毛をピンでぴっちりと留めたパンツスーツの女性が言い渡した。どこか生徒に説き聞かせる教師のようなそのトーンには、反発を許さない雰囲気があった。

立ち上がることは不合格を意味した。屈辱だった。パイプ椅子がぎしぎしいう音がそこここに響く。目に見えない重苦しい落胆と一部の安堵の吐息が混ざり合い、無機質な部屋に満ちてゆく。

ドアのほうへ向かいながら、恨めしい気持ちで部屋を振り返る。白いニットの少女は頬杖をつき、窓の外を見つめていた。水色コートと目が合った。エナメルのバッグを抱えて姿勢よく座った彼女は、ぶつかった視線をゆっくりと前方に戻した。その顔に表情らしいものがいっさい浮かんでいなかったことが、さらに環を傷つけた。

暖かな控え室から廊下に出ると、寒暖差にくしゃみが出た。

午前の部で落とされた受験者たちは、意志のない人形のように一様におとなしくエレベーターに向かって行進してゆく。皆、落ちるのに慣れていて、既に別のオーディションのことで頭をいっぱいにしているのかもしれない。けれど環は違った。何度落とされても、痛みに慣れるということがない。いつでも新鮮に傷つけられる。丹精した花壇の上を踏み歩かれたような——いや、視線さえ向けてもらえなかった気分になる。

自分の爪先から視線を上げたとき、エレベーターではなく階段へ向かってゆくスーツの後ろ姿が目に入り、環ははっとした。審査員を務めた男たちのうちのふたりに違いなかった。スターユニオンの——役職名は聞き取れなかったけれど偉い人たち。肩を揺らして談笑しながら歩み去ってゆく。環はとっさにその背中を追った。

だんだんだん、革靴の足音を響かせて彼らは幅の狭い階段を下ってゆく。話し声は階段ホールに反響し、断片すらもうまく聞き取れない。

やや年配で体格がいいほうの男は、煙草(たばこ)と思われる小箱を手の中でもてあそんでいる。ファッションスーツを着こんだもうひとりは若いのに頭髪の生え際がやや後退していて、そこから目を逸らさせるためかのように色つき眼鏡をかけていた。

数十名の若い女の子たちをジャッジし、その運命を決定した男たちは、まるで何も見なかったかのように世間話をしながら歩いている。焼けつくような胸を押さえて追いかける自分との温度差を思い、環は唇を噛んだ。

正面玄関から外へ出た彼らはビルの壁沿いに進んでゆく。隣のビルの敷地との境を示すようにささやかな生垣があり、その内側の一角が喫煙所になっていた。彼らは吸いこまれるようにそちらへ向かってゆく。既にひとりいた先客に軽く会釈をして、男たちは煙草をくわえ、ライターで火をつけた。紫煙が立ちのぼる。

「——あのっ」

言葉をまとめてすらいないのに、環は声をかけた。ふたりが同時に振り返る。色つき眼鏡のほうが、あ、と口を開け、もうひとりはわずかに眉を上げて「お疲れさま」と言った。最初に対面したときとは別の種類の緊張が爪先まで走る。

「あの、えっと、すみません、あの」

すっかり息が切れていることに気づき、呼吸を整えながら環は言葉を探した。はからずも敗者の哀れさが演出されたような気がして落ち着かない。風車に突撃するドン・キホーテさながら勇気をかき集める。

「わたしの、どこが、及ばなかったでしょうか。今後のために、教えていただけませんか」

ふたりは顔を見合わせた。状況を察したのだろう、先客の男が遠慮がちに顔を逸らすのが視界に映った。

「うーん」

この非常識なふるまいをまずはたしなめられるのだろう。そう覚悟したものの、男たちの顔に浮かんだのは非難でも面倒くささでもなく、かすかな憐(あわれ)みの表情だった。年配の男が深々と煙を吐き出しながら言った。

「だってきみ、太ってるじゃん」

「それで、反射的に私も言い返しちゃったんですよね」

「なんて?」

隣に座った男からは、かすかにコーヒーの香りがした。カフェの店主なのだから当然かもしれなかった。それでも、この瀟洒(しょうしゃ)なビルの地下にあるバーにまでその香りを持ちこむほどというのは小さな驚きだった。大宮駅前にこんな落ち着くバーが存在したことも。

「『恵が矢嶋さんと関係してたことも知ってるよ』って」

ぶはっ。手にしたジャックダニエルのグラスを口から離して男は笑う。ほしかった反応が得られて、菜里子はわずかに胸がすくのを感じた。自分のモヒートを口に含む。ミントがすっと鼻に抜けた。

「会心の一撃だね。それはまじなの?」

「まじですよ」

ああ。なんでこの人にこんな話を聞かせているのだろう。

船橋巧(たくみ)は、個人経営のカフェのオーナーだ。今年の春、菜里子は初めての個展のために彼のカフェ「湖」を会場として使わせてもらった。

「湖」はひとり暮らしの自宅から駅方面へ自転車で向かう途中にある。受注したイラストを無事に納品できた日、アイリッシュ・コーヒーを飲むために利用する習慣がいつからかできていた。二階が住居スペースになった小さな建物は、不動産経営をしている親戚から安い家賃で丸ごと借りているのだと、ある日なんとなくカウンター席に座ってみた菜里子に船橋は語った。じゃあ、この上であなたは寝起きしているのね。そう思って天井を見上げたことは、なぜか菜里子の記憶に長く残った。

個展を開いたのは彼の発案によるものだった。初めて来店した日に壁一面に展示されていたモノクロ写真の数々が印象的でイメージを持ちやすかったこともあり、菜里子はエネルギッシュに準備をした。見込んだほどには集客はなく、売上もさんざんだったけれど、それをきっかけに縁のできた顧客とはぽつぽつと取引が発生している。

後味の悪いバタ会のあと、菜里子の足はまっすぐ「湖」に向かった。カウンター席に座ろうとすると、船橋に思いがけず誘われた。今夜はもう閉めるので、よかったら外で呑みませんか？と。

それにしたって、私はどうしてこの人に対してはノーガードなのだろう。アイドル時代のことを自ら他人に打ち明けるだけでもびっくりなのに。普段はほとんど呑まない酒のせいだろうか。何にせよ、菜里子は今夜の自分のテンションを自分でおもしろがり始めていた。彼が往時の自分たちを知らなかったことにも安心できた。

サディスティック・バタフライはセンターという概念を持たないユニットだった。曲のパートもほぼ等分になるよう割り振られていた。それでも撮影やライブのＭＣのときの立ち位置は決まっていた。左からルリ、マシロ、ムラサキ、アゲハ。挟まれたふたりが挟んだふたりよりいくぶん格上として扱われていることは明白だった。そのことに不満を覚えたことはない。オーディシヨンで品定めされ続けるぬるい地獄のような日々から掬いあげてくれた矢嶋には感謝しかなかった。

そもそもオオムラサキは国蝶であり、嵐山町の蝶の里公園の隣にはオオムラサキの森と呼ばれるエリアがある。サディバタの中心的存在がムラサキであることも、それを彫りの深い顔立ちの美人である恵が務めることにも、誰も異存はなかった。

恵は思ったことをすぐ口に出すタイプだった。いつもエネルギッシュで、ユニットのテンションを高い位置にキープしようと腐心していた。それは時にはユニットの士気を上げ、時には気まずさや不穏な空気を生んだ。ほわほわとしたお嬢様タイプのマシロこと明日香に、温和で調整型の性格であるルリこと順子。バランスのいいユニットだと菜里子は思っていた。自分という無個性な要素を除いては。

「え、だってさあ、活動してたのって高校生のときなんでしょ」

「そうですよ。あ、恵と順子は一歳上だったので、彼女たちにとっては大学一年のとき解散という形ですが」

「犯罪じゃないの。矢嶋さんって当時いくつだったの?」

「正確には私たちも知らされてなくて。でも……経歴からすると三十代半ばかなって」

「じゃあ最低でもひと回りは違うわけだよね。うわあ、ロリコン」

嫌悪感を軽やかに言葉に乗せるこの男が自分よりふたつ下だというのは、さっき会話の流れで初めて知った。先に敬語を解除されても不思議と不快ではなかった。

元ビジュアル系バンドのメンバーだったという矢嶋の、もっさりとした髪の毛を思いだす。金髪というより藁のような色で、前髪はほとんど目にかぶっていた。ぼそぼそと低い声で話し、猫背で、覇気もない男だった。ときどき右手の人差し指だけを激しくぱたぱた上下させる癖があった。まるでエネルギーを節約するかのように、表情はほとんど動かさなかった。それでも、まだSNSも普及していなかった時代に菜里子たちをそれなりの知名度にまで押し上げた。

彼のその尽力がメンバーとの恋愛を目的としたものではないことを、ともに活動した二年間で菜里子は理解しているつもりだった。恵とのことはだから、きっと不可抗力だった——もしかしたら、自分がそう思いこみたいだけなのかもしれないけれど。

「ロッキー山脈でね、迷子になったことがあるんだ」

組み合わせた両手の上に顎を乗せて、船橋は脈絡もなく語り始めた。氷河に侵食された険しい山々のイメージが、一瞬菜里子をどこにいるのかわからなくさせた。

「え……遭難、ですか?」

「いや、パーティーとはぐれただけだからあくまで迷子」

夢でも見ているような口調で船橋は言葉を紡ぐ。

大学の留学生だったショーンというアメリカ人と仲良くなり、卒業後もともに旅行をする仲が続いた。数年前、初めて彼の帰省に付き合い、彼の地元の仲間たちとともにロッキー山脈登山に挑戦した。総勢二十名ほどのパーティーだったという。

「足腰には自信あったんだけどさ、俺。大学のとき山岳部だったし。でも気づいたら、ショーンたちの背中がずいぶん遠くなってて。焦って足を動かすんだけど、逆に自分がどこにいるのかわからなくなっちゃってさ。全身嫌な汗まみれになって、体が冷えて悪寒がして」

どこか酷薄そうな唇がぴらぴらとよく動くのを、菜里子はじっと見つめた。

「そのうちに日が暮れて、真っ暗な空から雹(ひょう)が降ってきたんだ。こんな、ゴルフボールくらいある雹」

船橋は指で輪っかを作ってみせた。

「……痛そうですね」

「痛いのなんの」

彼は必死で足を進めたが、とうとう完全にひとりになった。がむしゃらに上を目指していると、ようやく少し拓(ひら)けた場所でテントを張っている仲間たちを見つけ、胸を撫で下ろした。ただ、ショーンが見つからない。彼はショーンの担いでいるテントで一緒に寝ることになっていた。

「仕方ないから、寝させてもらえるならどのテントでもいいやと思ってノックするじゃない。けどね、"May I come in?"って訊くと"No"って返ってくるんだ。耳を疑うよね。数時間前まで仲良く冗談とか言いながら一緒にわいわい登っていたんだよ。他のテントでもみんな"No"。そうこうしている間にも、雹はどんどん降ってくるんだ」

菜里子は胸を突かれた。自分がひどく小さな、取るに足らない存在に思えた。それこそが、彼が今この話題をセレクトした狙いなのだろうけれど。

「なんのことはない、みんなアジア人差別を隠しもしないわけさ。夜って人の本性が出るよね。昼間はどんなに友好的でもさ」

「――あなたが無事で、よかったです」

自分の声が湿り気を帯びてきたことに菜里子は気づく。声は空気を伝って男の手にしたグラスの中のジャックダニエルに溶けてゆく。男がその琥珀(こはく)色の酒を喉に流しこんだとき、芽生え始めた好意が彼に受け取られたような気がして、耳たぶが熱くなるのを感じた。

菜里子がその男と恋人同士になったのは、翌年のことだった。

屈託

「もう本当に雑な男でさあ。まあでも顔がいいから無罪っすよ」

半年ぶりに会った志保は相変わらずおしゃべりで、そして新たな恋を得ていきいきしていた。

志保の恋愛は、サイクルが早い。いつもネタを豊富に抱えていて、愚痴（ぐち）にも深刻さがなく、どんな手痛い体験にも笑いを添えておもしろおかしく話し聞かせてくれる。首の後ろでひとつにまとめた髪にシュシュが巻かれているのは大学の頃から変わらない。前髪の厚さや眉の形も、いつ会っても志保スタイルだ。時代に流されたくないんだよねといつか語っていたっけ。

「谷くんは元気？」

志保は自分が橋渡しをした恋人たちの話を聞くのが三度の飯より好きだ。

「元気なんじゃないかな」

「なにそれ」

「最近全然会ってないんだもん。仕事仕事仕事で」

「あれ、谷くんってそんな仕事人間だったっけ」

「仕事人間っていうか、バイトの子たちに気を遣いすぎっていうか」

自分から連絡して友達を呼びだす。それだけでよかったんだ。なんて簡単なことなんだろう。

亜衣とパエリアを食べた日にふと思い至ったこと。それは、しばらく女友達と遊んでいないという事実だった。自分には同性の友達がいないのではないか。そんな不安が兆したとき、真っ先に思い浮かんだのが志保の顔だった。

「結婚したら『谷環』かあ、なんか字面があんまり人名っぽくないね」

「ちょっとなにそれ、飛躍しすぎ」

「『タニタマキ』って片仮名にしたらいい感じかも。ちょっとアーティストっぽい」

「ああ、どこで切れるかわからない感じがね」

女性が改姓しなきゃだめとは決まってないじゃない。その言葉は自分には口にする権利がない気がして、冷たい水と一緒に飲みこんだ。

仙田(せんだ)志保と仲良くなったきっかけは、大学に入学してすぐ、自分が健康診断の日にちを間違えたことだった。

新入生は、授業が始まるまでのわずかな期間に、学部ごとに健康診断の日時が割り当てられる。入学式の日に手渡された膨大な書類の中に交じっていたその概要を環は見落としており、気づけば経営学部の実施日は過ぎていた。学生課の事務で事情を説明し、不安いっぱいに交ざりこんだ法学部の健康診断で、最初に声をかけてきたのが志保だった。

おせっかいな子だった。人と人とをつなぐのが自分の使命だとでも思っているようだった。経営学部に入学した自分の元同級生と環を引き合わせてくれたおかげで、環は授業が始まっても孤独ではなかった。その三人でたびたびカラオケや買い物に繰り出したし、顔の広い志保を通じて飲み会や合コンの誘いを受けるうちに人脈が広がった。

学部は違えど交流は続き、卒業しても連絡を取り合っていた。お互い社会に出て会う頻度が減っても、志保は遠くから環にエネルギーを分け与え続けた。

いつから没交渉になってしまったのだろう。記憶をたぐる環の前に、ほわほわと湯気を立てるスープカレーが運ばれてきた。メニューを開いて即決した北海道野菜のカレーが、木製の椀に満たされている。ごろんと大きな男爵いもに、つやつやと青いオクラ。スパイスの香りが食欲を刺激する。志保の前にはきのことチキンレッグのカレーが置かれた。

「環って食べるの好きだよね」

子どものようにはしゃぐ環に、志保が目尻を下げて笑った。

食べるのが好きじゃない人なんているの？　そう切り返そうとして、上司の顔が浮かんだ。

菜里子がゆっくり昼休憩をとっているところをあまり見たことがない。環や亜衣が外へランチに行っている時間に、自分の席でパンを齧ったり簡易食をとったりして終わりということが多いようだ。あの人はきっと、食にそこまで興味がない。

スプーンをカレーに沈めると、細かい油膜が集まってきた。スープは思いのほか透明で、やや塩気が強いが複雑な旨味があった。

「下北沢まで来た甲斐があったよ。街の雰囲気ずいぶん変わったよね？　駅もダンジョンみたいでさ……」

反応がないので目線を上げると、志保は黙々とスープカレーを口に運んでいた。

そうだった。普段はおしゃべりなのに、志保は食事中はいっさい会話をしないのだった。いったん食べ始めると、こちらから話しかけても必要最低限の反応しかしない。最初の頃は戸惑ったものの、そういう育ちなのだろうと納得してからは、彼女のことを一歩深く理解できた気になれた。

「んっ」

食後のコーヒーに切り替えたところで、志保のスマートフォンがメッセージを受信した。

志保が口元を押さえながら画面を確認し、破顔する。

「よかった、ノージーも来れるって！　しかも彼氏さんと」

「えっ、えっ？」

突然もたらされた情報に環は戸惑う。ノージーとは大学時代つるんでいた三人のひとりで、もともと志保の高校の同級生だった野尻弓子(のじりゆみこ)のことだ。学部が一緒でともに講義を受けた仲だが、大学の外では志保抜きで会ったことはない。個人的な連絡も必要最低限しか取り合ったことがない。そのことに志保はきっと気づいていない。

「無理かもって言ってたけど都合ついたみたい。あと十五分くらいだって」

口元をほころばせて志保は言う。心の底から嬉しそうな様子だ。

「えっ……あの、弓子ちゃんも来るんだ？」

「ああ、ちゃんと言ってなかったっけ。環に会うならもちろん呼ばなきゃと思って声かけてたの。仕事の都合で微妙だって聞いてたんだけど、大丈夫になったみたい。彼氏も連れておいでよって言ったらほんとに連れてくるって。やーん最高」

「そっか、よかったね」

あ、わたし今、笑顔を作ってる。口の端を引き上げながら環は自覚する。

今日はふたりでじっくり深い話をしたかったんだけどな。積もる話をいろいろ聞いてほしかったんだけどな。新しい仕事のことも、上司の恋人をほんのり気にかけてしまっていることも。

きっかり十五分後に弓子が入店する。亨輔の店で売っているようなインド綿のワンピースを着た弓子は、大柄な男性を伴っている。

「ノージー！　こっちこっち！」

他の客がふりむくくらい大きな声で志保は弓子を呼び、手招きする。天井から垂れ下がるフェイクグリーンをかき分けるようにしてふたりはやってくる。

「やだもう！　久しぶり！」

「いやいや先月会ったやんけ」

「そうでしたあ」

合流するなり志保と弓子はコントのようなやりとりを繰り広げる。

先月も会ってるのか。それなのにこのテンションなのか。ふたりのときは、わたしは呼ばれないのか。もやもやした思いを抱きながら、環も中途半端に腰を浮かせてふたりに挨拶した。

弓子が迷わず志保の隣に座ったので、必然的に彼女の恋人が環の隣になった。男性用の整髪料のにおいが、店内に漂うスパイスの香りに混じって自己主張する。食欲がわずかに削がれた気がした。

「あーお腹空いたっ」

ひととおり挨拶を済ませ、弓子がメニューを開く。寺井（てらい）と名乗った男が横からそれを覗きこみ、すいませえんと店員を呼びつけた。

「ラム肉のカレーふたつ、『やや辛』で。食後にアイスコーヒーふたつ。で、いいよな？」

いいよな？　の部分だけ恋人の顔を見て、寺井はオーダーした。弓子は小さくうなずいてメニューを閉じる。彼女の意志がいったいどこに反映されたのか、環にはわからなかった。

寺井は司法書士の卵で、七月に筆記試験を受け、合格したら十月の口述試験に臨むのだという。法学部出身で現在は小さな弁護士事務所の秘書をしている志保と、法曹界の話題で盛り上がっている。斜めに向かい合う弓子と環は気まずく視線を交わした。弓子のほうでも、自分たちが環にとって招かれざる客であることを薄々察しているようだった。

自分と単独で会う時間は、志保にとってはさほど価値がないのだろうか。もしかして、一度の外出で複数人と会うほうがコスパがよいと考えているのだろうか。酸味の強いアイスコーヒーを啜りながら環はぼんやりと思考する。あまりおいしくない、薄いコーヒー。「湖」のコーヒーが飲みたいな。

膝に置いた鞄が振動した気がした。はっとして手を突っこみ、スマートフォンを探りあてる。鞄の闇の中で、ＬＩＮＥのメッセージを知らせるバナーが光を放っている。

『環ちゃんの好きそうなカクテルがいろいろあるバーだから、楽しみにしててね』

以心伝心。胸のうちに灯り(あか)がともる。豆電球ほどの、小さな灯りが。

『編集長の意向もございまして、帯の色は赤でお願いしたいと思います。できましたら候補でいただいたものよりわずかに明るい赤をいただけるでしょうか？

また添付の通り下から実寸6センチが帯で隠れるので、モチーフを少々上に上げていただいたほうがバランスが取れるかと思います。いかがでしょうか？』

編集者からのメールを確認し、菜里子はInDesignを開いて画面に向かう。かちかちとマウスをクリックして、二頭の犬のイラストを全体のやや上方にずらした。

「亜衣さーん、どう思う？」

「いいんじゃないですかね。個人的に足元が多少帯に隠れるくらいでもいいかと思ったんですけど」

「私も正直そう思った」

「まあこの辺はセンスの問題ですよね」

イラストデータはクラウドで共有しているためそれぞれの席で確認できるものの、ふたりでひとつのモニターを見ながらあれこれ確認したり意見を交わしたりすることのほうが多い。

雑誌社からも赤字の入った二稿が届いているので、午後は赤字直しだ。主にデザイナーの亜衣の仕事だが、菜里子もダブルチェックに携わる。亜衣のおかげで、季刊誌のデザインの仕事まで請け負えるようになった。

さっきまで低く唸る(うな)ように響いていたシュレッダーの音が途絶えた。顔を上げると、環が所在なさそうに佇ん(たたず)でいる。郵送物や宅配物に貼りつけられていた伝票をひたすらシュレッダーにかけるという申し訳ないほどの単純作業を終えたようだ。

ああ、指示を与えなきゃ。お願いしたいことは山ほどあるはずなのに、ぱっと浮かんでこない。っていうかはっきり声がけしてくれればいいのに。「次、何したらいいですか」とか「ご指示ください」とか。

「あっそうだ、あたしそろそろ名刺切れそうなんですよ。環さんに引き継ぎがてら発注しちゃっていいですか?」

亜衣が菜里子の心を読んだかのように言うと、環がほっとしたのが空気で伝わってきた。

「あっうん、だったらお願い」

「菜里子さんは足りてます?」

「うーん、ひと箱追加しておこうかな」

「了解でーす」

亜衣が環の隣へ移動するのを見ながら、何かを忘れているような気がした。名刺と聞いて思いだしかけたような。ああ、名刺だ。環のぶんも作ってやらなければ。肩書になんと入れるか、あるいは肩書なしでいいか、考えること自体を忘れてしまっていたのだ。まだ雑用の範囲とはいえあれこれやってもらっているのに、ひとりだけ肩書なしというのも不憫な気がした。

「っていうか、環さんのも発注しません？」

またも亜衣が先取りする。

「あ、うん、そうなのよ」

「了解でーす……あ、『事務』でいいですか？」

同じポイントに行き着いたらしい亜衣に問われ、即答できない自分がいた。普通の会社なら、こんなことあり得ない。一瞬流れた空気で、自分の不手際が亜衣にも環にも見透かされたのがわかった。

「——うん、事務で。あ……いや、やっぱりちょっと保留で」

「了解でーす」

求人サイトでも「イラスト・デザイン会社のオフィス事務」という案件で募集をかけたのだから問題はないはずなのに、なんだか環のほうを見ることができなかった。

ふたりが一緒に昼休憩に入ると、自分の心がほっと緩むのがわかった。作業に区切りをつけて立ち上がる。緊張は目上の人間に対してのみ発動するわけではないのだとつくづく思う。

昔から気になっている左目の下の大きめのほくろを意味もなくチェックするのが習慣になっていた。給湯コーナーの鏡に自分を映したとき、小さな違和感を覚えた。鏡面に顔を寄せる。頬にかかった髪の毛の一本が、白い。つまみあげて目の前に持ってくる。本当に白い。うわっ、と思わず声が出た。

頭頂部が映る角度でさらに鏡と向かい合う。両サイドの髪を持ち上げてみる。左のこめかみにもう一本見つかった。

自分の体に裏切られたような気がして、抜くことも切ることもできずにしばらく立ち尽くしていた。


美和との再会は、意外に早く訪れた。

仕事帰りのドラッグストアには、往年のヒットソングのインストゥルメンタルが流れている。主旋律を鳴らすシンセサイザーが妙な具合にベタっとしていて、音に軽さがない。そんなことを気にかけながら売り場を巡っていると、通路の交わる部分で小さな人影に接触しそうになった。菜里子は慌ててカートの持ち手をぐんと手前に引いた。

「大丈夫？」

スカイブルーのワンピースの胸の部分に縫いつけられたハート形のスパンコールがちらちらと輝いた。顔を上げたのが美和の娘だったことに、今度はさほど驚かなかった。

私のこと覚えてる？ 視線をとらえてそう問いかけようか迷った。少女の興味は菜里子の背後の菓子コーナーに向いている。遠慮のない手つきで陳列棚からチョコレート菓子をつかみとり、しげしげとパッケージを眺めている。ああ美和の子だ。高校時代の彼女のちょっとした挙措(きょそ)が蘇り、目の前の小さな娘に重なる。

周囲を見回すまでもなく、サンダルのヒールを鳴らして美和が現れた。今日は全身黒づくめで、相変わらずチェーンの付けられたサングラスが胸元で揺れている。菜里子を見て、おあっというような不用意な声を漏らした。喜びよりも戸惑いの分量が多い表情を浮かべて。

「美和じゃーん」

軽さを心がけて声をかけてみる。あはは。どこか仕方なさそうな顔で美和は笑った。

「まだまだ暑いよね」

「暑いね。あっ、こら」

だめだめ、そんなの今日買わないよ！　まるで間を持たせるためであるかのように、菓子を握りしめる娘を鋭く注意する。

そうだ、前回聞き損ねたことがたくさんあったんだ。この機を逃すまいと思った。

「そういえば今更なんだけどさ、今って渡邊美和じゃないんだよね。名字訊いてもいい？」

「いや渡邊だけど？」

「あっ……ごめん」

即答されて、反射的に謝罪が口をついた。

あれっ、シングルマザーだった？　いや、夫が転職した関係で大宮に来たと言っていたはず。それなら、まさかあれから離婚した？　頭の中で冷や汗が流れる。

「どうして謝るの？」

こうした反応に慣れている様子で美和は切り返した。その台詞は、自分自身が誰かに対して放ったものであるような気がした。あれ？　あれ？

「結婚したら女が名字変えるって決まってないよ？　うちはダンナがあたしの名字に合わせて変えたよ」

――あ。

「そっか」

世間にとらわれていたのは私だ。なんて傲慢で、愚かだったんだろう。自分の中に落としこんでさえいない価値観を環にかざしたのだ、私は。

環に謝りたい。泣きたいくらい切実に思った。

同時に、美和とのあの蜜月がもう二度と戻らないことを悟っていた。こちらを見つめる旧友の顔でそれがわかった。何の感情も宿していないようで、けれど無表情を選択していることが表す、強い意志。もう手遅れで、そして、それでいいのだ。

せめて娘の名前をたずねて、それで終わりにしよう。この町で生きてゆくなら、きっとまたばったり会うだろうから。

「お名前、訊いていい？」

腰をかがめてふたたび娘の視線をとらえようとするも、娘はこちらを見もしない。聞こえてすらいないようだ。ワンピースの鮮やかなスカイブルーだけが目に焼きつく。

「会話が苦手なんだ」

美和がぽつりと漏らした。一瞬、誰のことを言っているのかわからなかった。

「年相応に言葉を交わせないんだよね、うちの子」

「そっか」

「子ども産むと、ほんといろいろあるよ。いろいろだよ」

あなたとはもう、別の世界に住んでるから。菜里子の耳にはそんなふうに聞こえた。

『環ちゃん、今日もお疲れ。秋にぴったりのほろ苦いコーヒーをどうぞ』

『わ〜ありがとうございます。いただきまーす』

『環ちゃんをイメージして淹れてみました（笑）』

『え、わたしってほろ苦いですか？（笑）』

船橋とのＬＩＮＥはゆるやかに続いていた。

大人らしい、軽妙なやりとり。どこか青臭い亨輔とは、言葉の雰囲気がまったく違う。心に新しい風が吹きこんでくるのを環は感じていた。

亨輔はここのところ、連絡ひとつよこさない。何かの駆け引きのつもりなのだろうか。焦れた環が「忙しそうだね」とメッセージを送ると、「うんめっちゃ忙しい」と返ってきてそれきりだった。恋人を寂しがらせているという自覚は皆無のようだ。

誕生日プレゼントはうさぎのぬいぐるみだった。そろえた両手に載るくらいの大きさをしていて、もふもふした毛はココア色だった。かわいいことはかわいいけれど、二十五歳の誕生日に恋人から贈られるものとしてどのような感想を持てばいいのかわからず、入っていた紙袋にそのまま戻して袖机のいちばん大きな引き出しに押しこんである。ハートのピアスをもらったとき、次はリングがいいなとさりげなく伝えたつもりだったのに。

もういいや。スマートフォンをリュックにしまいこみ、坂道に足を向ける。

駅前から自宅のある住宅街までは、ひたすら坂道を上ってゆく。急勾配というわけではないけれどそれなりの角度と長さがあるため、上りきったときにはわずかに息が切れる。

思索に耽りながら歩いているうちにいつのまにか帰り着いているというのが理想だけれど、夜道ではそんなふうにゆったり上ることもできない。

以前、坂の途中で自転車に乗った痴漢に遭った。誕生日だった母のため、大学の帰りに母の大好きなレアチーズケーキを買って歩いていた夏の夕方だった。

ふと背後に人の気配がすると思ったときには、パーカーのフードをすっぽりかぶった中年の男が至近距離にいた。鞄と土産のケーキの箱で両手が塞がっていた環の尻をすっと撫で、マウンテンバイクを猛スピードで漕いで走り去っていった。一瞬のことで声も出せなかった。

優しい両親に心配をかけたくなくて、帰宅後は明るくふるまった。出前の寿司もレアチーズケーキもほとんど味がしなかった。以来、夜道では必要以上に警戒しながら速足で歩いている。あれからしばらく、レアチーズケーキを食べることができなかったくらいだ。母の誕生日がめぐってくるたびに蘇るその記憶は、環の心に恐怖と不快感を呼び起こす。

信号のある横断歩道をふたつ越える頃には、商業施設も遠ざかって街灯の明かりだけになる。環は何度も後方を振り返った。

今越えてきたばかりの十字路を曲がってきたサラリーマン風のスーツの男が見えた。靴音を響かせ、速足で上ってくる。わずかに動悸(どうき)が速くなる。

環はリュックから再びスマートフォンを取り出した。画面に気をとられているふりをしてさりげなく歩調を落とし、男を先に行かせようとした。

かつ、かつ、かつ。革靴の踵を鳴らして男がやってくる。スマホを見つめるふりをしながら、少しだけ道の中央に寄った。そうすればぶつからずに追い越してもらえるはずだった。

「警戒してんじゃねーよ、デブ！　失礼だろうが」

野太い罵声が夜道に響き渡り、環は危うくスマホを取り落としそうになった。自分を追い越して数歩先に立つ男が、夜空をバックに両目をぎらつかせて環をにらみつけている。

――え、今何が起きているのか。頭の中が真っ白になる。え。え。え。

「警戒するな」「おまえはデブ」「俺に失礼」……短い中に凝縮されたそれらの情報が勢いよく脳内をめぐる。わたしはいったい何を糾弾されているのか。道を譲っただけなのに。口の中がみるみる干上がり、見たいわけでもないのに男の少し飛び出た眼球を凝視してしまう。

数秒間なのか一分以上経ったのかわからなかった。男は親の敵でも見るような視線を環に浴びせたのち、肩をいからせて坂道を上っていった。そのシルエットが視界から完全に消えても、環は靴の裏が吸盤で地面に貼りついたようにその場を動けなかった。

泣き寝入りするのはもう嫌だ。バスタブに沈みこみながら、それだけを思った。なんとか足を地面から引き剝がして帰り着いたあとも、あの怒りに満ちた野太い声が脳内に鳴り響き、消えてくれそうになかった。わたしがいったい何をしたというのか？　何を責め立てられ、体型までジャッジされなければならなかったのか？

――だってきみ、太ってるじゃん。

アイドルタレント事務所の男のひとことは、環の自己肯定感を大きく削りとった。

身長百六十センチの環は当時、五十八・五キロだった。ＢＭＩというものを初めて計算してみたら、二十二・八五と出た。肥満ではなく普通体重のゾーンに収まってはいたものの、適正体重とされる数字を二キロほど上回っていた。

オーディション会場で出会う女の子たちが軒並み無駄な肉のないほっそりした体型だったことに、環はずいぶん遅れて思い至った。自分が書類選考すらなかなか通過しなかった理由にも。わたしという存在は、なんと滑稽だったことだろう。関わった人々の困惑を想像し、顔から火が出そうな思いだった。

芸能界に入れるかもしれないだなんて、容姿を商売道具にしようだなんて、大いなる勘違いだった。あれから頑張って節制し、なんとか五十五キロを超えないように日々努めているものの、少し気を緩めればあっという間に太る体質だということも知った。二の腕も太腿も腰回りも常にもたついているような気がする。でも、それは他人に迷惑をかけるような部類のことじゃないはずだ。わたしの体をジャッジしていいのは、わたしだけだ。

　いつもなら入浴後は飲み物だけ補給して自分の部屋へ行くのだが、今日は居間に留まった。自分のために毎朝作りおきしているダイエットティーをジャグから湯のみに移し、ソファーでテレビを観ながらくつろぐ両親を背後から見つめた。

　おいしくもまずくもないこのダイエットティーを、環は自分が標準よりふっくらしていると自覚した頃から毎日欠かさず飲み続けている。飲んだからといって体重が減ったわけではないが、飲んでいるおかげでこれ以上太らないのかもしれないと思うとやめどきがわからない。

　ぎゃはははは、あほか。きんきんしたお笑い芸人の声が、食器同士のぶつかる音にかぶさる。テレビでは両親の好きなバラエティ番組が流れ、スタジオでベテランのお笑い芸人たちが司会の若い女性を笑っていた。女性は眉をぎゅっと寄せたままの不自然な笑みで、違うんです違うんですと繰り返している。どんなシーンなのかわからないながら胸が痛んだ。「安東ちゃんの口からそんな言葉が出るとは！」と続ける男性芸人の大きな声は、先程夜道で浴びせられたものに響きが似ていて体が縮こまる思いがした。

　女性司会者がアップになる。どうやらフリップに書かれた内容を読み間違え、しかもそれが卑猥な単語に聞こえたために、芸人たちが大げさに笑って進行を阻害しているようだ。きつい関西弁の芸人は、間違えたときの表情や口ぶりを悪意をこめて誇張し、またスタジオの笑いを誘う。

女性は必死に流れを元に戻そうとしているが、また大声で糾弾され笑われる。

すみませんすみませんと繰り返すその女性司会者の顔がオーディション会場で会話した少女に似ている気がして、環は思わず両親のソファーに近づき、ふたりの頭の間から画面を凝視した。別人だと確信してからも胸が騒いだ。

クラスの男子から名前をいじった品のないあだ名で呼ばれていた時期があった。小学四年のときと、中学の一時期。環が嫌がれば嫌がるほどおもしろがって広められた。仲のいい女子に見て見ぬふりをされたのが何よりこたえた。名付けてくれた両親に相談できるはずもなく、一日も早く進級してクラス替えになることを祈り続けるほかなかった。あの日々の痛みがつむじ風のように心を吹き抜けてゆく。

テレビに出る仕事というのは、用意された台本に則り、自分の感情を殺して動かなければならない。時には無知なふりをし、不条理を受けとめ、平気な顔をしてふるまわなければならない。お金をもらうためとはいえ、なんて酷なのだろう。人の心が殺されてゆくのを観賞するのって、なんてグロテスクな娯楽なんだろう。

かつて自分を魅了してきたアイドルも、心の中で涙を流しながら仮の笑顔をテレビに映していたことがあるのだろうか。自分はなぜ、あんなにも無邪気に憧れることができたのだろう。肌が粟立った。

「……おもしろい？」

L字型のソファーの端にそっと腰かけながら、どちらにともなく問いかけた。両親が本当にこの番組を楽しんで観ているのか確かめたくなった。メインパーソナリティを務めるお笑い芸人を母が気に入っているために毎週つけられているこの番組を、環は真剣に観賞したことがなかった。

がちゃがちゃしていて猥雑な印象があり、くつろいだ夜の時間にふさわしいとは思えない。

父は口の中だけで低く「おう」と言い、母はテレビに向けていた笑顔をそのままこちらに向け、また正面に戻した。ふいに、強い苛立ちを感じた。

「なんかかわいそうじゃない？　この人」

ぽつりとつぶやいてみた。画面の中ではようやく進行を戻した司会者が、笑顔を貼りつけて次のコーナーの趣旨を説明している。さすがにプロなので顔の強張りはもう解けているが、環はさっきの痛々しい表情を忘れられなかった。

「え？　いじられてたこと？」

母がちらりとこちらを見る。

「うん。泣きそうになってたじゃん」

執拗なからかいを「いじり」と表現することに違和感を覚えながらうなずいた。

「なに言ってるの、おいしいじゃない。サトっちにいじられるなんてうらやましいわ」

「それが仕事なんだしなあ」

父がテレビに視線を固定したまま母の言葉にかぶせるように言った。

その話題はそこで終了だった。見えない線がぴんと張られたように感じた。

あのね、さっきそこの坂のとこでね。言いかけて、口をつぐんだ。テレビはＣＭに切り替わり、スーツ姿の時岡(ときおか)イチヤが「優秀な人材の派遣ならお任せください！」と微笑んでいる。

頭の中が散らかったまま、二階への階段を上る。体がずっしりとよけいな水分を含んだかのように重く感じる。このあまりにもひどい夜を上書きしてくれるものを求めて見渡した自分の部屋はやけに狭く見え、ますます落ち着かない気分になった。

思いたって、ずいぶん使っていなかった鞄をクローゼットから引っぱり出す。その中からさらに久しぶりに取り出したペンケースのジッパーを引くと、白い花弁のようなものがひらひらと回転しながら落ちてきた。かがんで拾い上げる。少し丸まった小さな紙切れに書かれていたのは自分の文字だった。

「工数を意識し、パフォーマンスを上げます！」

頬がぐしゃりと嫌な具合に歪むのを感じる。ああ、見たくもないものを見た。くしゃくしゃに丸めてごみ箱に落とす。今朝燃えるごみを出したばかりで空だったごみ箱の底が、ぽとっ、とかすかな音をたてた。

各自「今月の目標」を毎月設定し、上長のチェックを受けてＯＫをもらったら清書し、専用ケースに入れてパソコンの脇に立てる。それが前の職場でのルールになっていた。特に何も目指しているわけではないところから「目標」を立てるのは至難の業で、環は常にネタ切れ感を覚えていた。毎月毎月、呻吟しながらそれらしい言葉をひねり出した。

「正確性にこだわり、丁寧に作業します！」

「新しい業務を習得し、ステップアップを図ります！」

先輩や同僚の書いた目標から少しずつ真似するようになった。借り物の言葉が常時視界に入るのはあまりメンタルによくなかった。いったいなんのための目標なのだろう。ただただ「やってる感」を演出しているようで空疎な気持ちになった。カルトめいていたようにも思う。

全国に拠点のある電子機器メーカーだった。地方限定正社員として入社した環はてっきり埼玉支社に配属になるものと思っていたが、辞令には「東京本社」の文字があった。

東京といっても、都民のベッドタウンである緑豊かな町に最寄り駅はあった。首都圏のどこへ行くにもアクセス便利な武蔵浦和駅からでさえ二回乗り換えが必要で、しかも駅からシャトルバスに乗らなければならないという立地だった。山を切り開いて開発された広大な土地に建てられた工場。そこに併設されたいくつかの事務棟のうちのひとつが環の職場だった。

　通勤の便を考えて社員寮に入る独身者が多い中、環はひとり暮らしをすることを選んだ。一人娘を慈しみ育ててくれた両親は反対するかと思ったが、拍子抜けするほどあっさり同意し、アパートを借りるための保証人になってくれた。

　ずっと「東京の人間」になってみたかった。雑誌に載っている読者モデルも、養成スクールで出会った友達も、独特の魅力的なオーラを放っているのは東京生まれ東京育ちの子だった。東京の空気を吸って生活しなければ醸しだせない雰囲気があるような気がした。これを機会に都民になろうと思った。辺鄙な場所でも、二十三区内じゃなくても、東京は東京だから。

　思えばなんてチープな東京かぶれだったのだろうと環は自嘲する。垢抜けた人は、どこから来ようがどこへ行かされようが垢抜けているのだ。

　ペンケースを取り出した目的を思いだし、環は作業にかかる。以前愛用していたカラーペンで、手帳にちまちまと書きこみをしてゆく。亨輔の誕生日。亜衣の誕生日。そして、菜里子の誕生日。最近まではスマートフォンのカレンダー機能でスケジュール管理をしていたけれど、アナログの感触がふと恋しくなり、もう残り三か月ぶんとなった今年の手帳を再び活用し始めた。

　クリスマスだからまだ先だけれど、亜衣にはどんなものを贈ればいいだろう。ヒントを求めて、教えてもらったInstagramのアカウントにアクセスする。「推し活用だから」と聞いていた通り、亜衣のタイムラインは時岡イチヤで埋め尽くされていた。公式写真、ＣＤ、ファンクラブのグッズ、それに写真集や雑誌。亜衣の自宅やどこかのカフェと思われるテーブルの上に置かれたそれらの写真には、火傷（やけど）しそうなほどの情熱がこめられている。

「お迎えしちゃいました！」という最新投稿は昨夜の日時になっている。発売されたばかりであるらしい分厚い写真集はまだセロファンに包まれていて、部屋の照明を白く照り返している。

「うおー、もう買われたんですか！　今回も一番乗りじゃないですか⁉」「さすがmoriloveさん！　男前ッスｗ」投稿にぶら下がっているコメントたちを読むかぎり、亜衣は時岡イチヤのファンの間でもかなり惜しみなく投資するタイプの古参ファンであるらしい。クールでとっつきにくいという第一印象は、もう環の中にかけらも残っていない。

自分には何か情熱を注げるものはあるだろうか。テレビの中のアイドルにすら古傷を抉（えぐ）られる。手芸や絵を描くのも得意なほうだったけれど、アトリエＮＡＲＩで日々本物のセンスに触れていると、自分の作りだすものなど価値がなさすぎる気がして意欲はしぼむ。

凡人として凡庸（ぼんよう）な人生を歩む覚悟が、まだ足りていない。手帳もスマートフォンも投げだして泣きたい気分になる。階下から母の作るカレーのにおいが漂ってきた。

つらい人に寄り添うのも、本来は専門スキルのいることなのかもしれないな。菜里子はぼんやり考える。

電話の奥では、順子の声が雨のように降り注いでいる。おかげでなんとなく雨天のような気がしてくるが、窓の外には乾燥した空気と闇が広がっているだけだ。

納期の迫っているイラストを仕上げるため、ひとり会社に残りパソコン作業を続けていた。制作に集中しすぎて判断力が鈍っていたのか、振動したスマートフォンを反射的に引き寄せたとき手が滑って通話ボタンを押してしまったのだ。通話口から順子の声が聞こえだしてから、もう二十分近く経つ。

『たまにはおもちゃがプカプカ浮かんでいないお風呂に入りたいですよ、あたしだって』

「そうだよねえ」

『そういや最近、満を持して食洗機を買ったんだけどね。分割だけど』

「おお」

『これで食器洗いは免除になったんだから文句垂れるなよ？　って言うわけよ」

主語が割愛されたセンテンスは、だいたい彼女の夫についてであることを菜里子は把握している。

「冗談じゃないよね。食洗機ってなんでもいきなり突っこめるわけじゃなくて下洗いが必要じゃない？　大型調理器具とか繊細な器とかはそもそも入れられないじゃない？』

「そうだよねえ」

食器洗浄機を使ったこともないのに菜里子は同調する。

『手洗いする分の何割かが減ったってだけの話なのに、まるまる免除になったって思えるの意味わからないよね。何にも見えてないわけよね、キッチン回りのことなんて』

「うんうん」

室内の空気が冷えてきたのを感じ、椅子の背にかけてあったカーディガンを外して自分の肩に移動させた。今年の冬は断熱シートを窓ガラス全面に貼りつけよう。事務所の光熱費はばかにならない、省エネしないと。ここのところ純利益が思うように伸びていないのは、売上に対して経費がかかりすぎているからだろうだし。

『絶対おかしいよね？　あたしだって人間なのにさ』

そうだよね、順子は人間なのにね。

『結婚制度と奴隷制度って何が違うわけ？　何なんだろうね？』

そうだよね、そんなのおかしいよね。

どんなふうに返しても、言葉は柔らかな沼地の底へつぷつぷと沈んでいってしまうかのようだ。順子の愚痴はますます熱を帯びてゆく。かといって、同調する以外に何ができるだろう。結婚生活というものを経験したことのない自分に。

話の切り上げかたがわからず、菜里子はスマートフォンをハンドフリー設定にしてデスクに置いた。再びスタイラスペンを握り、モニターの中の描きかけの少女の髪や服に陰影をつけてゆく。乗算や減算を繰り返し、素材に立体感が現れてくる。デジタル作画の中で最も楽しい工程なのに、神経を通話内容に持っていかれているためその楽しさを半分ほどしか味わうことができない。

私、最近、順子の感情のごみ箱にされているような気がする。そんな自分の気持ちに気づいて菜里子はぞっとする。

友達の力になりたい、せめて心を癒せる存在でありたいと願う一方で、どこか押しつけられた役割を演じさせられているかのような違和感が、胸の奥にたしかにあった。

高校を卒業して家を出るまで、菜里子は母のストレスの捌(は)け口にされていた。母本人にその自覚があったのかはわからない。

夫について、義両親について、教師やママ友たちについて、近所の人たちについて、母は壊れた蛇口のように延々と愚痴を吐き出し続けた。菜里子に向かって。

歳の離れた兄ふたりは部活動で帰りの遅くなることが多く、土日も家を空けがちだった。菜里子だってアイドル活動で忙しくしていたのに、しかもそれは母の希望だったのに、家の手伝いは菜里子だけが命じられていた。

レッスンで疲れ果てた体に鞭打って大量に積み重なった家族五人分の食器を洗っていると、母の愚痴は予約再生されたテレビ番組のように始まった。菜里子が相槌を打つのを完全にやめてもそれは続いた。娘の反応など求めていなかった。壁に向かって言葉を放っているも同然だった。逃げ場のないキッチン。愚痴というBGM。見たくもない他人の心の汚泥をなすりつけられているようで、菜里子は一刻も早く自分の部屋に戻りたくて手を動かした。

もしかしたらあのとき、もっと親身に聞くふりをすればよかったのだろうか。私に寄り添うスキルがなかったせい？　折に触れ当時を思いだすたびに、自分にも問題があったのではないかという考えが生まれる。そうでなければ、あまりにも報われない気がして。

『――っておかしいよね、絶対。母親だって保育士みたいにある日突然保育のプロになるわけじゃないのにさ』

「ああ、うん、そうだよね」

おざなりな相槌に気づいたのか、順子はしばし言葉を止めた。

『そういえばさ』

「あ、うん」

『こないだテレビに矢嶋さんが出てたよ』

「えっ？」

『矢嶋恒成』

聞き取れなかったゆえの「えっ？」ではなかったのに、順子はゆっくりと繰り返した。

あのぼそぼそした声が、もっさりした藁色の前髪からのぞく細い両目が、恵に隣をキープされて歩く姿が、ついさっき目にしたように蘇る。タブレットの上を走らせていた指が止まった。

『深夜の音楽番組にちょこっと出てただけだけどね。アイドルプロデュース界隈の秘話を語るとか言って、何人かと一緒にスタジオで喋ってた。あの人、今もまだアイドルをプロデュースしてるみたい。Flozen Flower って知ってる？　なんか五人組の』

「……知らない」

当時は個人でやっていたが、現在は事務所を起こして資金援助も得ながらプロデュース活動をしているらしい。インディーズではなく、メジャーレーベルの仕事であるらしい。テレビから知り得た彼の近況にインターネットで補充した情報を加えて順子が語るのを、菜里子は黙って聞いていた。

『サディバタの話はひとことも出なかったけどね。ははは！』

「……そうなんだ」

『恵とかは今も連絡取り合ってるかもね。最後に会ったときちらっとそんなこと言ってなかったっけ』

「知らない」

『菜里子さあ』

いつのまにか順子の声がみずみずしさを取り戻していることに菜里子は気づく。

『恵とちゃんと仲直りしといたほうがいいよ』

「え？」

『だってまた四人でバタ会やりたいじゃん。このままずっと気まずいなんて嫌じゃん、あの頃を否定してるみたいで。せっかくあたしたち、稀有な体験をした仲間なんだもの』

ええと――

困惑で言葉を失う。恵ばかりか明日香とも距離ができてしまったことは、心をよぎるたびに菜里子の胸をわずかに曇らせていた。でも、順子は今のままでいいと思ってくれているのだと勝手に認識していた。

私と順子、恵と明日香。ふた組に分かれるのが自然じゃない？　思い出ってそんなに美しく保たなきゃだめ？　あの頃を全力で駆け抜けただけじゃだめ？

『最後のバタ会ってロンドンオリンピックの年だったよね。五年……六年前？』

「あの、順子」

『なに？』

「その……稀有な体験より、私は普通の高校時代がよかったな。普通の高校生やりたかった」

言葉を選びながら発したつもりなのに、順子が電話の向こうで息を呑むのがわかった。スタイラスペンを御守りのようにぎゅっと握りしめる。作業はまるで進まない。画面の中の少女はまだ体の一部が背景透過されたままだ。

『……え、サディバタやらなきゃよかったっていうこと……？』

「違うよ。順子たちに会えたことも、ステージで歌ったことも、たしかに稀有な、貴重な体験だと思ってるよ。でもほら、私は順子たちと違って器用じゃないから、人前に立つこと自体に違和感があったっていうのは正直あるかな。あのあたりからなんか人生設計狂っちゃったっていうか、ほら、順子たちと違って子どももいないし。普通に部活に入ったりしてたらどうなってたかなって今頃になって考えたりもするよ」

結婚も出産もしていないことに引け目を感じているわけではない。ただ話をわかりやすくするために、菜里子は子どもの話を出した。美和の娘のあどけない顔が瞼の裏に浮かんだ。

『イラスト描いて身を立てて、女社長として部下まで持ってる人が、どうしてそういうこと言うの?』

どうしてって言われても。

『言いたくないけど菜里子、病んじゃってるんじゃない? 結婚願望はないって前に言ってなかった?』

病んでいるのはそっちじゃないの? 膨れ上がった違和感がとうとう発火しそうになる。それでも、旧友は菜里子の思いにまるで気づかぬように言うのだった。

『ねえ、会おうよ。また四人でバタ会やろうよ。オリンピックイヤーじゃなくてもいいじゃない。昔のことは水に流してさあ』

順子の提案には曖昧な返答しかできなかった。だって、どんな顔して会えと言うのだろう。

菜里子は大きな鏡に映りこんだ自分を見つめる。黒いケープに覆われた首の上に乗っかった顔はひどくむくんで見えた。左目の下の大きめのほくろは、やっぱりとても目立つような気がする。

それでも美容院に満ちるパーマ液やカラー剤のにおいに、ささくれた心が不思議となだめられてゆく。自分が画材のにおいの中で働いているように、この人たちもこういう特殊なにおいと共存しているのかと考えると、勝手に親近感が湧いてくる。

朝からコーヒーを飲みすぎたせいで食欲がないのか、食欲がないからコーヒーを飲みすぎたのかわからないが、胃がどんよりして何も食べたいものがないまま昼休みのため外へ出た。先日染めたばかりの髪をもう少し短く整えたい気がして、まだ昼間だというのに足が美容院へ向かった。他人に丁寧にケアされるあの時間の心地よさがやみつきになってしまったのかもしれない。

それにしても、前回この美容師の腹が大きく膨らんでいることに、なぜ自分は気づかなかったのだろう。出産予定日は再来月の十二月だという。

「えっと……失礼ですけど、おいくつですか？」

施術前に丁寧にブラッシングしてくれる美容師についたずねてしまう。

「二十九です。来月で三十になります」

「そっか……」

環くらいかと思っていたが、亜衣と同い年だったか、そうか。いずれにしても菜里子より若い女性がライフステージを駆け上がっている事実は変わらず、わずかに落ち着かない気持ちになった。出産どころか結婚さえしないと自分の意志で決めているのにアンビバレントな思いを抱えている自分が、時折つくづく嫌になる。

「おめでとうございます」

既に何百回も投げかけられているであろう祝いの言葉を口にすると、きりりと引きしまっていた彼女の表情がゆるりと柔らかく崩れた。その美しい変化に菜里子は心を奪われる。ゆるぎない幸せを手に入れた者だけが見せる微笑み。

「産休っていつからなんですか？」

予約アプリの事前アンケートで「なるべく静かに過ごしたい」にチェックを入れているくせに、常になく自分から美容師に話しかける。今日はそんな自分をおもしろがるくらい心の余裕があった。

「今月末からなんです。なので戸塚様、いいタイミングでいらしてくださいました」

「本当ですよね。でもせっかく指名したいと思える美容師さんが見つかったのに、っていう思いはあります……あ」

ああ不謹慎ですよね、なに言ってるんだろ私、もちろんおめでたいことなのに。己の失言を慌てて繕(つくろ)うも、美容師は特に気分を害した様子もなく淡々と作業を続ける。毎朝のドライヤーの熱で傷んだ毛先がしゃきしゃきと切り落とされ、頰や鼻に、ケープの上に、はらはらと散る。

「ミツツボアリって知ってます？」

肩の上から唐突に言葉が降ってきた。

「ミツ……？」

「ミツツボアリです。蜜の、壺の、蟻」

「ああ、蟻」

「はい。オーストラリアの乾燥地帯にいるんです」

どこにつながるのかわからない話に菜里子は耳を澄ます。口数の増えた自分に美容師も呼応してくれている気がして嬉しく感じた。

「蜜壺役の蟻は、みんなに口移しで蜜を移されてお腹がぱんぱんに膨れてるんです、葡萄(ぶどう)の粒みたいに。そういうのが何匹も巣穴の天井からぶら下がってるんです。一生動けないままで」

「へえ……蜜をストックするため、みたいな？」

「そうなんです！　生きる貯蔵タンクなんです」

背を丸めて鏡の前に置いていたスマートフォンに手を伸ばす。ブラウザを立ち上げて検索エンジンの窓に「ミツツボアリ」と打ちこもうとすると、「ミツツ」の時点で目当ての単語がサジェストされた。

「わあ、これですか」

ヒットした画像を美容師に向けて確認すると、それですそれですと鏡の中で嬉しそうにうなずく。頭部や胸部の何倍も膨れあがった蟻の腹部は、限界値を超えても空気を吹きこみ続けた風船のようだ。グロテスクとも言えるのに、それが琥珀色に輝いているせいか不思議と気持ち悪さは感じない。

「アボリジニの人たちが巣穴を掘り返してその蟻をデザートとして食べるんですって。おいしいらしいですよ」

「うわ、食べちゃうんだ。あっほんとにそう書いてある」

「ええ。砂漠の貴重な糖分だから」

「砂漠のデザートか……」

たしか砂漠って、英語で desert っていうんじゃなかったっけ。英語は得意じゃないが、その発音の響きはなんとなく記憶していた。デザート・オブ・デザートか。アイドルのユニット名のようだとひとり思った。

「妊婦みたいだと思いませんか」

菜里子の髪をひと房掬いながら、大きな腹の美容師はつぶやく。

「内臓が圧迫されて、子宮だけはゴム風船みたいに膨らみ続けて、自分の体がどんどん変わっちゃって。やっぱりぎょっとしちゃうんですよね。別の生き物になっちゃったみたいな」

とっさに何も返せなかった。自嘲にも自尊にも思えるトーンだったから。

小顔で全体的にスレンダーな彼女は、たしかにバランス的に出っ張った腹がよく目立つ。街中で好奇の目を向けられることもあるかもしれない。

「そういえばこの前初めて白髪を見つけちゃったんです、二本も。もうショックでショックで」

自分からも何か差しだしたい気分になって菜里子は口を開く。髪に関する話題だからか、美容師はすっと仕事の表情に戻った。

「ああ、さっきありましたね。でも戸塚さん、人の頭には髪の毛が十万本もあるんですよ。十万分の二ですよ」

「たしかに……でも……」

「大丈夫ですよ、まだまだ。ボリュームもありますし」

サイドを整えた美容師は、前髪に取りかかるため菜里子の斜め前に回りこむ。大きな腹が視界に入る。その中で動いているもうひとつの心臓を、腕と脚を折り曲げている小さな人の存在を、そっと想像してみた。

頭頂部をチェックしていた美容師が、あ、と小さな声を漏らした。

「十万分の三……いや……五かもしれないです」

どことなく彩りに乏(とぼ)しい日々に、船橋がいてくれてよかった。今夜は、そんな気持ちを再確認する時間になるはずだった。
「主語が大きいんじゃないかな」
「え」
瞬時に意味をとらえきれず、環は酒に濡れた男の口元を見つめた。

「『世の中の男性』ってひとくくりにされたら、男は嫌な気分になるよ。環ちゃんだって『女ってみんな計算高いよね』とか言われたら嫌でしょ」

「……そうですね」

たしかに落ち着くバーだった。学生時代に恋人に連れていかれたダーツバーのようにがちゃがちゃうるさくないし、友達が誕生日を祝ってくれたワインバーのようにかしこまりすぎてもいない。木材を多用した店内には清潔感が漂い、環の好きなラムベースのカクテルも豊富にある。強いて言えば、窓が少ないため少しばかり圧迫感がある気がする。大きく切り取られた窓に囲まれたアトリエＮＡＲＩで働いているうちに、建物の中にいても外部の様子のわかる環境に体が慣れてしまったようだ。

片側を壁につけたテーブル席で、環は船橋と向かい合っていた。アルバイトに店を任せて出てきた船橋からは、わずかにコーヒーの香りがした。

菜里子との距離感について相談するのが主な目的だったはずなのに、いざふたりになるとなんだか欠席裁判でもするかのような気まずさを覚え、無難な会話ばかりがぽつぽつと続いた。せっかくの時間を少しでもわかり合うために使いたくて、環は先日の夜道でのことを話したのだった。世の中の男性って怖いです、と最後に付け加えて。

主語が大きい。たしかにそうかもしれない。でも、男性に煩わされた経験のない女性なんてこの世にいるだろうか。自分が大げさだとはどうしても思えない。

沈黙がふたりの間に横たわった。どうやら話題を間違え、彼を不快にさせたらしい。どうやって軌道修正したらよいのかわからず、ラム・コリンズを口に運ぶ。

どうして自分の恋人に先に話さなかったのだろう。後悔が心を侵食し始めていた。

「――昔ね、ロッキー山脈で迷子になったことがあるんだ」

組み合わせた両手の上に顎を乗せて、船橋は唐突に語り始めた。環の脳内で世界地図が開かれる。

「ロッキー山脈……、えっと北アメリカ、ですよね」

「そうそう、USAとカナダにまたがってる」

「遭難したってことですか？」

「いや、パーティーとはぐれただけだからあくまで迷子なんだけどさ」

空気を修復したいのは相手も同じらしいとわかって、環はわずかに安堵する。

「俺大学で山岳部だったんだけど、同期にショーンっていうアメリカ人留学生がいてね。卒業した後も一緒に旅行とかしたりしてたんだ。とにかくアウトドア大好きで、日本に興味を持ったきっかけもマウントフジの完全な美しさに魅せられたからって言うんだよ」

よどみなく、滑らかに、船橋は語り続ける。昔、祖母宅にあった糸車を思いだした。カラカラとよく回る糸車で祖母は羊毛から糸を紡ぎ、気が遠くなるほどの手間をかけて環にセーターを作ってくれた。綿あめみたいな白に少しグレーの混じった、肌触りのちくちくするセーター。

船橋のよく動く喉仏を見ていると、声という糸が喉の内部にある歯車で紡がれ、細く吐き出され続けているような気がした。カラカラ、カラカラ。

「……気づいたらショーンたちの背中がずいぶん遠くなっちゃってるわけ。歩けば歩くほど自分がどこにいるのかわからなくなって。で、そのうちに日が暮れてくるわけよ。山での闇は恐怖でしかないよね」

きっといろんな人に語ってきたんだろうな。船橋の迷いのない言葉選びを聞いていると、そんな気がした。お気に入りのエピソードなんだろうな。話したくて、話してるんだろうな。環はグラスの結露を指先でそっとなぞった。

「そんで突然、真っ暗な空から雹が降ってきたんだ。ゴルフボールくらいあるでっかい雹がさ、ばらばらって。痛いのなんの」

「ゴルフボールですか」

このくらいの、と指で輪っかを作る船橋に、目を見開いてみせる。無意識に相手の求める反応を探している自分に気づき、苦い気分でグラスに口をつけた。ラム・コリンズの中で、輪切りレモンが溺れている。

「そうそう。びしびし降ってきて全身を叩くの。痛いのなんの」

カラカラ、カラカラ。船橋の喉の糸車はよく動く。

そういえば。童話『眠れる森の美女』で、王女は魔法使いに「糸車で指を刺して死ぬ」という呪いをかけられ、本当に刺して死んだような昏睡状態に陥る(おちい)のだ。けれど実際のところ糸車には指に刺さるほど鋭く尖(とが)った部分がないことから、専門家の間で長いこと議論になってきたって聞いたことがある。誰からだっけ。ああ、亨輔だ。

「……“May I come in?”って訊くと“No.”って返ってくるわけよ。耳を疑うじゃん。ほんのちょっと前まで仲良くわいわい登ってたんだよ、ジョークとか飛ばしながら……って、聞いてる？」

「あ、はい、聞いてます」

身が入っていないことを見抜かれた気がして、環はしゃんと背筋を伸ばす。話はここからがいいところだったのだろう、船橋は口の端を歪めている。

「まあ、つまりみんなアジア人差別を隠しもしないわけでさ。昼間はどんなに友好的でも、夜って人の本性が出るよねっていう話」

船橋はやや乱暴に話を締めた。思いだしたようにジャックダニエルのグラスをつかみ、顔を反らして呷る。先程よりも大きく喉仏が上下する。ウイスキーってそんなふうに呑むものだったっけ。

「差別か……嫌ですよね、差別は」

無難な相槌を打つ。再び沈黙が落ちる。ミックスナッツの器に手を突っこみ、ほどよく塩気のあるアーモンドをぽりぽりと齧った。

せっかく約束を実現させ、膝を突き合わせて呑んでいるというのに、思ったほどにはこの時間を楽しめていない。彼も同じ思いなのだろう。だから自分の十八番であろうエピソードを脈絡なくぶちこんでくるのだろう。

今日はたまたま波長が合わないのかもしれないし、菜里子に対する罪悪感が邪魔しているのかもしれない。自分を納得させるように思いながら、テーブルの下で足首をクロスさせた。

「差別のない人がいいですよね、友達になったり一緒に遠出したりするなら……」

「環ちゃんはさ、自分の中に差別はないって言える？」

テーブルに肘をついた船橋はグラスを自分の顔の前にぶら下げるように持ち、やや寄り目気味になった。環はゆっくりと瞬きをした。

「ないつもりではあるんですが……もしかしたら深層心理にあるかもしれません」

「『つもり』じゃだめだよ」

お代わりいる？　おざなりにたずねる船橋に「ミネラルウォーターで」と答えると、露骨につまらなそうな顔になった。上司の恋人は、思いのほか子どもっぽい男のようだ。

わたしはいったい彼に何を期待していたのだろう。両親の待つ家が急に恋しくなる。けっして他人をぞんざいに扱わない、自分の恋人のことも。

三杯目のジャックダニエルを口に運び、船橋は小さく喉を鳴らして言った。

「差別のないつもり、優しい人のつもり、正しい人のつもり。『つもり』でいるのはお手軽でいいよね。そういうのがいちばんタチが悪い」

絡み酒という言葉が頭に浮かぶ。落ち着こう、と思った。この人は社長の恋人なのだ、そんな悪い人間であるはずはない。何より、よるべない自分をふんわりと受けとめてくれた人ではないか。

じじっ。テーブルの隅に置いておいたスマートフォンが短く振動した。仰向けて置いていたので、通知バナーが現れて引っこむのが見えた。業者からの宣伝メールのようだ。船橋の視線を感じながら、環は腕を伸ばして端末をぱたんと裏返した。

「もしもだよ」

顔を環のスマートフォンに向けたまま、船橋が口を開く。

「もし、きみが一生スマホを使えなくなる代わりにアフリカの子どもの命をひとり救えるとしたら、どうする？」

「は……？」

「きみはもう、スマホを使えなくなる。その代わり、名前も顔も知らないアフリカの子どもが地雷を踏んで命を落とすのを阻止することができる。きみの払った代償は誰にも知られない。さあ、どうする？」

この場を設けた後悔が、今度こそくっきりと形をとった。きっと今、自分は泣きだしそうな顔をしているのだろう。

もうやだ。助けて。

助けて、亭輔。

互いに着衣のまま、彼は荒々しく挿入してきた。酒臭い息が菜里子の顔に吹きかかり、見慣れた天井が揺れる。丁寧にアイロンをかけたオーガニックコットンのワンピースがめくり上げられてくしゃくしゃになっているのが、行為中もずっと気になっていた。

「燃えちゃったね」

菜里子の体から離れた船橋はごろんと仰向けになり、天井に向かって言葉を吐く。

燃えたのはあなただけでしょう。そう返してやりたいのをなんとかこらえながら、呼吸を整える。流されでもしないかぎり性愛から遠ざかりがちな菜里子は、彼に合わせているくらいがちょうどいいのかもしれないと思っていた。

「シャワー借りるね」

「どうぞ」

三十代になった自分がセックスをするなんて、若い頃は想像もしなかったな。四十代になっても、もしかして五十代になってもするのだろうか。出産を知らない体のままで。もそもそと下着を直しながら思考の輪郭をなぞる。やがてバスルームから流水音が聞こえてきた。

二十三時も過ぎた頃に突然やってきた船橋は、玄関で出迎えた菜里子をひょいと抱え上げてそのまま寝室のベッドまで運んだ。深く口づけられ舌を吸われて抵抗心を早々に手放した自分のせいとは言え、本当にそのままなだれこみセックスに至ってしまうと不満がじわじわと心を侵食した。外の埃や汚れを寝床に持ちこまれるのは嫌だったし、穏やかなひとりの時間が台無しだ。彼が現れるまで見ていた資料を棚に戻し、ベッドの上に除菌消臭スプレーを吹きかけながら、重めの溜息が漏れた。

「何かお飲みになります？　ご主人様」

菜里子のお気に入りの今治タオルで洗い髪を拭きながら菜里子のソファーで我が家のようにくつろぐ船橋に、皮肉をこめて声をかけた。

「うーん、ミネラルウォーター、プリーズ。氷ましましで」

「……お酒じゃなくていいの？」

「呑んできたから」

ああ、そう。おざなりに言って冷蔵庫を開け、ミネラルウォーターのペットボトルを取り出した。残量が中途半端なのでこのままどすんと彼の目の前に置いてやりたい気もしたが、氷を落としたグラスに注いで出してやる。

船橋の体は煙草くさくはなかったから、居酒屋ではなくバーで呑んできたのだろうとあたりをつける。いつものあのバーだろうか。誰と？

小さな疑問を、菜里子はすぐに手放す。口に出して約束したわけではないが、互いに詮索しないのがふたりのルールだった。結婚について話題にしないことも。

「もうクリスマス？　気が早いね」

ローテーブルに広げていたリーフレットを、船橋は手にとって眺めている。イラストを担当した、洋菓子チェーンのクリスマス商品のリーフレットだ。

「全然早くないよ。夏の終わりに発注してくるところもあるよ」

「ああ、仕事のやつね」

さして興味なさそうに言って、船橋はリモコンでテレビをつける。がちゃがちゃとやかましいバラエティの音声が部屋に流れこむ。ＣＭに切り替わり、名も知らぬ女性タレントが「ぱっくりふっくらカンダの煮豆！」と痛々しいほどハイテンションで叫ぶ。抱き合った余韻を生活感が一気に押し流す。

この様子だと、そのまま泊まるのだろう。セックスだけして帰られても微妙だけど、あたりまえに泊まられるのもなんだか腑に落ちない。うちは無料の宿泊所じゃないし、シングルベッドはふたりで眠るには狭い。それでも、歩いてもさほどかからない距離の自宅にさっさと引き上げられるよりはましな態度なのだろうと、菜里子はなんとか自分の気持ちを立て直した。

テレビの前から動かない男をそのままに自分の入浴の準備をし、脱衣所のレールカーテンを引く。船橋が先に使ったため空間は蒸していて、壁にも天井にもびっしりと細かな水滴が付着している。びしょびしょのバスマットを、苛立ちながら取り替える。

客人がいることを気にせずに、いつものように時間をかけて入浴することにした。食事はどうしても手抜きになりがちだが、入浴時間はきっちりと確保することにしている。

湯張りしながら、バスタブの外で体を洗う。船橋に口づけられた部分、強く揉まれた部分、そして挿入された部分。たっぷりとした泡で包みこむと、少しだけリセットできたような気がした。

入浴剤の封を切り、湯の中へさらさらと振り入れる。濃い緑の粉がさっと湯に溶けて、鮮やかな明るい黄緑色に変わる。フリーランス時代にパッケージデザインを担当した分包タイプの入浴剤で、メーカーからもらった分がまだ中途半端に残っていたのだった。「ヒーリングフォレストの香り」「エターナルオーシャンの香り」「エレガンスフラワーの香り」の三パターンを納品した。モチーフの曖昧な商品にイラストを付けるのは想像の余地のある作業で、頭を悩ませながらも存外楽しんだ記憶がある。

「ヒーリングフォレストの香り」の湯に体を沈めた。この香りから森を想像しようとしてみるものの、いつもうまくいかない。意識をあえてぼんやりさせていると、やがて毛穴という毛穴から汗がぞろりと出てくる。その瞬間がたまらなく好きだった。

頭を空っぽにしていたいのに、ソファーでだらしなくくつろいでいるであろう男の姿が浮かぶ。乱暴に使われた体の奥がまだ熱を持っている。こんなとき、自分が女という生き物であることを強く意識させられてよるべない気持ちになる。

——結婚とかは、あんまり考えてないの。

恋が始まったばかりの頃、菜里子は船橋に告げた。

——仕事も忙しいし。家庭への憧れもないから。

三十一歳だった。期待していると思われることが重荷になりそうだったので、早い段階で伝えたほうがいいと判断した。牽制球を投げるような気分だった。

——へえ。じゃあ、身軽でいいね。

船橋はへろっと笑って言った。八重歯が少しのぞいて、この男が自分に必要だと感じたことを覚えている。

あれから五年。自分たちはまだ、のんびりつながっている。それはいいが、こんなふうに体も居住空間も無遠慮に消費される日々は結婚生活とさほど変わらないんじゃなかろうか。それなら、一緒に住んで家賃や光熱費を折半するほうがよほど経済的ではないか。最近、そんな考えが時折頭をめぐる。自分がひどく小さな、つまらない人間になってしまったような気がする。

家庭を持ちたいわけではない。しかしこのままでいいとも思っていない。そんな中途半端な気持ちがあることを、湯船のなかで菜里子は静かに認めた。

面倒くさいと思われたくない。面倒くさいことが嫌いだから。だけど。

自分の人生のデザインは、今のままでいいのだろうか。

着替えて髪を乾かし部屋に戻ると、男はソファーから半分ずり落ちたまま高いびきをかいていた。

ぼそぼそとした恋人の歌声を、甘い風がさらってゆく。

夕暮れになると僕の町にはチョコレート工場のにおいが漂う、いつかきみを自転車で連れてゆきたい、そんな甘ったるい歌詞にもメロディーにも環は聞き覚えがない。

煙突から吹きだすチョコレートの香りがふたりを濃厚に包む。深く息を吸いこむと、肺までチョコレート色になりそうだ。この界隈の住民は、いつもこんな香りに包まれて暮らしているのだろうか。

「なんの歌だっけ、それ」

「槇原敬之(まきはらのりゆき)。でもモデルはここじゃなくて地元の大阪の工場だった気がする」

「よく知ってるね」

昔の歌でしょ？　言いかけて、口をつぐむ。環と出会う前、ずいぶん年上の女性と付き合っていたと聞いている。

アトリエＮＡＲＩに入社して初めて、欠勤してしまった。

昨夜、船橋とあまりに実りのない時間を過ごしたために、帰宅後ひとりで呑み直したところ、人生初の二日酔いになってしまったなんて情けないにもほどがある。頭痛が酷くて遅刻したいと連絡を入れると、菜里子は快く「それなら一日休んでゆっくり治して」と返してくれた。

体調が戻ってくると、自分の恋人が猛烈に恋しくなった。

――忙しいんだろうけど、会っていろいろ話したいんだ。だめかな。

環からの連絡に、亨輔は「あ、ちょうど武蔵浦和のロッテの工場が見たかったとこ」と返してきた。相変わらず、違う重力のはたらくどこか別の星で暮らしているみたいな男。それとも、わざと温度差を感じさせるという駆け引きなのか。

自分の住む町にある製菓会社の工場には、小学生の頃社会科見学で入ったことがあった。自宅とは別方向にあるため、大人になってからは足を向ける機会がないままだった。

「タイミングがよかったね。いつでも生産ラインを稼働させてるわけじゃないだろうし。一度このチョコの風を浴びてみたかったんだよね」

邪気のない亨輔の笑顔を、環はちらちらと見つめる。高架を走る埼京線の音が語尾を消し去ってゆく。

「チョコが苦手な人にはつらいかもしれないね、このにおい」

「うわ、その視点はなかった。さすが」

亨輔は環の頭を引き寄せた。大きな手でぐしゃぐしゃと髪をかき回され、胸が熱くなる。

「でもたまちゃんは好きでしょ？　チョコ」

「うん」

「すっげーチョコ食いたくなるね。帰りにいっぱい買っていこ」

「うん……」

「『チャーリーとチョコレート工場』もまた観たいなあ。アマプラにあるかな」

環のときめきにも気づかずに亨輔は喋り続ける。そういえば五月だったかな、ポーランドかどっかの高速道路でタンクローリーが横転してチョコレートが何トンも流出する事故があったよね。不謹慎だけど、ちょっとうまそうって思っちゃったよね。もったいないよね。

ふたりでフェンスにもたれるようにして無機質な工場を眺め、甘いチョコレートの風に吹かれていると、驚くほど心が平らかになった。

口元に小さな妖精が宿ったかのように、最近の何もかもを環は話した。夜道で恫喝されたこと。上司の恋人になんとなく近づいてみたこと。亨輔に会えなくて、ずっとやきもきしていたこと。

「ごめんね」

亨輔は率直に謝った。他の男性とふたりで呑みに行った環のことは、ひとことも責めずに。

「中間決算が終わって、上半期よりめちゃめちゃ高い売上目標出されちゃって、なんか全然余裕なかった。あんまり余裕のない顔見られたくないからさ、俺」

体をこちらに向け、頭を下げる。寝ぐせのついた黒髪が揺れた。

そうだ。この人の「忙しい」に「忙しい」以上の意味はないのだ。駆け引きも含みも当てつけもないのだ。どこまでも透明な湖のように。

「夜道、通話しながら歩くと今度はスリに遭うっていう話も聞くから、ほんと多方面に気をつけて。ごめんね、いつも一緒にいられなくて」

大きな手がまた環を引き寄せた。通行人もいる舗道だというのに、人目も憚らず抱きしめられる。亨輔のシャツからは、彼の店で扱っているインドのお香のような香りがかすかにした。

「ちょっとちょっと、苦しいよ」

抵抗を示しつつも、嬉しかった。涙が出るほど嬉しかった。こんなふうに心の通う時間がほしかっただけなのに、ふらふらと回り道をした自分が猛烈に恥ずかしかった。幼いのは自分だ。この人の器はなんて大きくてあたたかいのだろう。

環をきつく抱きしめたまま、先程の続きらしき部分を亨輔は歌った。また風が吹いて、チョコレートが強く香った。

「……菜里子さんとも、すんなりわかり合えたらいいのにな」

固い胸の中で、自然に言葉がこぼれた。

「え?」

「ただわかり合いたいだけだったのにうまくいかなくて、なんか変な方向に走っちゃった」

亨輔は腕の力を緩め、環を優しく解放した。再び広くなった視界の隅で、犬を連れた中年女性がこちらから目を逸らすのが見えた。

「なんのためにわかり合うのかな」

今度は環が「え?」と訊き返す番だった。

「わかり合うっていうのは、相手との距離をゼロにするためじゃなくて、適切な距離を探すために必要なんじゃないかな。うまく言えないけど」

飾らない言葉が、胸の奥にすとんと落ちた。こしらえものじゃない、彼自身の言葉が。

「亨輔」

「あい」

「もし亨輔が……一生スマホを使えなくなって、その代わりにアフリカの子どもひとりの命を救えるとしたら、どうする？」

あの屈辱を蘇らせながら、環は言葉を投げかける。あのとき、黙りこくってうつむいた環を船橋はせせら笑ったのだ。きれいごとだけじゃ生きていけないよ。もっと柔軟な大人にならなきゃね。

「なら手放すしかないじゃん」

眉ひとつ動かさずに、亨輔は即答した。

「えっ？　あ、いや、もちろんそうすべきなんだろうけど」

「けど？」

「けど……スマホなしでどうやって生きていくの？　こんな現代社会を」

「別に俺、スマホそんなに好きじゃないし。人間が機械に振り回されてるっていう感じがして」

「はあ」

「仮にガラケーに戻ったとしても充分生活できるよ、もともとそれでやってきたんだから。それか携帯会社で働いてる友達に頼んで、スマホに代わる便利ツールを開発してもらうね。要はスマートフォンっていう名前じゃなきゃいいんでしょ？」

ああ、この人にはかなわないなあ。胸の中を風が吹き抜ける。

その迷いのない目がとらえる世界に、どうかずっといられますように。そのために、ぶれない軸を持った人間になれますように。チョコレートを鼻先に差しだしてくるような風に吹かれながら、環は小さく祈った。

「……あれ？」

食べ損ねた朝食代わりのカロリーメイトをひと口齧りとったとき、入力作業をしていた亜衣がぽつりとつぶやいた。

窓の外には雨がしとしとと降り続いている。この事務所は菜里子の席の右手側と背面の壁が一面ガラス張りになっていて、曇天から線状の雨が降ってくるのが座ったままでも確認できる。

モニターを見つめたまま亜衣は動かない。

「どうしたの」

たずねると、一瞬言い淀むような気配を見せてから続ける。

「アングリカさんのぶんが……まだなんですよね」

――え？

そのひとことで意味を察し、肌をぞわりと撫でられたような気がした。

「入金、ないの？」

「はい。請求書でもちゃんと九月末日までにって書いたんですが……」

株式会社アングリカは、ハロウィンイベントのポスターのイラストを依頼してきた英会話教室を運営する会社だ。裏で何らかの取引があるのか、今回は代理店の営業は口利きだけをして、代金はアングリカから直接支払われることになっていた。納品は七月に済ませている。

不払い。不穏な単語が菜里子の脳裏に浮かぶ。

フリーランスの頃も、入金トラブルはぽつぽつあった。会社を立ち上げたとき、もう個人だからといって舐められずに済むという安堵を覚えたものだった。

いや、まだトラブルと決まったわけではない。何かの間違いかもしれない。経理担当がうっかりしていて、ということもあり得る、はずだ。

「落ち着こう」

自分に言い聞かせるようにつぶやいて、菜里子はカロリーメイトを脇へ置き、メーラーを立ち上げる。そう、いったん落ち着こう。代理店の担当者と交わした最後のメールを探しだす。

あった。

「NARIさんのジャックオランタン、先方も大変気に入っておられます。このたびはお世話になりました」担当者である林という男のメールは、そのように結ばれている。

アングリカの公式サイトを開く。ハロウィンイベントについての情報はまだどこにも上がっていない。

すぐにでも電話をして確かめたい衝動に駆られるが、まずは簡単な様子うかがいから始めるのがビジネスの基本であるのは自明のことだ。

『平素は大変お世話になっております。アトリエNARI経理担当の毛利です。すっかり秋も深まってまいりましたがいかがお過ごしでしょうか。さて標題の件、アングリカ様の案件につきましてまだ先方からのご入金の確認が取れない状況のためご連絡いたしました。何かの行き違いでしたら何卒ご容赦願います』

亜衣からメールを打ってもらい、ひと呼吸置く。窓の外の雨が強くなったような気がする。カロリーメイトの袋をつかもうとしたとき、自分の指先が汗ばんでいることに気がついた。

待たされることになるだろうと覚悟したが、十数分後に受信箱が新着メールを知らせた。林からだ。再び背中に緊張が走る。

型通りの挨拶に続き、

『弊社の業務都合により、お伝えするのが遅れておりました。

諸事情により今回のＮＡＲＩ様のイラストは採用なさらない方向との旨、アングリカ様よりご連絡がありました。

納品いただいたデータについては既に返還されており、他の目的へ転用なさっていただいて構わないとのことです。

お力になれず、またお知らせが遅くなりましたことをお詫び申し上げます』

「……は⁉」

久しぶりに大声を出した気がした。何から何まで意味がわからない。いや、日本語としてはわかるが、取引相手が放つ言葉としては理解も受容もできない。

ラフを送った時点で立ち消えになったことは、これまでにないわけではなかった。しかし納品完了後にというのはさすがに経験がない。

先方の要望を取り入れて制作した。油彩だからコストも時間もかかった。見積書も納品書も請求書も交わした。採用不採用といった次元の話ができる段階などとっくに過ぎている。納品済みデータの「返還」など何の意味もないことくらい、小学生でもわかるだろう。

亜衣と環の心配そうな視線を感じながら、林の携帯に電話をかけた。心臓が早鐘を打つ。

コール音が消えて相手が応答する。

『すーみーまーせーんー』

林は笑いを含んだ声で一音ずつ引き伸ばしながら言った。わざと下手に出てこちらを丸めこもうとするような意図を感じた。

『弊社としても大変申し訳ないと思……』

「えっ、ごめんなさいあの、今回ってコンペじゃなく直接のご指名でしたよね？」

思わず相手の言葉を遮り、かぶせるようにたずねた。

『もちろんそうなんですけど、実は他にも候補がいたようなんです。実際たまにいらっしゃるんですよ、クリエイターとのお付き合いに慣れてないクライアントさんって。困っちゃいますよねえ。申し訳ありませんねほんとに』

業界人独特の抑揚をつけて、林は用意してあったような台詞を述べる。

そんなことあっちゃいけないだろう。なんのための代理人なのか。費やした制作時間は、手間は、コストはどうなるのだ。そもそもデータを返還されたところで、先方が保存していないと誰が言い切れるのか。

『今回は材料費として一万円お支払いくださるとのことでして、それでなんとかご容赦いただけないでしょうかねえ』

菜里子の苛立ちを先取りしたように林が言う。

一万円。頭がくらくらしてくる。馬鹿にしているのか。しかもそこまで具体的に話が進んでいたなら、なぜこちらが気づいて連絡するまで放置したのだ。怒りで喉が焼けついたように熱く、言葉が出てこない。

この小さな会社に法務部はない。法務担当を雇用できるほどのゆとりはない。それを知っているからこその態度だろう。足元を見られているのだ。

まったくの無言でいたのは適切な言葉が出てこなかったからだが、それが少なからず林を威圧したらしい。彼が沈黙に耐えかねたように口を開いた。

『CEOがもっと賑やかなイラストにしろって口を挟んだらしいんですよ』

錦の御旗のように、林はCEOという言葉を使った。ときどきメディアに顔を出して経営論をぶつアングリカのCEOの、年齢のわりにつるんとした肌を菜里子は思い浮かべた。

「……え、いやいや、発注時のご希望は逆でしたよ。コピーが引き立つようなシンプルな絵にしてほしいって……せめて着手する前に希望変更いただければ」

『とにかくそういうことなんですよ』

林の声のトーンが変わった。もはや面倒くさそうな態度を隠しもしない。溜息まで聞こえた。それはビジネス用に装着した仮面を剝がす音だった。

『うちだって顔を潰されたようなもんですから……被害者同士ってことでご納得いただけるとありがたいんですがねえ』

幼児を諭すような声。どこか既視感のあるやりとり。恵のキンと高い声が耳朶に蘇った。そうだ、あのときと似ている。

「……そちらも被害者なら、一緒に訴えませんか？」

『訴える⁉　誰を⁉』

菜里子の震える声を、林は嘲るように制した。

『あのねえ、NARIさん。もうちょっと大人になりましょうよ。世の中、大手企業に振り回されるクリエイターなんてごまんといるんですよ。今回は作品を使用したわけじゃなくて未使用のままなんですから、先方の仰る通り他に転用して元をとればいいじゃないですか。かぼちゃの絵なんてこの時期いくらでも需要はあるでしょう？』

たしかこの人、私より少し若いんじゃなかったっけ。どうしてこんなに尊大な態度をとれるのだろう。創作や作品に対するリスペクトなんてかけらも持ち合わせていないのか。痺れた脳の隅で、新たな怒りがふつふつと湧いてくる。

「納得できかねます。請求を踏み倒すのを認めろというお話で合っていますか？　林さんが間に入ってくださらないなら、こちらから直接アングリカさんに連絡をとってみます」

相変わらず声は震えていたが、電話の向こうで林が一瞬怯むのがわかった。

『……今一度、こちらでも連絡はとってみますので。とりあえず、では』

通話は切られた。

手汗で少し滑る指先で受話器を置いた。思考と感情がぐちゃぐちゃになっていた。きっと今、自分の顔は蒼白だろう。

耐えられない、と思った。支払われない金銭のことも。小さな会社の女性経営者だからと見くびられたことも。部下たちに情けない場面を見られたことも。

「ごめんね」

誰にともなく謝った。亜衣と環の顔が見られない。両手で顔を覆ったら、自分の指に沁みついた油彩の画材のにおいがした。

亜衣だろう、自分に何か声をかけようと、すっと息を吸う気配がした。しかし、耳に届いたのは環の声だった。

「訴えるなら、訴えましょうよ」

え？

菜里子も、そして亜衣も、磁力を向けられたマグネットのように環の顔を見た。

「こちらに過失がなく、支払い能力があるのに支払わないのは、明らかに違法です。契約書がなくても、取引の内容がわかるメールが残っていればそれが証拠となるはずです。アングリカさんも林さんもまとめて訴えて、取り返すものは取り返しましょう」

この、自信に満ちてしゃきしゃきと喋る女性は誰だろう。束の間、目の前の問題も忘れて菜里子は環を呆然と見つめた。紅潮した頰、強靭な意志を宿した瞳。

「でも……林さんがこっちを言いくるめようとした証拠があるわけじゃないし……」

「あるじゃないですか」

え？　菜里子はまた間の抜けた声を出した。

「この電話、自動録音機能が付いてるじゃないですか」

入社して間もない頃、菜里子も亜衣も手が離せず環の研修ができない時間があった。手持ち無沙汰で、電話の説明書を読んでいた。物心ついた頃から生活の中に携帯電話があり、固定電話の扱いに自信がなかった環は、説明書を熟読した。この機種に通話を自動録音する機能が備わっていることを、そのとき知ったのだ。

「ほら、ここが点灯しているのは録音モードがＯＮになってるっていう意味です」

菜里子の座席に回りこんだ環は、電話機の側面を指し示した。マイクのような絵のアイコンの下に、緑に点灯したランプがある。亜衣と環の机にあるのも同じ機種だ。

「でも……容量とか……」

「録音容量がいっぱいになったら、古い音声から消去されていく設定になってるはずですよ。だから今のは録れてるはずです。聴いてみましょうか」

　環は菜里子の側に身を乗りだし、ボタンを操作する。たしか、そうだ、ここだ。物覚えだけは昔からいいのだ。液晶に「音声データ再生」の文字が現れた。矢印を一件目に合わせて実行ボタンを押すと、林の声が流れた。「すーみーまーせーんー」

　菜里子が環を見た。

「これがあれば、言った言わないの水掛け論にはならないはずです。まずは林さんの上司にこの音声データとメールの履歴を提出して、事実関係を確認してもらいましょう。埒があかなかったら、アングリカさんと直接話して、少額訴訟に持ちこむのがいいと思います」

「少額訴訟……？」

　初めて耳にした言葉のように、菜里子は復唱した。実際、耳慣れない言葉なのかもしれない。

「簡易裁判所でできる裁判です。即日判決が出るんです」

　言いながら、環は志保につくづく感謝した。

　あの日、スープカレーの店で延々続く法律談義をぼんやり聞いていた環だが、具体的な裁判の事例が挙がり始めると急に興味をそそられた。個人間の金銭の貸し借りや給与の未払い、敷金の返還請求などに、少額訴訟がよく利用されるという。敷金という単語に反応して、環は志保と寺井の話に割りこんだ。

「わたし、東京でひとり暮らししたとき、敷金返ってこなかった気がする」

　寺井は大きな顔を環に向けた。

「そういう話、よく聞くよ。本来はオーナーに預けてるだけのお金なのにさ、引越しのどたばたでうやむやにされちゃって戻ってこないってことよくあるから」

いつの話？　どこの不動産屋？　額はどのくらい？　寺井は環から細かく聞き取り、自分の名刺を取り出した。もし少額訴訟起こすなら、少しでも力になれるかもしれないから連絡して。訴状の作成くらい手伝うから。うちの先生に頼んでもいいし、だけどそれだとお金かかっちゃうから、よかったら俺に。

「そうだね。環のとこってデザイン会社でしょ？　もし不払いとか発生したまま決算期をまたいだら、売掛金として計上する必要があるから代金を回収できないまま税金だけを負担しなきゃいけないってことになるでしょ、少額訴訟の知識くらいは持ってると心強いよ」

志保も力をこめて言葉を添えた。ほとんど息継ぎもせず早口で喋る彼女が愛おしかった。

あの日のやりとりが役立つ日が、こんなに早く来るなんて。

「戸塚さん、あの、この件って友人にシェアしちゃだめでしょうか？　法律に詳しい人たちがいるんですけど」

「そうなの……？」

打ちひしがれている菜里子の目に小さな光が宿った気がして、環は力を得て言葉を継いだ。

「具体的な社名とかは出しませんから」

「うん……」

菜里子に許可をとり、環は自分の通勤リュックから手帳を取り出した。あの日寺井に渡された名刺を雑に挟んだままだったはず——あった。

「今、電話しちゃっても大丈夫ですか？　司法書士の卵だから、書類の作成とかも力になってくれるはずなんです」

「……任せちゃってもいい？　町川さん」

菜里子がこれほど弱々しく見えることはかつてなかった。電話機のボタンを押す指先にまで力がみなぎってくる。コール音が途切れ、通話に切り替わった。

「あ、すみません。先日お会いした町川です。志保の友人の」

あー、ああ、はいはい。通話口に出た寺井は張りのある声で応答した。今通話しても大丈夫か確認をとり、通話内容の共有のため許可を得て「スピーカー」ボタンを押す。

『例の敷金の件っすか？　少額訴訟する気になりました？』

「あ、それとは別件なんです。今、会社の電話からかけてまして」

いきさつを簡潔に説明する。ふんふん、ふんふん、なるほど。寺井の親身な相槌に、強固な安心感を覚える。

『あー、そのケースだったらたしかに少額訴訟の価値ありですね。回収すべき金額は六十万円以下なんですよね？』

菜里子の顔を確認する。うんうんと小刻みにうなずくのを確認し、はいそうです、と答えた。

『証拠書類さえ集めてもらえれば、訴状を書くの手伝いますよ。ああ、でももし本気でやる意思があるのならば、メール一本打って揺さぶりかけとくのがいいですけど』

「メールですか？」

『うん。もし訴える気もないのに訴えるって言っちゃうとこっちが脅迫罪になっちゃうんだけど、ほんとにやるならそれを前提として、訴えますよ～って軽くジャブをかますわけですよ。たとえばこんな感じで……』

亜衣がこちらを見てうなずいている。寺井が提示してくれた文案を環はメモパッドに乱雑に書きとったが、亜衣がそれより速いスピードでパソコンのキーボードを叩いているのがわかった。

視界の隅で、菜里子はアーモンド形の美しい両目を見開いている。

丁重に礼を言って寺井との通話を切り、亜衣とともにさっそく文章をこしらえた。

『大変お世話になっております。

このたびは添付の見積書・発注書の通りご依頼のもとに制作いたしましたハロウィンイベント用の油彩画に対し、報酬支払いの御意思の有無を確認させていただきたくご連絡いたしました。

本日中に書面記載の額面のご入金が確認できない場合、当社はこれを不払いとみなし、貴社に対し少額訴訟を起こすことを視野に入れ、司法書士との相談を検討しております。

その場合は内容証明が届くかと存じますのでご了承願います。

迅速なお振込みを心よりお待ち申し上げております』

「どうでしょう」

亜衣の席に三人が集まる。女たちの香水のにおいが混じり合った。環にも最近、蝶の形の壜（びん）に入った香水を手首に吹きかける習慣ができていた。

「いいと思う……すごくいいんじゃないかな。ありがとう」

信頼に満ちた顔が環に向けられる。まだ何も解決したわけではない。でも、初めてアトリエＮＡＲＩの、そして戸塚菜里子の役に立てるような気がした。

アングリカから入金した旨を知らせる返信が届くまで、それから十分とかからなかった。


ほうっ。

ＰＤＦを最終ページまでスクロールしきったら、風邪を引いたときのように熱くなった喉から重めの溜息が漏れた。

書籍の装画を担当することが決まるたびに、発売前の作品をゲラで読ませてもらうことになる。イラストを描くための情報を得ることが目的の読書ではあるけれど、気づけばどっぷりと没入していることも多い。まだ書籍という形をとる前の物語が、自分を揺さぶり、問いかけてくる。一度定まりかけた色や形のイメージが二転三転し、それに振り回されることも含めて楽しさと充実を感じる。

ちょっとした旅から帰ってきたような気分で、菜里子は深呼吸をした。こんなふうに読書に集中できるのはアングリカの不払いが未遂に終わったからこそで、平穏のありがたさを痛感していた。

今回装画を担当するのは、子育てをテーマにした物語だった。同棲中の若い恋人たちが、わけあって血のつながりもない小さな子どもを引き取り、育てることになる。作中で五歳から六歳になる女の子だ。

「まだ若いのに」「結婚前に親になるなんて」「子育てはままごとじゃない」。世間から好奇の目を向けられ、見当違いの言葉を投げかけられながら、恋人たちは手探りで育児と向き合い、親というものを自分たちの言葉で再定義する。その気迫、その切実さに、菜里子は圧倒された。同時に、女児の発語やふるまいのリアリティーには、自分の通過してこなかった人生の貴重なエッセンスを見せつけられたような気持ちにもなった。

思わずブラウザを立ち上げ、作者の年齢をWikipediaで調べてしまう。俗っぽい行動に我ながら嫌気がさすが、指が動いてしまうのを止められなかった。昨年大きな文学賞を受賞したという女性作家は、自分より七歳も若かった。先程とは違った種類の溜息が漏れる。

もし自分に子どもがいたら、この世界はどんなふうに見えるんだろう。私はどんなふうに彼ら彼女らを描くのだろう。それは折に触れて菜里子の思考するテーマのひとつだった。

東日本大震災のあった年の秋に開催されたモーリス・ドニ展を思いだす。とりわけ子どもたちを描いた作品に菜里子は心をつかまれた。すみれ色の寝室で妻が授乳するシーンを描きとったもの。大胆にピンクを取り入れ、旅先で三人の娘を描いたもの。そして、初めての子を亡くした悲しみをつめこんだ抽象画。光を反射する額やふっくらと盛り上がった頬が、いきいきとした色選びや筆づかいが、子どもたちの尊さと愛おしさをダイレクトに伝えてきた。

七人も産んだドニの妻の身体的負担を思うと気が遠くなるけれど、私はこの先の人生も親という視点を持ち得ぬままにイラストレーターとして子どもを描いてゆくのだろうか。

頭の中で、ドニの娘の絵と、たった今読み終えた小説の世界が混ざり合う。見知らぬようでよく知ってもいるような女児が、あどけない笑顔で自分に向かって腕を伸ばしている。

ああ、そうだ。あんなふうにふくふくとした腕が自分に差しだされたことがある。あのときだ。父親に肩を押されてステージの前に現れた、年端もゆかぬ女の子。ピアスを受け取るために伸ばされた白い腕。風になびく漆黒の髪とのコントラストが美しいと思った。今すぐ描きとりたいと思った。背負いたくないものの象徴のようなピアスを引き取ってくれたあの子――

「コーヒー、いかがですか」

ほわりとコーヒーの香りがして、目の前に白い腕がすっと差しだされた。人脈を駆使して菜里子を窮地（きゅうち）から救ってくれた環の、健康そうな白い腕。

飲み物は自分で用意するからって言ったのに。そう言いかけて、何とはなしにその耳元を見た。真っ黒な髪の隙間で、ハートの形のシルバーピアスが控えめに光っている。

「もう、あのピアス着けてきてくれないの？」

思わず、心の声が漏れた。黒目がちな環の両目が驚きに見開かれる。

「え……っと……？」

「ああごめん、勘違いならいいの。この間着けてたピアスが、私が昔手放したやつにすごく似てたものだから」

脈動が速まるのを感じながら慌てて言ったら、ひどく早口になった。

「菜里子さん」

菜里子のデスクにコーヒーを置いた環は、体の前で両手を組み合わせ、すっと背筋を伸ばした。

「今、ちょっとだけ業務に関係ない話をしても大丈夫ですか」

——ついに来た。この瞬間が。

菜里子は全力で身構えた。亜衣は午後半休をとって退勤済み、来客の予定もなく、深まる秋の美しさに取り囲まれた事務所に環とふたりきりだった。

「大丈夫だよ。今度装画描く小説読んでただけだから」

「ありがとうございます。……わたし、あの」

「うん」

今、自分はさぞかし悟りを得たような表情をしているだろうと菜里子は思った。しかし環の言葉のベクトルは予想外のものだった。

「わたし、アイドルを目指していたんですよ、昔」

「……え？」

思わずぱちぱちと瞬きをした。環のきまじめな顔がこちらを見下ろしている。流行りのフューシャピンクのカットソーが環の顔立ちによく映えている。ドニの柔らかなピンクとは違う、パープルがかったビビッドなピンク色。

「アイドルになりたくてオーディション受けまくってたことがあるんです。正確には、あっすみません」

菜里子が手振りで着席を促すと、環は自分の席に戻り、椅子ごと菜里子のほうを向いた。

「正確には、書類審査で落ちまくってたから、会場に足を運べた回数はそこまで多くないんですけど」

「そ……」

「高校のときはタレント養成学校にも通ってました。いい経験になったとは思うんですが、まったく芽は出ませんでした」

そうなのか。驚きつつも、どこか腑に落ちるものがあった。

「結果は出せなかったんですけど、でも長い間あんなふうに頑張れたのは、子どもの頃大宮でアゲハちゃんと出会ったことがきっかけなんです。アゲハちゃん……なんですよね？」

時が止まった気がした。

そうだよ。答える声は、少し震えていた。

希求

人々が半ば本気で恐れていたノストラダムスの大予言というものがあり、どうやらそれは当たらなかったらしいというのは、六歳の環にも理解できた。七月に、空から恐怖の大王が降りてきて人類を滅亡させることになっていたらしい。

環にしても、大王など降りてこないほうがよいのは自明のことだった。けれど、特段おもしろいこともない幼稚園生活が連綿と続くことに、環は少し倦んでいた。互いに特別な存在だと思っていたジュンくんは最近ゆりちゃんにべったりだし、あんなちゃんは何かにつけて自慢ばかりしてくる。担任のナカイ先生は男の子たちをひいきしているような気がする。世界を一変させるほどの衝撃的な出来事が起こるあてが何もないなら、それはそれで残念に思えた。

しかし九月の終わりには、環はそんな生ぬるい思いを抱いたことをただちに後悔した。

トウカイムラというのがどこかの村であり、リンカイジコというのが何か大変な事故のことであるらしいということだけはどうにか理解できた。テレビ画面や新聞の紙面を見つめる父や母の眉間の皺の深さから、ある意味恐怖の大王に近いものが小さな村を襲ったらしいことを察し、環の小さな胸は痛んだ。何人かは命が危ない状態であるらしい。カクネンリョウ、ゲンシロ、ウランヨウエキ、ニュース番組でひたすら繰り返されるそれらの単語はすべて悪の手先のようなものだと想像した。

どうしよう。やっぱり少しは恐怖の大王に来てほしかったと、自分が思ってしまったからではないか。母による寝かしつけを卒業してひとりで眠るようになっていた環は、闇の中で怖ろしい想像をしては布団にくるまってがたがた震えた。どうしようどうしよう。

しかしその騒ぎと並行して、世間は「日本の未来は世界がうらやむ」と浮かれたように歌っている。車で移動するたびにカーラジオからその曲がいくたびも流れ、幼稚園の友達たちも踊り狂っている。ポップソングにあまり明るくない父までが髭を剃りながらウォウウォウイェイイェイと口ずさんでいたのは、幼心に結構な衝撃をもたらした。

ある日の夕食後に流れていた音楽番組を観て、ようやく環も元ネタを把握した。このお姉さんたちだったのか。スポットライトを浴びて歌い踊る彼女たちの放つまばゆい光に、環は取りこまれた。アルミホイルのように銀色にきらめく素材の衣装を纏い、短いフレーズをリレーしながら歌い踊るそのアイドルユニットは、モーニング娘。というらしかった。件のウォウウォウイェイイェイの部分では、手を横に突き出したり大きく腕を振り上げたりしていきいきと踊っている。思わず真似して踊っていると、父は読んでいた新聞から、母は洗っていた食器から顔を上げてこちらを見た。その顔が甘い菓子でも口に含んだかのように溶けてゆく。

「やだかわいい。ちょっと、もう一回やって」

「たまは将来アイドルだな」

ストレートな褒め言葉に環は酔いしれた。

モーニング娘。の出演する音楽番組を録画してもらい、「ＬＯＶＥマシーン」もその前後に発売された曲も呆れられるほど繰り返し視聴して、歌やダンスを覚えこんだ。かわいい衣装も大人っぽい髪型も、自分には真似する権利があるものと信じて疑わなかった。

熱狂しているうちに、トウカイムラのリンカイジコのことは脳内を支配しなくなった。近所の人々や親戚たちからもてはやされた。かわいい、かわいい、環ちゃんは本当にかわいい。それは魔法の言葉だった。自己愛がむくむくと育っていった。

「そんなに好きなら見に行くか、アイドル」

厳しい残暑がようやく過ぎ去り、秋風が吹き始めた頃、父がそう言った。

「モーニングむすめ？」

「違う違う。なんか、こういうの。大宮に来るんだと」

モーニング娘。や鈴木あみではないことにいくぶんがっかりしながら、差しだされたチラシに目を落とす。就学前にして片仮名を覚え始めた環は、「サディスティック・バタフライ」というユニット名を読みとることができた。白、紫、水色、そして黒。それぞれ色違いの衣装を纏った四人の女の子が、緑あふれる公園で風に髪を揺らし、まぶしそうに目を細めている。

「嵐山町で活動する地元密着型のアイドルなんだと。非公認らしいけど」

「無料のライブなの？　いいじゃない。次の日曜日ね」

チラシを覗きこんだ母がうきうきと言う。普段は武蔵浦和の駅前で買い物を済ませる母は、久しぶりに大宮へ出るのが嬉しいらしかった。

自分の知っているアイドルと、なんか違う。そう思うのに、環はその画素数の低い写真から目を離すことができなかった。

風の強い日だった。大宮駅前のビルに設置された野外ステージ。赤いテープで仕切られた観覧スペースには、開演前からお客が集まりつつあった。そのうち十名ほどはステージに張りつくようにして誰もいない空間に熱視線を送っている。手にはうちわや、蛍光色に光る棒。アイドルのファンというものを、環は初めて目にした。なぜ、みんな男の人なのだろう。

　せっかくだから買い物していくという母は、集合する時刻と場所をてきぱき確認すると、環を父に託して早々に駅ビルに消えた。

「煙草吸ってから来ればよかったなあ」

　環と手をつないだ父がぼそりとつぶやく。自分が提案したくせに、開演前から父は飽きてしまったようだった。思ったよりも風が冷たいし、歩道の一部を仕切っただけのスペースに父と娘の組み合わせで立っているのがなんとなく落ち着かないのだろうか。抜けたばかりの前歯の穴を、北風がひゅうと通り抜けて肺に入ってゆく。

　人が増えてきた。誰のライブかな、と話しながら過ぎてゆく通行人の声が聞こえる。父に言われてその首にまたがり、肩車の体勢になった。視界がひゅっと高くなり、たくさんの黒い頭を見下ろす。

　そろそろかな。父が腕時計を見たとき、突然腹の底に響くような重低音が鳴り響いた。

だん。だん。だん。だん。だん。だん。だん。だん。

　これほどまでに大きな音の連続を、環は耳にしたことがなかった。父は慌てて環を肩に乗せたままスピーカーから一歩でも遠い位置へ移動しようとしたものの、観覧スペースは既に人でいっぱいで、身動きはほとんどとれなかった。

だん。だん。だん。だん。だん。だん。だん。だん。

　最前列にいたファンの男性陣が低い唸り声を上げた。喜びと興奮で咆哮（ほうこう）する彼らは不思議な生き物に見えた。獣の咆哮（ほうこう）にも似た大声でメンバーの名前をコールする男たち。

　舞台袖からぱたぱたと若い女性たちが走りだしてきた。白、紫、水色、そして黒。ステージ中央に等間隔で並ぶと、胸の前で腕をびしっとクロスするポーズをきめた。彼女たちがうつむけた顔を同時に上げたとき、夢のように美しいメロディーが爆音で流れ始めた。

一曲目を歌い終えると、すぐさま二曲目だ。ステージ中央に四人固まって静止した状態から、今度は両腕をウエーブさせながら再び間隔をあけてゆく。銀色に光るバミリテープが貼りつけられている位置まで移動すると、Aメロを歌うムラサキの甘い声がステージに響き渡った。

最近矢嶋がどこかから調達してきた振付師のせいで、フォーメーションダンスが増えた。ステージングが豊かになったのはいいが、くるくると変わる立ち位置を思いだすのに必死で歌詞が飛びそうになる。

マシロの母が手縫いしたナイロン素材の衣装は生地が薄く、太腿を動かすたびに肌にまとわりつく。開始前まで、もこもこのダウンジャケットを羽織ってメンバーと身を寄せ合っていた。入場SEが流れ、ステージに躍り出た瞬間、照明のスイッチを入れたようにぱっと表情を切り替えることに、今回も成功したつもりだ。それでもビル風の冷たさがむきだしの太腿を直撃し、歌声の代わりに悲鳴が出そうになる。

大丈夫、あと少し。客席のボルテージが高まるごとに、パフォーマーの体温もぐんぐん上がってゆくことを経験から知っていた。むしろ暑いほどになり、セットリストのラストを歌う頃には全身汗でびっしょりになるはずだ。どんなに寒い季節でも。

ステージに齧りついてコールしている男性陣は、前回の東松山(ひがしまつやま)のイベントのときにも、その前の若葉(わかば)のときにもいた。常連客になってくれているらしいことに、アゲハとして踊る菜里子は胸を熱くする。たとえ彼らの視線がほとんど自分に向けられていなくても。

埼玉は寒い。それでも北関東に近い嵐山町に比べ、大宮市の寒さはいくぶん緩く感じられる。

埼玉県のほぼ中央に位置する嵐山町は、山や渓谷を湛えた変化に富む自然の宝庫である。武蔵嵐山と呼ばれ、景勝地として、また国蝶のオオムラサキが生息する地としても有名で、蝶の自然保護を目的とした公園も整備されている。

自然豊かなのはいいが、言い換えれば文化や経済の香りは薄く、めぼしい商業施設はほとんどない。平成を生きる女子高生にはあまりにも刺激が足りなかった。雑誌に載っている服や化粧品など手に入らず、おしゃれなカフェも美容院もない。好きな絵を描くにも画材屋がなく、近所のスーパーの子ども向け文具コーナーで水彩絵具を手にするのがやっとだった。文化も娯楽も地元で調達するのは諦めきっていた。月に一度か二度、東武東上線に一時間揺られて池袋へ行くのが大イベントだった。

「嵐山町をPRするアイドルをやりませんか?」——そんな募集の情報を持ってきたのは母だった。

物心ついた頃から、母は菜里子を表舞台に立たせようと必死だった。菜里子の意志を確認すらせず、「絶対芸能人になれるからね」を呪文のように繰り返した。

実際、それは呪文として機能していたのだろう。自分でもよくわからないまま、母の指示通りに応募用の写真を撮ってはオーディションに応募した。そして落ち続けた。当然だと思った。人前に立つ人間というのは、優れた容姿やまばゆいオーラを持っているはずだから。

一度だけ、勇気をかき集めて母に伝えたことがある。

「私ね、自分の見た目にそこまで自信がないっていうか……人前に立つのはそんなに向いてない気がするんだよね」

「親からもらった顔や体を否定するわけ？」

間髪を容れずに母はそう返した。まるで娘にそう言われることを予期していたかのように。

親からもらった体。母はよくその言葉を口にした。親から体をもらうとは何だろう。言われるたびに薄墨のような違和感が胸に広がってゆく。細胞分裂を繰り返して大きく成長したのは自分自身ではないだろうか。その正体を突き詰める代わりに菜里子は唇を噛み、自分の言いかたを変えてアプローチした。

「ええと、表現活動をするなら、もっと手先を使ったことやりたいの」

「へえ、たとえば？」

「その……絵を描いたり……」

言いながら羞恥で耳が熱くなる菜里子を、母は無言でじっと見つめた。

「売り物になるの？　あんたの絵って」

そう言われると菜里子に反論の余地はなかった。

誰に似たのだろう、幼い頃から菜里子は絵を描くのが好きだった。与えられたノートや画用紙だけでは足りず、チラシの裏や缶の底に至るまでペンを走らせた。下手の横好きとはわかっていたが、父や母から事あるごとに「将来絵描きとして食べていけるなんて間違っても思わないでね」と先回りして釘を刺されるたびにうんざりした。

結局、そのときも翌日からまたオーディションの情報を漁る日々が始まった。無益にしか思えない行為を繰り返した先に母の求める正しい答えがあるのなら、菜里子はそれに従うことしかできないと思った。感覚を麻痺させていないと乗りきれない日々だった。

美人でもないのに自意識過剰、勘違いのステージママ。霧のようにひそやかに陰口をたたかれるようになるまではあっという間だった。菜里子は今、クラスに居場所がない。結果的にこうしてメンバーやプロデューサー兼マネージャーの矢嶋といるときが、最もいきいき過ごせる時間となっていた。自分の居場所を狭めた原因そのものに、皮肉にも菜里子は安住していた。メンバーは皆それぞれ異なる高校に通っており、菜里子の窮屈な学校生活を知る者はいない。

サディスティック・バタフライ、略称サディバタ。埼玉県比企郡嵐山町の非公認アイドルとして去年結成された。

母が持ってきたのは地元の情報誌で、「募集してます」という欄の中にあるアイドルという文字を目ざとく見つけたものらしかった。「嵐山町をPRするアイドルをやりませんか？」に続いて、簡単なビジョンと応募要項、発起人のプロフィールと連絡先が記されていた。菜里子も母も聞いたことのないバンドのメンバーとして活動したのち、芸能プロダクションのマネージャーとして四年間勤務、現在は個人事業としてアイドルプロデューサーを行っているとの情報が、短い行数に凝縮されていた。「四～五名で構成するアイドルユニットの新規立ち上げメンバーを募集します。歌ったりイベントを企画したりしながら一緒に嵐山町をアピールしましょう！　いずれは全国制覇も考えています。応募条件：十六～二十二歳までの健康な女性」矢嶋恒成という名前を菜里子はじっと見つめた。

「いいじゃない、大手の事務所じゃなくても。地元で活動できるなんて楽しそうじゃない」

大手にこだわっていたのは母なのに、まるで菜里子がこだわっていたかのように母は言った。そんなの受からなきゃわからないじゃない。反論したかったが、菜里子は合格した。それで今、ここにいる。

地元嵐山町のアピールというわりに矢嶋の用意する曲はローカルな要素が薄く、ビジュアル系と呼ばれる流行りのテイストを取り入れたアイドルソングだった。しかしそれが逆によかったのかもしれない。蝶の里公園で撮影した低予算のプロモーションビデオを、矢嶋は昔のツテを頼って売りこんだ。地元のテレビ曲でその一部が流れると、サディスティック・バタフライは少しずつ世間に浸透していった。

——それでも。

四角く切り取られた観覧スペースにうごめく数多の顔、顔、顔。たくさんの黒い頭が生みだすうねり。それを見下ろして踊りながら、菜里子の脳裏には別の欲求が湧きあがっている。波のように大きなうねりとなる。

ああ、この光景を絵に描きたい。

誰か、画用紙と筆と絵具を持ってきて。お願い。

色鮮やかな嵐を見せられたような心地だった。三曲ぶんのパフォーマンスが終わる頃には、環の中のベスト・アイドルが更新されていた。

甘く伸びやかな歌声。息の合ったダンス。動きに合わせて揺れる髪や衣装。すごい。すごい。なんてまぶしいんだろう。会場の空気が一体化し、熱気が目に見えるようだった。幼稚園の発表会では、けっしてこんなふうにならない。

音楽が鳴りやみ、四人が素の表情に戻るのがわかった。ステージ中央に並んで立ち、深々とお辞儀をする。そして弾みをつけて上半身を起こした。

「わたしたちー、サディスティック・バタフライです！」

胸の前で開いた両手を親指だけクロスさせ、宙を泳がせるような動きをする。蝶を表しているのだとわかった。そのシンクロぶりが見事で、環は父の頭上でぱちぱちと拍手をした。

メンバーたちはそれぞれ、マシロ、ムラサキ、ルリ、アゲハと名乗った。衣装の色や蝶の名前と結びついていて、六歳児にもわかりやすい。

「それでは聴いてください！　わたしたちのデビュー曲、「emergence」！」

また新たな曲が始まる。拍手や歓声に混じり、メンバーの名を呼ぶ野太い声があちこちから上がった。

「白い子がかわいいね。あ、ママには内緒な」

「どうして？」

「どうしても」

父とやりとりしていると、ステージの空気が変わった。じゃんけんゲームをやりまーす。勝ち残った方にはなんと、メンバーの私物をプレゼントしちゃいまーす。顔立ちのはっきりしたムラサキが、片腕を高々と挙げてルールを説明し始めた。

メンバーがひとりずつ客席に向かってじゃんけんをする。客もその場で手を挙げグーチョキパーのいずれかを出し、メンバーに負けたらその場にしゃがむ。あいこも負けとみなされる。最後まで勝ち残った者はそのメンバーから何やらもらえるらしい。「パパはいいからたまがじゃんけんしな」父が環を担ぎ直しながら言った。観客の男性陣は興奮しどよめいている。

「はいっ、行きまーす！　最初はグー！　じゃん、けん、ぽん！」

ぱりっとした声を響き渡らせながら、ムラサキが拳を突き上げる。チョキを出した環は一発目で負けてしまい、父は少し迷って環を自分の首から降ろした。うう肩凝った、とだるそうに首を回す。大人がこんな大人数でじゃんけんに興じている姿を見るのは初めてで、環はどんな感想を持っていいのかわからなかった。

六、七回繰り返したところで最終勝者が決まり、ひとりの男性がステージ前に呼び寄せられる。賞品はハンカチらしい。折り畳まれた紫色の何かが進呈されているのが遠目にもわかった。

立ったりしゃがんだりを繰り返して父が疲れを隠さなくなってきた頃、環が運を引き寄せた。最後のメンバー、黒い衣装に身を包んだアゲハとのじゃんけんで最後まで勝ち残ったのだ。

おいおいすげえぞ、やったな。父は喜び、パーを出した環の手首をつかんでぶんぶん振った。会場の人々の視線が自分に集まるのを感じて、環は胸がどきどきした。

「かわいらしいお客様、おめでとうございます。ステージの方へどうぞ」

マイクで呼ばれている。子どもの自分にも丁寧な口調であることを環は好ましく感じた。拍手と羨望(せんぼう)の眼差しを浴びながら、父とともに人を掻き分けてステージ前にたどりつく。アイドルたちが至近距離から自分を見下ろしている。自分の頭の高さに彼女たちの靴があった。意外に傷だらけであることに気づき、少しどきりとする。

アゲハはムラサキにマイクを預けると、首を傾げて耳に手をやった。耳たぶから何かを外し、ステージに膝をついて差しだしてくる。環は短い両腕をいっぱいに伸ばして受け取った。

しゃらん。

小さな金具のついた硬質なものが手のひらに載せられた。しずくの形に切り取られたそれらはひんやりしていて、環の手からごくわずかに体温を奪った。

「ピアスです。黒蝶貝っていう貝でできてるんです。大人になったら着けてね」

くろちょうがい。慣れない言葉を口の中で複唱する。自分の手が、そこだけ光って特別な何かになったみたいだった。

「たま、ありがとうは？」

父に言われるまで、御礼を言うのを忘れていた。

「ありがとう」

「こちらこそありがとう。よかったら最後まで歌を聴いていってくださいね」

肩からきらきらと黒髪をこぼしながら、アゲハは笑った。左目の下のほくろが印象的だった。

父に肩を押されて方向転換しながら、もう一度ステージを振り返る。既に次の曲のイントロが始まっている。

あんなふうになれる可能性が、自分にもあるのかな。あるといいな。たとえ、ほんのちょっぴりでも。


照明がまぶしくて、菜里子は目を閉じる。瞼の裏に、リング状の光がいくつも現れて明滅した。体をすっぽりと覆う青いシートは左胸の部分だけが四角く切り取られ、乳房が露出している。局所麻酔だから眠さはない。むしろ、手術台に寝かされてから意識はいっそうクリアに冴え渡っている。

胸部に小さな仕切りが立てられ、自分の顔の角度からは患部が見えなくなった。

「万一痛かったり具合悪かったりしたらすぐに教えてくださいね」

執刀医は父よりひと世代若いくらいの医師だった。サポートの女性看護師がふたり。他にもなぜか、白衣を着た男性の研修医がたくさん。薄目を開けてひとりふたりと数える。総勢八名もいた。大手術というわけでもないのになぜなのか。もやもやしつつ、菜里子はその疑問に深く立ち入らないことにした。あの気味の悪いしこりが取り去られるなら、なんでもいい。

チャコペンシルで布に印をつけるように、マーキングする線が肌にすーっと引かれるのがわかった。やがて、さくさくと皮膚が切り裂かれてゆく。麻酔が効いて痛みはないが、もちろん血は流れているのだろう。やはり眠れるものなら眠ってしまいたい。しかし、こんなにたくさんの目がある中で眠れるほど自分の神経が図太くないことも知っていた。

左の乳房の中にある小さなしこりに気づいたのは高一の終わりだった。乳輪に触れるぐらいの位置にいつのまにか豆粒ほどの塊ができ、皮膚を固く押し上げていた。場所が場所なので気軽に誰かに相談することもできず、サディバタの活動が軌道に乗ってきたこともあって、菜里子はできるだけ気にしないよう努めた。いくらなんでもこの若さで乳がんはあるまいと。

しこりはわずかずつながら大きくなっていった。指で押すと、ころころ動く。とうとう母に打ち明け、隣町の病院の婦人科を受診した。感情をOFFにせねばやっていられない触診や、機械で乳房を押し潰してX線撮影する痛い痛い検査を経て、乳腺症（にゅうせんしょう）と診断された。あくまで良性のものですし、傷痕も残る可能性があるので強くおすすめはしませんが、どうしても気になるようならいったん切除してしまいましょう。医者は軽さを心がけたような口調で言った。

大宮駅前での野外ライブが終わった三日後に手術となるようスケジュールを組んだ。そして今、こうして横たわっている。

——孤独を抱きしめる青い夜　苦しみはいつまでも続かないさ

——思いだして仲間の笑顔　冷たい手をつなげばほら羽ばたけるから

こんなときなのに、サディバタの持ち歌が脳内をめぐり始める。三日前にも大宮で歌ったばかりの曲。「冷たい手をつなげばほら」はアゲハのソロパートだった。

歌詞の内容も咀嚼できないまま、己の中で生まれた言葉であるかのように歌い、届けてきた。自然公園やキャンプ場での野外ライブ、ファンと行くバスツアー、CDやグッズの手売りイベント、地元の夏祭のステージライブ。活動範囲は徐々に広がり、四人の立つステージはどんどん大きくなった。とうとう嵐山町を出て、県内の主要地域を巡るようになった。地元のテレビ局や広報誌の取材にも慣れてきた。認知度が上がれば上がるほど、菜里子は学校で孤立していった。

――孤独を抱きしめて駆けだそう　哀しみがきみを癒す日もあるよ

――思いだして仲間の笑顔　冷たい指と指がほら空を描くから

そもそも孤独って抱きしめるものなのだろうか。仲間に打ち明けられない悩みはどうやって消化したらいいのだろうか。求める答えをくれない歌詞に空疎を感じながら、小さく深呼吸する。まぶしすぎる照明のせいだろうか、手放したばかりのピアスの輝きがきらきらと蘇った。

黒蝶貝のピアス。それを菜里子に授けたのは矢嶋だった。

今年の四月。アイドルになって初めて迎える誕生日だった。嵐山町の隣の東松山市で有志が開いた「春風まつり」という小さな祭に出張宣伝しに来ていたメンバーは、上沼(かみぬま)公園の桜の樹の下で三曲のパフォーマンスを披露した。

進級前の春休みだったので、メンバーの身内も応援に来ており、文字通りサクラとしての役割を果たしていた。菜里子の家族は母と、地元での就職を控えた下の兄が来ていた。いわゆる追っかけをしてくれているらしい常連客のほか、調子はずれの手拍子を打つ酔客もいて、それなりに盛り上がっているように感じられた。

せっかくのイベントで、せっかくの誕生日で、せっかく家族が来ているというのに、その日菜里子は体調が優れなかった。今思えば気圧の変化によるものだったのだろう、朝からしつこい頭痛と倦怠感に悩まされていた。早く終われ、早く終われと念じながら歌い踊った。

曲を披露したあと、そのまま客たちと握手や写真撮影に応じたり雑談を交わしたりしているメンバーたちの脇をするりと抜けて、ひとり離れた場所で見守っていた矢嶋の元へ向かった。事情を話して車の鍵を受け取り、地面を押し上げる樹々の根を踏みながらふらふらと駐車場を目指した。一秒でも早く横になりたかった。

移動手段と控え室を兼ねた白いワゴン車のスライドドアを開け、乗りこんで中から鍵を締めた。春の陽気で車内には熱がこもり、さらに具合が悪くなりそうな気がした。

スポーツドリンクで水分を補給して少しだけ人心地つき、後部シートにごろりと横になった。お母さんとお兄ちゃん、お花見して帰るのかな。まどろみながら考えていると、ドアが遠慮がちにノックされた。矢嶋とメンバーとの間で取り決めている独自のリズムで。

「そのままでいいから」

身を起こそうとすると矢嶋は言った。ドアから車内に半身だけ差し入れ、何かを差しだしてくる。そのままでいいと言われても、受け取るためには結局起きる必要があった。この男とは、時折そうした小さな齟齬（そご）が起こった。

「こんなときにあれなんだけど、これ」

指示語ばかりの台詞とともに何かを差しだされた。小さなセロファン袋の中で、何かがつつましい光を放っている。ピアスだった。とろんとしたしずくの形をしている。黒っぽいけれど完全な黒ではなく、多面カットされているために光のあたり具合で繊細に色が変化して見えた。小さなオーロラが閉じこめられているようだった。

「え、あの……」

誕生日プレゼントに違いなかった。

一般人の女の子をアイドルとしてプロデュースするために私財を投げうつほどの情熱を抱えている割に、矢嶋はあまりよけいなことを口にしない男だった。むしろ、いつも言葉が足りなかった。「新しい振付師さんです。挨拶して」「次回のイベントの詳細はこれです。よく読んでおいて」無表情でぼそぼそと最低限の指示を出し、メンバーから質問が飛ぶのを待って情報を補足する、そんなスタンスだった。言葉数が多いのは歌唱指導のときだけだった。

そんな矢嶋だが、メンバーの誕生日に何かしら個人的にプレゼントを渡していることを、菜里子は順子たちから聞いていた。寡黙（かもく）を補うように、そういうまめなところがあった。だから、もらったこと自体に驚きはなかった。驚いたのは、順子も恵も明日香もチョコレートやクッキーといった菓子類をもらったと話していたからだ。しかも、菜里子がピアスホールを開けたのはつい最近のことだった。

「黒蝶貝っていうんだって」

黒蝶貝。頭の中で漢字に変換される。その字で合っているのなら、黒アゲハを担当する自分にこれほどふさわしいものはないような気がした。いただいていいんですか？　確認しようとしたときには、矢嶋はドアを外から閉めて去っていた。礼を述べることさえできなかった。

表面に繊細なカットを施されて輝くピアスは、菜里子の耳たぶにしっくりとなじんだ。我ながら似合う、似合いすぎて怖いくらいだと思った。だからこそ、メンバーには気づかれないほうがいいと悟っていた。矢嶋から贈られたものであることを。

なのに、どうして知られてしまったんだろう。矢嶋への礼儀として四月の間だけ、それもかなり頻度を減らして着用していたというのに。

そのあたりからだった。恵からの風当たりが急に強くなってきたのは。

ひと周りは年上であろう矢嶋に、恵はよく懐いていた。徒歩で移動するときは彼の隣をキープし、ほとんど密着して歩いた。腕を組まんばかりの勢いだった。彼の頭にある予定やメンバーへの意向を真っ先に聞きだし、率先して三人に伝えた。どちらがマネージャーなのかわからないね。順子がひっそり漏らしていたことがある。

女性の中には一定数、年上の男性を好むタイプがいる。恵が矢嶋に向けているものが恋愛感情であるらしいことは公然の秘密だった。

——ああ。

手術台の上で、菜里子は深々と息を吐いた。記憶が物理的な質量を持って圧してくる。だから、私は手放したかったのだ。あのピアスを。

初めての大宮でのイベントで客に私物をプレゼントする企画が立ったとき、菜里子は決めたのだ。みんなの前で、黒蝶貝のピアスを客に譲る。自分は矢嶋とはなんでもない、そのことを示すため。メンバーの愛用品を景品にするという企画の趣旨にも合っているから、矢嶋も反対することはできないだろう。たとえ気分を悪くしたとしても、すみませんまた買ってくださいと笑って謝れば済むだろう。そう見込んだ。

子どもがじゃんけんの勝者になるとは予想外だったが、女の子だからむしろちょうどよかった。自分だってあのくらいの頃、大人の身に着けるアクセサリーに憧れる子どもだったから。

父親に連れられてステージの前に現れた小さな女の子に、だから菜里子は、半ば押しつけるようにして手渡したのだった。あのときの、肩がすっと軽くなった感じは忘れられない。

けれど、結局それは、意味を成さなかったのだろうか。逆効果だったと言うべきなのか。

手術を控えて早めに就寝しようとしていた昨夜、菜里子の携帯電話に順子からメールが届いた。恵が矢嶋に関係を迫ったらしいこと、どうやら矢嶋もそれに応じたらしいことを、その文章は興奮とともに伝えてきた。

ざりざりざり。

胸に伝わってくる感触が変わった。医者は音をたてて菜里子の体から何かを削り取っている。ざりざり。ざりざり。自分が部分的に何かの鉱物にでもなってしまったような気がした。

「はい、こんな感じでーす」

医者の声に、我に返る。脱脂綿にくるまれた白い塊が目の前に突きだされた。直径一・五センチほどの塊には、わずかに血がついている。自分の体内から出てきたものだからだろうか、気持ち悪さより好奇心が勝って凝視してしまう。

「ニキビの親分みたいなもんだね。まあ、こういうのが溜まりやすい体質なんでしょう。気をつけて過ごせば大丈夫ですから。じゃあ、縫合していきますね」

何をどう気をつければいいのかわからないまま、菜里子は曖昧にうなずく。ちくちくと皮膚を縫い合わされる感覚に、今度は布切れになった気分を味わう。

病気か。病気。

いい口実になると思った。サディバタは、いつまでも続けることはできない。

私には、アイドルは向いてない。

崩壊

自分の目の前で、彼女が微笑んでいる。サディスティック・バタフライのアゲハが。

「やっぱり、そうなんですね」

やっと言葉で確認し合えた嬉しさが、思いのほか高い温度で環の胸にせり上がってくる。興奮で体温が上がるのを感じる。

「あの、あのときは、ありがとうございました。あのピアス、大事に持ってたんです。ずっと……」

目の奥に熱いものが揺らめく。思わず落涙しそうになって環は焦った。自分の溜めこんでいた感情の質量にあらためて戸惑う。

感傷に酔いたいわけじゃない。言えなかった思いをすっかり伝えるのが先だ。なのに言葉が喉で絡まってうまく出てこない。

「恥ずかしいな、なんか。そんなたいそうなものでもないのに」

「ＮＡＲＩさんがよく使われる蝶のモチーフが、どうしても自分の中で引っかかっていて。すみません、サディバタの動画とかも調べて観ちゃいました。でもそんな偶然あるわけないっていう気持ちもあって。しかも大宮でなんて、そんな、できすぎというか」

「ちょっとできすぎだよね。私もびっくりした。あのときの女の子が入社してくれるなんて」

秘密を打ち明けるような口調で言われ、胸に甘やかなものが広がる。女の子。その単語が特別な輝きをもって心に響く。そう、わたしはただの女の子だった。

「高校生になったら即、ピアスホールを開けたんです。そしてあれをファーストピアスとして使いました」

耳たぶを貫通する痛みを思いだしながら語ると、菜里子はあははと女子高生のような声を上げた。勢いを得て、環はアイドル志望時代のエピソードを次々に引っぱり出す。「きみ、太ってるじゃん」のくだりに来ると、菜里子の顔からすっと笑みが消えた。

「ひどいね。全然太ってないのにね」

「いや、今は標準より数キロオーバーくらいですけど、あの頃はもっと重かったんです。とてもじゃないけどアイドルになろうだなんて浅はかでした」

「病的だよ、日本人の美意識は」

病的。苦いものを舌に載せるように、菜里子はそう言った。

「本人が健康ならいいのにね。アイドルって生活サイクルも不規則で健康じゃなきゃやってられない職業なんだし、痩せすぎよりたくましいほうがどんなにいいかと思うよ」

コーヒーカップを持ち上げ、環が淹れたコーヒーをずずっと啜る。勢いこんで喋っていた環も急に喉の渇きを覚えた。

「……いや、健康だろうとなかろうと、本来は他人にジャッジされることじゃないんだよね。体のことっていちばんデリケートな情報じゃない？　人間にとって」

「本当にそうですね」

「アイドル志望にだったら何言ってもいいって思ってるのかな、業界人様って」

「本当に……」

間ができた。気まずい沈黙ではなかった。お互いが言葉の奥にあるものを共有し合うための静けさだった。

ふふっ。菜里子が小さく笑った。顔のまわりを包むショートボブの髪が小さく揺れる。ふんわりとしたそのブラウンの髪が、艶(つや)めくストレートの黒髪だったことをわたしは知っている。

「あのう」

「はい」

「ネットの書きこみで見てしまったんですけど、体調不良で脱退したっていうのは……」

「え、やだ、そんなこともわかっちゃうんだ。マニアはいるんだねえ」

「お体、大丈夫だったんですか」

ずっと気になっていた言葉がようやく発せられた。菜里子の視線がわずかに泳いだ。

「うん、それはもう全然、たいしたあれじゃないっていうか」

「よかった……でもさぞかし無念だったでしょうね」

高校時代の青春の大部分を注ぎこんだであろうアイドル活動が二年間で終了だなんて、そしてそれが体の不調のせいだなんて、自分だったらきっと耐えきれない。この人はどれほどの痛みを抱えながらその後の人生を再構築してきたのだろう。

「でも、環さんって」

額に指先をあてていた菜里子が、すっと顎を持ち上げた。

「はい」

意図的に話題を切り替えられたような気がしつつ、いつのまにか「町川さん」から「環さん」

になっていることに胸を熱くして、続く言葉に意識を集中する。

「あんまりアイドルには向いてないかもね。ビジュアル的な意味じゃなく」

「え……と……？」

「環さん結構繊細だし、人の気持ちを推し量っちゃうタイプでしょ？　周りの期待に過剰に応えようとしちゃったり」

繊細。そんな表現を自分に対して使われたのは初めてであるような気がした。うん、間違いない、初めてだ。わたしをそんなふうに分析する人は。

「そうかも……しれません。いや、雑なところも全然多いですけど」

「もっと強気で、ずうずうしいくらい前に出て行ける人が向いてるような気がするの。もちろんそんな人ばかりがアイドルじゃないけど、私は現場でそう思った」

誰かを思い浮かべているのか、菜里子の両目がわずかに細められる。左目の下のほくろも一緒に動いた。

「や、でも昔は強気でしたよ。両親の『かわいい』って言葉を真に受けてましたし、反対されないからってオーディションに応募しまくったり、お金かけてスクール行かせてもらったり……」

「ご両親からたっぷりと愛情を注がれて育ったんだろうなってことはなんとなくわかるよ」

「そんなそんな」

思わず両頰を押さえる。あなたの恋人と雑談のＬＩＮＥを交わし、ふたりで呑みに行きました、わたし。それを伝えたら、どんな顔をするのだろう。あんな軽率なこと、本当にしなければよかった。何度目かの後悔が襲来する。

今なら、この勢いで打ち明けられるだろうか。決定的に何かがあったわけじゃないけれど、このまま伏せ続けるのはフェアじゃない気がする。

「あのう」

「はい」

言おう。揺らぎかけた気持ちを立て直して、膝の上で両手を握りしめる。

「船橋さんとは……最近会ってますか」

「なんで?」

思わず疑問に疑問で返してしまった。

私と船橋のデートの頻度を知りたいの？　話がどこへつながるのか読めず、菜里子は戸惑う。

「あ、いや、えっと、最近お見かけしないなあと思って……」

「ああ……まあ向こうもほら、お店があって忙しいからねえ」

それで、だから？　先を促す意味で首を傾げると、しばしうつむいていた環は意を決したように顔を上げた。やおら椅子から立ち上がり、頭を下げる。

「申し訳ありませんっ」

「ちょっ、ちょっと、なに」

「たいした意味はないんです、なかったんですけど、船橋さんと一緒に呑みに行ったんですわたし」

えっ。

自分は今、さぞかし間抜けな顔をしているだろう。

彼が環とふたりで？　いつのまに？

だからどうしたという冷めた感想がまずは浮かんだ。続いて自分の恋人であるはずの男の顔が浮かび、失望にも似た淡い怒りがじわじわとやってくる。何やってるの、あいつ。

「それは別に……たいしたことじゃなくない？」

気持ちをすばやく整理しながら言うと、環の頬がほっと緩んだ。

「そうですよね。なんの意味もないんですけどもちろん。ただ船橋さんも菜里子さんに言ってないみたいだったので、なんとなくタイミングを逃してしまって……」

「ええと、何か……されたの？」

「いえいえいえっ」

環はぶるぶると高速で首を、そして胸の前で両手を振った。

「なら別に気にするほどのことでもないでしょ。そんな恐縮しないで」

上司としては、ひとまずこんな対応でいいだろうか。混乱をうまく隠せているだろうか。頭の中のもうひとりの自分に冷ややかに見られているような気がしてくる。

「社長のこと、もっと知りたいって勝手に思っちゃったんです。わたし、ここで全然お役に立ててる気がしなくて……ほんとにすみません」

黒い髪を耳にかけながら環はよくわからない弁明をする。

船橋がどこで何をしていようが、それが自分にとって不都合なことであろうが、知られない範囲でやってくれているのなら特段構わないと思っていた。けれど、いざこうして部下にがちがち震えながら打ち明けられると、事の重みを考えずにいられない。

まさかあの男、まさか私の部下に手を出そうとした？　環の様子を見るぶんには決定的な何かが起こったわけではなさそうだ。でもばかにされていることだけはわかる。非常によくわかる。

「どうせあいつから誘ったんでしょ？　ほんとにもう、若い子が好きなんだから。何もされなかったよね？」

「はい、そういうことは何も」

いつものことばかりに軽い口調で言うと、環はかわいそうなくらい恐縮しながら再び頭を下げた。少なくとも環の心には負荷をかける出来事だったのだろう。

今すぐにでも電話をしてひとこと言ってやりたい。そんな突風に吹かれたような気持ちになったのは刹那（せつな）のことで、次の瞬間にはふっとどうでもよくなってしまった。

「環さんが傷ついたわけじゃないんならいいよ、本当に」

自分自身に言い聞かせるように菜里子はつぶやく。昔から怒りも悲しみも長続きしない体質で、その切り替えの早さが自分の美点であると同時にどこか寂しいことでもあるように感じている。

そんな自分にも、いつまでも切り替えられないことがある。襟までぴしりとアイロンのかけられた環のブラウスを見つめながら、胸の奥にある鍵のかかった卵形のカプセルのことを菜里子は思った。中で膝を抱えている幼い自分を、殻越しに監視する母。

ずっとずっと、負の感情を抱き続ける唯一の対象が実の親であることは、もはや菜里子のアイデンティティーですらあった。

「全然話変わるんだけどさ」

恐縮しきった様子で立っている環を仕草で座らせながら、思わず問いかけていた。

「あ、はい」

「環さんって、お母さん好き？」

「え、母ですか？　ええ、大好きですけど」

大好き、か。

両親からの「かわいい」という言葉を真に受けて育ったと聞かされたばかりなのだから答えはわかりきっていたのに、どこか見放されたような気分になった。

普通の家庭で育って、普通の愛情をあたりまえに浴びて、無邪気にお母さん大好きと言える人たち。父の日や母の日にデパートの特設会場でプレゼントを探す習慣を持つ人たち。結婚披露宴で涙を流しながら「花嫁の手紙」を読みあげ、両親とハグをする人たち。実家から離れて暮らしていても、お盆と年末年始にはきっちりと帰省する人たち。

自分がそのような普通の人たちと同じ世界に住んでいることに、消せない違和感を抱えている。嵐山町の実家には、もう十五年以上帰っていない。ふたりの兄の結婚式や祖父母の葬式のときは、それぞれの会場に直行直帰した。物心ついてからひとときもくつろいで過ごしたことのないあの家になど、もう足を踏み入れたいとは思わない。

そんな正直な気持ちを不用意に他人に見せればどんな視線が注がれることになるか、菜里子はもう知りぬいている。

「えっと、どうしてですか……？」

「ああ、なんでもないの。ごめん」

たった今わかり合えたばかりのかわいい部下でさえも、遠い遠い対岸に立っているように思える。

足取りが軽い。秋の訪れに合わせて買ったショートブーツが、ショッピングフロアの床を軽快に弾む。

ようやく心の荷物を下ろすことができてから、ずいぶん呼吸が楽になった気がしていた。思えば、菜里子と自分の不思議なつながりについてもひとりで抱えこみすぎていたのかもしれない。いいことも悪いことも、質量が大きすぎると心の負担になるという意味では同じなのかもしれない。

気分が上がった勢いで志保に声をかけ、弓子と寺井を交えて会う約束を取りつけた。入金トラブル解決の手助けをしてくれた御礼を直接述べる機会がほしいと思っていた。

今回は環の生活圏で遊びたいと志保が主張し、特に断る理由もなく、大宮に集まることになった。目をつけているレストランもあるらしい。駅ビル内の書店の、法律書の棚の前で待ち合わせすることにさくっと決まった。約束の十分前に到着した環はぶらぶらと芸術書や文芸書のコーナーを歩き回り、アトリエＮＡＲＩが手掛けたカバーのかかった本を見つけてはっと立ち止まったときだった。

「あれ？」

見慣れた黒い髪が目の前でさっと揺れた気がした。よく知っている香水のにおいがふわりと残されて、環は確信を得る。

「亜衣さん？」

残像をたどるように数歩進んで声をかけると、書棚の陰に隠れるように立っていた亜衣はふりむき、わあ環さん、と笑った。その笑顔がどこかぎこちない気がして、違和感の正体を探ろうとするものの手がかりがない。

プライベートな姿を会社の同僚に見られるのは嫌なタイプなのかもしれない。そう考えながら彼女の手にしているものに目を留めたとき、答えがわかった気がした。彼女が猛烈に応援しているアイドルグループのメンバーが表紙で微笑んでいる雑誌。他にも写真集らしき書籍を何冊も抱えている。あれを全部買ったら結構な額になるんだろうな。

どちらかと言えば女性アイドルが好きで、なんならそれを目指してさえいた環は、男性芸能人にはさほど詳しくない。それでも「全世代の女性を虜にする！」と事務所が喧伝するその時岡イチヤというアイドルタレントは、最近とみにメディア露出が増え、知らないでいることが難しい存在になっていた。

そっか、推しに投資しているところなんて見られたくないですよね。ごめんなさい。勝手な推測の末に環は心の中だけで謝罪した。

「もしかしてデートですか？　邪魔しちゃいました？」

おそらく微妙に見当違いであろうことを自覚しながら、何か言わなければいけないという気がして問いかける。

「違うよお、ひとり。環さんこそデート？」

亜衣の目尻や鼻筋にはハイライトが輝き、唇はオレンジゼリーのようにみずみずしく艶めいている。休日も隙のない化粧をしているんだな。普段はオフィススタイルの亜衣にはめずらしくラフなデニムパンツ姿で、その点は新鮮に感じた。

違います、友達と。答えようとしたとき、背中にどすんと鈍い衝撃があった。

「やっほーっ」

挨拶がわりに体当たりしてきた志保が笑っている。今日はラベンダー色のシュシュがベージュのトレンチコートの襟の上に咲いている。

「ちょっとお、法律書の前って言ったのにい」

「ごめんごめん、早く着いたんだもん」

「ノージーたちは電車一本逃してちょっち遅れるって」

「『ちょっち』ってどのくらいよ」

志保と軽口を叩き合っている間に、亜衣は環からすっと離れた。デニムに包まれたしなやかな脚が店の奥へ向かってゆくのが視界の隅に映った。それを気にかける暇もなく、寺井と弓子がこちらへやってくる。ふたりは昼間都心でデートしてきたらしく、大宮まで足を運ばせたことに、なんだか恐縮してしまう。

夕暮れの街をぞろぞろ歩いて、口コミで評判だという洋食レストランを目指した。スマートフォンを片手に先導する志保は、アトリエＮＡＲＩのある方面へ向かってゆく。通勤路を友人たちと歩くのは、なんだか不思議な心地がした。

商業ビルのひしめく一角を過ぎ、旧中山道に面した一軒の店の前で立ち止まった志保は、ぎゃあっと悲愴な声を上げた。レンガ色に塗られた木製のドアに〝SORRY, WE ARE CLOSED〟というプレートがかけられている。

「なんでえ⁉　飲食店が日曜にお休みなんてことある⁉」

「あるんだからしょうがないじゃない。臨時休業かもしれないし」

弓子が志保の頭に手を置いた。その薬指にプラチナらしき指輪がはまっている。きっと寺井から贈られたのだろう。環は引き出しに押しこんだままの亨輔のうさぎを思った。

「そうだよね……まあいいや。第二希望のお店がたしかこのへんにあるんだもん」

一瞬で立ち直った志保は、くるりと方向転換した。

「ふわとろオムライスがおいしいお店らしいんだよね。ほらちょっと流行ってるじゃない、トルネードオムライスってやつ」

「ああ、あの卵がぐるぐるってなってるやつ⁉」

「そうそう」

「あれ好き！　自分だとなかなか作れないんだよね。食べたい食べたい！」

テンションが上がったらしい女子ふたりの横で、環はなんだか嫌な予感がしていた。

「環も普通にオムライス好きだったよね。昔、一緒に渋谷の『卵と私』行ったもんね。寺井さんも平気？　レストランじゃなくてカフェなんだけど」

「座れたらどこでもいいっすよ」

駅ビルからたいした距離を移動したわけでもないのに、大柄な寺井はふうふうと荒い息を吐いている。電話ではあんなにいきいきしていた彼は、今日は表情がほとんど動かない。また第一印象に戻ってしまったかのようだった。他人の機嫌の波というのは、環にはよくわからない。

「ねえ、なんていうお店？　ここ職場の近くだからもしかしたら知ってるかも」

「ああそっか！　ええっとね、知ってる？『湖』っていうんだけど」

……知ってるも何も。

最適な説明を頭の中でこねくり回している間にも、志保はずんずん歩いてゆく。ターコイズブルーの庇が見えてきた。うう、と口の中で小さくうなる。

船橋とはあれから連絡をとっていない。向こうもいくばくかの気まずさを抱えているのは間違いない。ふたりで呑んだことを恋人に打ち明けてもいないのだろう、菜里子からも何も言われていない。

しかし、どうせいつまでも顔を合わせないでいることもできまい。環は腹をくくった。

志保の小さな手が扉を引く。しゃらんらんとドアベルの澄んだ音が響き、あのアッシュグレーの髪をした女性店員が出迎えた。

「いらっしゃいませ何名様ですか」

「四名でーす」

相変わらずやる気があるのかないのかわからない接客に、志保が元気に指を突き立てて応じる。こちらどうぞー、と抑揚のない声に案内されて四人は店内奥へ進む。今にも船橋が出てくるかと思いきやその気配はなく、四人は環の歓迎会が行われた六人掛けの席に通された。自然な動きで志保の隣に座ると、寺井と向かい合う格好になった。テーブルの中央にはやはり麻紐の巻きついたワインボトルがあり、今日はピンクのガーベラが活けられている。

内装や雰囲気を褒める志保と弓子の声を聞きながら、そろそろと首を動かした。やはり船橋の姿は見えない。キッチンの奥にいるのかもしれないから気は抜けない。環たちの他にはひとり客がぽつぽつといるだけで、店内は静かだった。新聞を広げている白髪の老人は、前に来たときにもいたような気がする。常連なのかもしれない。

「口述試験って来週じゃなかったっけ？　っていうかもう今週？　ずいぶん余裕だね」

人の懐に飛びこむのがうまい志保は、弓子の恋人に対してもうため口で話している。寺井の筆記試験の合格は九月末には発表されてわかっていたそうで、彼と電話したとき自分の話しかしなかったことを環はかすかに恥じた。

「余裕っすよ。どっちかと言えば学力とか知識じゃなくて、実務家としてやっていくに値するか確かめるためのものって感じだから。よほどへましないかぎり落ちないっていうし」

「へええ、そうなんですかあ」

資格かあ。資格。わたしには、何もないな。自分が空っぽのガラス瓶であるように思えた。

「じゃあ、オムライス四つで」

水とおしぼりを運んできた女性スタッフに、寺井がいきなり注文する。え、と思わず環は戸惑いの声を上げた。何か？ という顔で寺井がこちらを見る。

「えっと、わたしは……海老ピラフください」

ささやかな反抗心だった。実際はオムライスでも海老ピラフでもどちらでもよかった。自分の食べるものを他人に決められたくない、ただそれだけだった。

「オムライスが三つ海老ピラフがおひとつ以上でよろしいですか食後のお飲み物などは」

相変わらずこの人の台詞には読点がない。ひと息に言われ、四人の視点がテーブル中央に置かれたメニューに集まる。

「ここのコーヒー、おいしいよ」

また寺井に決められてしまう前に環は薦めた。志保が目を見開く。

「なんだ、環やっぱりここ知ってたの？ 言ってよー」

「だってタイミングが」

「あたし、やっぱりチキンカレーにします」

突然、決然とした声が響いた。弓子だった。

「チキンカレーと、食後にブレンドコーヒーのホットで」

寺井は意表を突かれた顔で弓子を見ている。

じゃあ、わたしはアイスカフェラテ。わたしも。環と志保が続けてオーダーすると、

「……俺もチキンカレーにする。あとブレンド」

寺井がぼそぼそと言った。

斜め向かいの弓子と、目が合った。口元がわずかに緩んでいる。久しぶりに彼女と心が通じ合った気がした。

「では繰り返しますオムライスがおひとつ海老ピラフがおひとつチキンカレーがおふたつ食後にブレンドのホットがおふたつカフェラテのアイスがおふたつ以上でよろしいでしょうか」

女性店員が無機質な口調でまとめた。

その夜、結局船橋は姿を見せなかった。この店であのオムライスが作れるのは店長の船橋だけだとなんとなく思っていたが、勘違いだとわかった。

『今年もクリスマスはちょっと会えないかも。年越しを一緒にしましょ♪』

恋人からのなんでもないメッセージを、いつもならスルーできるはずだった。

クリスマスを一緒に過ごさなくなったのはいつからだろう。ふと考え始めてしまうと、思考はピンで留めつけられたようにそこから動かなくなった。

菜里子はもともとイベントごとにまめなほうではないし、ここ数年は忙しさのあまり気にする暇もなかった。クリスマスは恋人たちのものという思想も持っていない。なのに、どこか釈然としない。

手元にはバレンタインはもちろん、既に新年度のイベント関係の発注が来ている。仕事が菜里

子に季節を教えてくれる。だいぶ先取りして。

菜里子自身がイラストを担当した卓上カレンダーに目をやる。宣伝材料のひとつとして毎年制作しているものだ。

『クリスマスってお店は普通に開いてるんだよね？　だったら夜にコーヒー飲みに行くくらいはするよ～』

返信を送るとすぐに既読の文字が現れた。画面の向こうで船橋が黙りこんでいるような気がした。

まあ、いいか。スマートフォンを傍らに置き、無理やりにでも気持ちを切り替えようとホームページを立ち上げる。思えば長いこと触っていなかった。ポートフォリオの更新を亜衣に指示することすら忘れていた。

つい習慣で、先に掲示板を開く。新たに公開された書きこみが増えている。亜衣がせっせと承認作業をしてくれているらしい。どんなに忙しくてもそんなところに神経を行き届かせてくれている部下を、菜里子は素直に尊敬した。

『早いもので、今年もあっちゅーまに終わろうとしていますね。僕は親父が亡くなってからというもの、家業を継ぐことになって大変です。汗水垂らして働いてます。労働とは偉大なものです。　猿丸』

『NARIさんお元気ですか。最近地元のボランティアサークルに加入しました。本業のほうも大変だけどこっちもなかなかどうして困難が多いです。関わる人間、爺さん婆さんが多いもんで、なんだか自分まで老けたような気がしてくるざます。　猿丸』

『ボランティアサークル順調です。先日はわが地域の松の木を切らないよう市議会議員に掛け合いました。来週はいよいよふれあい祭です！　晴れるといいのだが、はてさて。　猿丸』

新規の書きこみのすべてが「猿丸」からだった。

これは、賑わっているからよしと判断すべきものだろうか。菜里子への応援も労りもなく個人的な報告に埋め尽くされた掲示板は彼の日記帳と化している。同時に他のファンからの書きこみが以前よりずいぶん減っていることに、遅まきながら気がついた。彼に遠慮しているのか、単に人気が落ちたのか、その両方なのか。

それ、私に言わなきゃだめなこと？　そんなふうに返信したら、この人はどんな反応をするのだろう。

『お父様亡くなられていたのですね。大変な中でもいろいろと活動されていてすごいです。お体お大事になさってください。　ＮＡＲＩ』

「いろいろ」とはなんて便利な言葉だろう。感情の浅いところから掬った部分だけで構成した言葉を並べると、菜里子はポートフォリオの掲載ページに移った。

「おお」

喉の奥から低い声が出た。最新の作品までがきっちりと並べられ、説明も添えられている。

「亜衣さん、ポートフォリオありがとう」

「あ、それ環さんですよ」

「え」

「仕事くれって言われたので、引き継がせてもらったんです」

断熱シートの貼りつけ作業をしてくれている環のほうに首を回すと、手を動かしたまま横顔だけではにかんでみせた。

いつのまにか、きちんと人材が育っている。自分で立ち上げた小さな会社の中で——。ふいに胸が熱くなった。

「ね、少し早いけど忘年会しませんか？」

言葉を探した菜里子の口からこぼれたのは、そんな提案だった。

「ええっ」

亜衣が驚くのも無理からぬことだった。環の歓迎会以外でプライベートな時間を共有したことはない。菜里子自身、自分で言いながらびっくりしていた。

「いいじゃない、たまには。会社の経費で呑みましょうよ」

「ええっと、そしたら勘定科目は福利厚生費でいいですよね？」

「そういうのは亜衣さんのほうが詳しいでしょう」

「お店はどんな感じがいいですか？　イタリアン？　中華？　エスニック？　和食？」

「そういうのも亜衣さんのほうが詳しいでしょう」

「環さんも行こうね」

水を向けられて環が顔を上げた。その頬が紅潮している。

「福利厚生費に仕訳するためには一部の社員のみを対象とした飲み会ではなく全社員が対象であることが必要ですからね、ね？」

「もちろん行きます」

黒髪がひとすじ貼りついた薔薇色の頬で環はうなずく。

「そしたらわたしがお店探してもいいですか？」

かわいい。

自分の胸の中に新しい部屋ができていることに、菜里子は気がついた。

日本海側ではどかどか雪が降っているらしい。こんなに小さな島国なのに天気がまったく異なることを、不思議に思わずにいられない。

年末どころかクリスマスにも少し早い十二月第二週の金曜に、忘年会は行われた。夏にオフィスへパエリアを届けてくれたスペインバルで。

自分が店を探すと宣言したものの、実際に料理を味わったことのない店を選んで失敗するのは避けたかった。あのおいしいパエリアの記憶がふと蘇った。提案すると、菜里子も亜衣も賛成してくれた。

「魚介のパエージャ」と「ステーキパエージャ」をつつき、トルティージャを切り分け、アヒージョの油にパンを浸す。アホスープのアホはにんにくだよねと確認し合い、「飲んだらアホになるかも！」と小学生のような会話でげらげら笑う。デザートをバスク風チーズケーキにするかクレマ・カタラナにするかで激論を交わす。

なにこれ、夢のように楽しい。酒席をともにするのは初めてなのに、菜里子も亜衣もそして自分も、しっくりとその場になじんでいる気がする。頭の中で酒がもたらす軽薄さを感じ、いっそう愉快な気分になる。

菜里子はあまり酒を呑まないと聞いていたが、レモンビールが気に入ったらしい。空いた皿を下げにきた店員に「これすっごいおいしいです！」と話しかける姿は意外に思えた。レモンのほかにアセロラやライム、オレンジなどの柑橘類が入っていると説明する店員にうんうんとうなずいている。

わたしの上司はなんてかわいい人なんだろう。環はあらためて心を打たれた。この人はサディスティック・バタフライのアゲハなんだぞと、有名なイラストレーターであり社長なんだぞと、店内に声を響かせたくなる。酒のせいでだいぶ気が大きくなっているらしい。

亜衣は料理が運ばれてくるたびスマートフォンのカメラに収めた。

「ふたりともあんまり撮らないんですか？　こういうとき」

皿の位置をずらしてアングルを変えながら亜衣が言う。

「私はインスタとかやってないし。イラストの素材になりそうなときは撮るけど」

「そっかあ、菜里子さんインスタやればいいのに」

「私はいいよ。亜衣さんはやってるんだっけ？」

「はい、イチヤくん推しアカですけど」

「イチヤって時岡イチヤ？　私の友達も大ファンだよ」

「そうなんですか？　やだー、つながってる中にいたりして。っていうかそろそろデザインNARIのアカウント作りません？」

ふたりのやりとりをぼんやり聞きながら環は別のことを考えていた。

環が初めて恋愛らしい恋愛をしたのは二十歳のときだった。アイドルの道を完全に断念し、標準体型から逸脱しないようダイエットの日々を送っているとき、好意を寄せてくれる相手がふっと現れた。大学のクラスコンパで仲良くなり、前年に開業したばかりの東京スカイツリーにふたりで遊びに行く約束をして、気づけば恋人同士になっていた。

そのときの彼に言われたのだ。「きみは食事の写真撮ったりしないからいいね」と。「料理とかデザートとか、これから自分が消化吸収排泄するものを世界に開陳する人種って意味不明だよな、病気だよ」

あの言葉がなければ、自分も美しく盛りつけられた料理にスマートフォンを向けていたのかもしれない。別れて何年も経ち既に別の恋人さえいるのに、いまだにあの言葉に縛られていることは、自覚しつつもどうにもならなかった。

「いやー、環さんもそっちの人だったとはなー」

スペインビールをお代わりして上機嫌の亜衣が、語尾を伸ばして笑っている。

アイドル志望者だったことをつい、打ち明けてしまった。デザインNARIに隠しごとはいらない、ふとそんな気がしたのだ。その話題は文字通り酒の肴になった。「そっちの人」とは、芸能界に関わったことのある人という意味らしい。

「あの、いやもうほんとお恥ずかしいです。忘れてください」

「恥ずかしくないよ！　わかる気がするもん。環さん、肌も髪もすごいきれいだし、背も高いしね」

「うん、あとさ、声がきれいだと思わない？」

菜里子の言葉に、酔いが一気に回った気がした。そんなふうに思われていたなんて知らなかった。ふたりの言葉には嘘がない。顔の造作を褒められなかったことにも誠実さを感じた。

「いいなあ、自由にやらせてもらえて。うちの親だったら絶対に反対するもん」

亜衣は深々と溜息をつきながらカジョス・マドリレーニョを皿に取り分ける。牛の胃袋をトマトソースで煮込んだ料理だ。忘年会とはいえ、会社の経費でこんなにいろいろ食べていいのだろうか。あとで亭輔や両親にうんと自慢しよう。

「女性アイドルってほら、やっぱりどうしても男性ファンに性的に見てもらうことで商売になるじゃないですか。小さい頃からアイドルにだけはなるなよってしつこいくらい言われ続けてました。まあそれも親心ってやつなんでしょうけどね」

亜衣の言葉には屈託がない。けれど環も、そして隣で菜里子も動きを止めていた。

「性的……とは限らないいんじゃない？　ほら、今は『推し』って言葉もあるし。うちらの頃にはなかったけど」

菜里子の「うちら」という言葉は環の耳に新鮮に響いた。

「うーんそうですね。でも結局水着とか着せられたりするじゃないですか。娘が世間に向かって自分の肌を発信するのとか、うちの親は耐えられなかったみたい。心配しなくてもそんなもの目指す気はなかったけど……あ、『そんなもの』ってそういう意味じゃないですよ」

やや早口になって弁解めいたものを口にしながら、やっぱエスカルゴ行っちゃいます？　と明るい声を出す亜衣が、急に遠くまぶしい存在に思えた。

両親の愛情をたっぷりと身に浴びて育った。その事実はどんなときも環を支え、自尊心を損なわずにいることができた。でもなんだろう、この違和感は。

亜衣の両親のような愛情もあるんだ、ふうん。それで終われたらよかったのに、奇妙に胸がざわめく。この気持ちは深追いするべきでないと本能が告げているのに、考えずにいられない。

話題はそのまま家族のことに移る。亜衣の父親は中国の重慶市で大学の研究機関に勤めているという。わけのわからないお土産ばっかり買ってくるんですよ、と亜衣はどこかで聞いたようなエピソードを披露する。

うまく自然な笑顔に戻れないまま、環もカジョス・マドリレーニョを口に運ぶ。牛の臓物はなかなか噛みきれず、ぐねぐねと口の中で踊った。

名前を見ただけでげっそりする相手が家族だなんて、この世のあらゆる不幸の中でもかなり上位になるような気がする。

長兄と次兄から、たて続けに連絡があった。

資料として買ったはずの鉱物図鑑が会社にも家にも見つからず、探し続けるより買ってしまったほうが合理的だと割りきる境地に達した菜里子は書店に来ていた。自宅近くの個人書店ではなく、品ぞろえのよい駅ビル内の書店に出向く。商業施設はどこもかしこもクリスマス仕様で、まるでこのシーズンを楽しめない者は人に非ずと言われているような気がしてくるのも毎年のことだった。

自分のイラストの道が開けるきっかけとなった装画を担当させてもらった小説家が、また新作を出している。文芸書コーナーをチェックしていると、コートのポケットに入れていたスマートフォンが鳴った。画面を見る前から嫌な予感がした。

『母さんがやばいんだよね、体』

近況確認もそこそこに次兄は言った。

「更年期障害?」

『それはもうとっくに終わったよ。母さんもう六十半ばだよ』

女のくせにそんなことも知らないのかよと言外に言われた気がした。

長兄も次兄もそれぞれに家庭を持ち、埼玉県内にマイホームを建てて暮らしている。孫の顔を見せるべく実家にはたびたび通っていて、両親の状況も把握している。長いこと帰っていないのは菜里子だけだった。年に一度か二度こうして電話で入ってくる連絡を我慢して受けることで免罪符を得ているのだと、菜里子は解釈している。

「どこが具合悪いの？」

『胃がん』

どんな感想を持つべきなのかわからなかった。

『嵐山町の健康診断で引っかかったんだよ。そんで精密検査したら、もうステージⅢだって』

スマートフォンをあてていない左耳から流れこむ陽気なクリスマスソングが、右耳から入ってくる情報とあまりにもちぐはぐだった。

「……ええと、それで？」

『手術することになって日程調整中。まあいろいろ覚悟しといたほうがいいかもねっていう話』

「そうなんだ。共有してくれてありがとう」

『おまえさあ……』

長い溜息を聞かせるように吐いて次兄はたっぷりと沈黙し、それから畳みかけた。

『実の親を何年放置してるんだよ。子どもじゃねえんだからいつまでも臍曲げてねえで、一度でも様子見にきてやれよ。俺らと違って未婚なんだからさあ』

出た。予想とほとんど違わぬ言葉。通話を切断したくてたまらない。「あなたたちと違って経営者なんだから」と言い返すのを堪える。ストレスでこちらのほうが胃がんになってしまいそうだ。

「ご用件は以上でしょうか。恐れ入りますが業務中なもので」

ビジネス口調に切り替えて対応すると、まったく血も涙もねえな、誰に育てられたと思ってるんだよ、と次兄は捨て台詞を吐いた。通話が切られる直前、女児がきゃっきゃと騒ぐ声が聞こえた。

次兄と連携している長兄からの電話には、比較的心にゆとりを持って対応できた。自宅に帰って簡単な夕食を済ませ、「胃がん」「ステージⅢ」で検索していると、メールが届いた。菜里子は家族の誰ともＬＩＮＥでつながっていない。

『二十分後にＴＥＬします。不都合な場合はその旨知らせるべし』

タイトルに用件を詰めこんで本文は空欄という、なんとも彼らしいメールだった。不都合だったらそれを伝えることすらできない状況にあるのでは、と毎回思う。「二十分後」だっていちいち送信時刻を確認しなければならないから、時刻指定のほうが正確で効率的なはずではないか。

思春期には周囲に合わせて悪ぶっていた次兄と違い、長兄は人生のどんなときも優等生っぽさを貫いていた。それはあくまで「ぽさ」であり、菜里子から見ればいつもどこかずれていた。

『聞いたと思うけどさ、母さん胃がんだってさ。まいったよね』

のんびりした中にもたしかな圧力を感じさせる声で長兄は話し始める。

「ちょうど私も今、調べてたよ。ステージⅢといってもその中でさらに細かく分かれるんだってね。他臓器への転移は今のところないってことで合ってる？」

彼が長い語りに入る前にまくしたてた。攻撃は最大の防御。そんなフレーズがすっと浮かぶ。

『え？　おお……うん、今のところ転移は』

「胃がんってもっと繊細な人がなるイメージがあったんだけど」

心に浮かんだことを思わずそのまま口に出してしまった。長兄はたっぷりと沈黙した。ただ口

ろう。

の悪い次兄と違って、論法で優位に立ちたがる人だ。頭の中で必死に次の一手を考えているのだ
『……母さんさあ、菜里子に会いたいと思うよ』

うわあ、と叫びそうになった。

「お母さんがそう言ったの？　兄さんの推測なんじゃなくて？」

『家に寄りつかない娘に会いたいなんて言えるわけないだろう』

母の息子びいきを客観視できていたのは、あの家で自分だけだ。菜里子は深く溜息をつく。兄たちにはわからない。思うままにふるまうことを許されていた兄たちには。

『おまえは心配じゃないのか？　がんだぞ、がんなんだぞ』

「わかってるよ。だからいろいろ調べたんじゃないの」

『だったら飛んで帰ってくる一択だろ』

沈黙が横たわる。

「お父さんはなにしてるの？」

『父さんは……相変わらずだけど、口にせずともわかるよ、菜里子の助けが必要だって』

「――もう！」

叫ばないと脳がショートしそうだった。

「どうして兄さんが代弁するの！　なによ、私が帰ったらがんが治るの？　こっちだって仕事があるのにっ」

もういい。自分の中に蓄積された繊細で複雑な背景を正確に理解してくれる者などいないのだ。それならいっそ、母の病気などどうでもいい薄情な娘になりきってやる。そのほうがわかりやす

いでしょう？

『わかってるよ。おまえは社長さんだもんな。でも俺たちだって仕事も育児もあるんだよ。それに女同士じゃないとやりづらい世話とかもあるだろう』

思わずぞっとした。自分に母の世話をしろと？　私からのびのびと自分らしく過ごす少女時代を奪った母を？

『いいかげんおまえ、自分以外にも興味持てよ。カルマはめぐるんだぞ』

とりあえず、手術の日取りが決まったら教えるから。それだけ言って、兄のほうから通話を切った。菜里子はどっと疲れてダイニングテーブルに伏せた。

だめだ。常闇に引きずりこまれる。強い意志を持って顔を上げると、てきぱきと風呂の用意をした。力をこめてバスタブを洗い、湯張りをする。入浴剤は「エターナルオーシャンの香り」と「エレガンスフラワーの香り」のどちらにしようか。そんな小さな選択をあえて真剣に悩んで、意識的にいつもの日常に戻ろうとする。今夜は頭を空っぽにして、汗がだくだく出てくるまで湯に浸かろう。

脱衣所のスタンドミラーに三十六歳の裸体が映る。体型維持の意識を保つために置いたのに、最近は目を逸らしがちだった。左の乳輪よりやや上に、三センチ足らずの淡い傷跡が走っている。みみず腫れのようにうっすらと盛り上がった皮膚。切り開かれて、縫合された跡。

――胸のところに固いしこりみたいなのがあるんだけど。

十七歳の高校生にとって、デリケートな部位の異変や不調を親に伝えるのは勇気の要ることだった。あのとき、通院の相談をするべく意を決して話しかけた菜里子を一瞥した母は、醜い虫でも見たように言ったのだ。

——あんたが腹黒いから悪いものでも溜まったんじゃないの？

スポンジに食器洗剤を含ませるたびに、容器の口からごく小さなシャボン玉が生まれては消える。

「最近のスマホってのはすごいよなあ」

「ほんとだよね」

初夏に漬けた梅酒で晩酌する両親のやりとりが、食器のぶつかり合う音の合間に耳に届く。先週スペイン料理を味わってきた環に続き、今夜は父が会社の忘年会だった。帰宅してすぐに呑み直している父の姿に、自分の酒に強い体質はまごうことなくこの人の血だと環は思う。

　煮物を食べたあとの食器にこびりついていた油をこするたび、一日ぶんの疲れが足元から這い上がってくる。今夜は環が夕食の片づけ当番で、のろのろやっていたら遅い時間になってしまった。

　両親と同居していることをひとり暮らしの志保や弓子にはうらやましがられたけれど、自分だってのうのうと暮らしているわけではない。収入の差こそあれ父と同じようにフルタイムで働いているのに、母のほかに家事を割り当てられているのは環だけだ。もちろん母だけに全部やらせたいわけではないけれど、ふと不条理を感じる瞬間がある。

「俺よく覚えてるけどさ、ほら高橋っているじゃん同期の。あいつが買い換えたばっかの車に乗らせてくれたとき、ｉＰｈｏｎｅがカーナビ代わりに使われてたんだよね、それ見てびびったなあ。これがほんとにカーナビになるのかよってしつこく確認しちゃったもんね。あれがたしか……二〇〇九年くらいだったよ、うん、マイケル・ジャクソンが死んだ年だったはず」

「それ考えると今ってカーナビ市場って苦境なんだろうね」

「音楽だってほら、若い人はもうCDデッキなんかじゃなくてスマホで聴くでしょ。あとなんだ、歩数計とか電卓とかもな。みーんなスマホで済んじゃうんだから」

両親は仲がいい。毎晩のようにこうやって晩酌するし、環が小学生になるまで親子三人で風呂に入っていた。それを友人に話してひどく驚かれた経験から、どうやら日本人の夫婦というのは別々に入浴するものであるらしいと学んだ。

そもそもアプリストアの仕組みを最初に発明したのはフィンランドのノキアという企業なのだと、父は語り始める。いまだにアップル社から特許使用料が支払われているんだってよ。

「インドではSIMカードを複数搭載できるデバイスが人気なんだって。デュアルSIMとかいうやつ」

「何それ」

「時間帯によって、通信料金が安いほうのSIMカードに簡単に切り替えられるんだってよ。進んでるよな」

父は首都圏に展開する家電量販店を経営する会社に勤めている。浦和にある本社の生産統括部に配属されるまでは、来る日も来る日も店頭に立って携帯電話やポータブルプレイヤーを売りまくっていた。テレビも冷蔵庫も洗濯機も空気清浄機もスピーカーも、父が社員割引を利用して買い揃えたものだ。そろそろ食洗機も買ってくれないものだろうか。指先でまた小さなシャボン玉が生まれる。

「よくわかんないけどすごいね」

「ほんとすごいよ、もう昨今の技術革新にはついていけませんなあ」

「やだ、おじいちゃんみたい」

「環が子ども産めば本物のじいさんだな」

突然水を向けられて内心ぎょっとする。すぐに顔を上げるのがためらわれて、鍋の汚れを落とすのに集中しているふりをした。

「そうだねえ。最近どうなのよ、ほらあの」

「そうそう、あの彼氏」

父がふった話題に母も相乗りし、そろって邪気のない顔でこちらを見ている。ソファーの背もたれの上に並んだそのふたつの顔は、親鳥を見つめる雛(ひな)のように見えた。

長年連れ添った夫婦は顔が似てくるというが、それにはきっと科学的な理由もあるのだと思う。毎日同じ室内の空気を吸い、同じ水道管からとった水を飲み、同じ料理を食べているうちに、細胞のひとつひとつを構成する要素が同じになってくるのではないか。それらが似通った顔立ちを作り上げてゆくのではないか。

「ほら、ケイ、ケイスケくん」

「違う違う、キョウスケくんでしょ」

母が即座に訂正してくれたから救われたものの、父が亨輔の名を言えなかったことに環は意外なほど傷ついていた。子どもを産めば、のくだりからダイレクトに恋人の話題につなぐ無神経さにも。

「……家に何度も来たじゃない」

環の小さな声は流水音に掻き消された。

――おいおいすげえぞ、やったな。

じゃんけんで勝ち抜いてアゲハの私物をもらえることになった瞬間の父のはしゃぎっぷりを思い起こす。めいっぱい破顔し、小さな手首をつかんでぶんぶん振った父は今、成長した娘の恋人の名も言えない。

「まあでも今の時代、三十過ぎてから結婚する人も多いしね」

「でも三十過ぎた人の初産はきついって聞くよ、ほんとに」

待って。

亨輔とはずっと一緒にいたいけど、結婚するかどうかはまだ決まってない。結婚したところで、子どもを産むとは決まってない。

水道のレバーを「止」に合わせ、環は顔を上げた。

「あのさ、わたしの人生だから」

意を決して放った声は届かなかった。両親は既に、高齢出産したという親戚の話題に移っている。

蛇口からぽたりとこぼれ落ちた水滴が、かすかな音をたてて鍋の底を打った。

商店街から聞こえるポップアレンジされた聖歌は、クリスマスというより年末を感じさせた。マフラーの隙間から入りこむ風はとびきり冷たいけれど、大宮界隈ほどではない。

『ぶっちゃけ別れたいって思ったことがないでもないけどねー。でも結局あいつと付き合えるような女は私くらいかもしれないって思ったり。まー将来性あるしね(笑)』

冷えた端末の液晶画面の上に、次々とメッセージが現れる。将来性、と口の中で反芻した。

みんなで「湖」へ行った日から、弓子との関係に小さな変化が生まれていた。どことなく義務感を持ってともに行動していた大学時代とは明らかに異なる温度感で、個別に連絡を取り合うようになった。

『よかった』

ふたりが軽率に別れなくてよかった。そんな思いをこめて文字を打ちこみ、スタンプをすばやく選ぶ。小さな送信ボタンを押すと、瞬時に「既読」の二文字が現れた。

寺井の司法書士試験合格を祝し、ふたりで四国を旅行してきたという。お土産を送りたいから住所を教えてほしいと弓子からＬＩＮＥが届き、そのまま雑談のラリーが続いている。少し前までなら考えられないことだった。

『あいつ、男らしさってもんに変に縛られてるんだよ』

文字の羅列だけで相手がまじめなトーンになったことが伝わり、環は思わず居住まいを正した。メッセージはぽんぽんと連続で送られてくる。

『あいつのお父さんがそうだったんだって』

『外食先で連れのメニューを決めるのも店員と会話するのも全部自分の役目だと思ってたんだって、お父さんの影響で。それが寺井家の〝男らしさ〟らしいよ』

『旅先では入りたい店も食べたいものもがっつり主張して、オーダーも自分でしたよ（親指を立てた絵文字）あいつ面食らってたけど、意識はちょっと変わったみたい！　やっと対等になれた感じある！』

そうかあ、そうなのかあ。あたたかなものが環の胸に広がる。自覚していた以上にふたりの行方を気にかけていた自分に気づかされた。寺井はずいぶん独特な男だけれど、けっして悪い人間ではない。何度か接しただけの環にもそのことは理解できた。

「おまたせー」

店の中から亨輔が出てきた。環はほっとして鞄にスマートフォンをしまいこむ。いつのまにか指先がとても冷えていたことに気づいた。大股に近づいてきた亨輔の頬を挟むように両手をあてると、冷たっ！　といいリアクションを見せた。

「すまんすまん、ほんと。どっかあったかい場所で待ってればよかったのに」

「平気。埼玉よりはあったかいですから」

製菓工場の前で話した日以来、意識して逢う時間を持つようにしていた。お互い無理をするのは性に合わないけれど、多少は無理をしないとすれ違いは加速する。クリスマスイブもクリスマス当日も人手が足りず案の定ひとりで遅番勤務を引き受けたという亨輔に「イブの夜、閉店後でいいから少しでも会おう。私がそっちへ行くから」と迷わず提案した。

亨輔の勤める雑貨店「さばく堂」は高円寺(こうえんじ)にある。閉店する二十二時までの間、環はエスニックな香りに満ちた店内をぶらついて接客や品出しをする恋人を眺めたり、コーヒースタンドであたたかいカフェオレを啜ったりしながら時間を潰し、最終的に店の前に設置されているベンチに座って待つことを選んだ。タイミングよく弓子から「メリークリスマス！」で始まるLINEが届き、そこからの待ち時間はあっという間に過ぎた。

亨輔が長い金属の棒を庇の端の金具に引っかけ、くるくるとねじるように回転させると、アーチ形に膨らんでいた黄色いテントはしゅるしゅると建物側に向かって縮み、収納された。へえ、こんなふうになっているのか。路面店で働いたことのない環は感心して作業を見つめる。

今度はシャッターを下ろす。こちらも専用の金属棒をシャッターの金具に引っかけ、ずるずると引き下ろす。店のキャラクターである帽子をかぶった蛙の絵が、足のほうから姿を現す。

「手伝おっか」

「いい、いい、平気」

シャッターが下りきった状態でしゃがんで施錠すると、亨輔はようやく全身で環に向き直った。その腕に思わず飛びつく。もう何年も着ている亨輔の中綿ブルゾンに鼻先を擦りつける。弓子の話に刺激されたのか、自分の男が常になく愛おしい。

腕を絡めて、チェーン店や専門店のひしめく商店街を歩く。東京のクリスマスイブはこの時間でもさすがに賑やかで、ふたりはすぐに「よくいる若いカップル」として街の一部になる。実際、自分たちと似たようなカップルばかりだった。打ち合わせしておいた通りにアイリッシュ・パブへ向かいながら、環は白い息を夜空の中に吐き出した。

今日は亜衣の誕生日でもある。今頃、恋人と過ごしているだろうか。菜里子も今夜は、船橋と。

「本当に朝帰りして平気なの？　疲れない？」

亨輔が気遣いを見せる。街の喧騒に負けないように、平気、と声を張り上げた。

「一度やってみたかったの」

今夜は亨輔の部屋に泊まり、明朝始業に間に合うようにまっすぐ大宮へ向かうことになっている。前日に着用した衣類や下着を持って出勤しなければならないのは不便だし少し気まずいけれど、それも含めた非日常感を味わうのが楽しみだった。いつもと違うことは、ただそれだけで少しだけ価値がある。寝不足になったとしても、下りの埼京線で少しは眠れるはずだ。いつでもどこでも眠れることは、環の特技でもある。

無理せずに維持できる関係が理想だけれど、少しだけ無理することに価値を感じ合う関係も悪くない。自分たちのスタイルをこうと決めず、随時バージョンアップしてゆけばいい。そんなふうに考えると、いっそう風通しのよい関係になれた気がした。

鞄の中でスマートフォンが振動する。アジアのお香のにおいが染みついた中綿ジャケットからそっと腕を外し、確認する。

『彼氏ができました〜〜〜！』

志保からのメッセージだった。写真まで添えられている。まだあどけない、学生のようにも見える茶髪の男と志保がふたりでレンズを覗きこんでいる。背景はディズニーランドだ。

そもそも前の相手と別れたなんて聞いていない。「雑だけど顔がいいから無罪」の男はどうなったのか。

おかしさがこみあげて、思わず上体を反らして笑った。え、なになに、と亨輔が既に笑いの伝染した顔で言い、酔っ払いの集団がふたりを邪魔そうに避けてゆく。

幸せであればいい、今夜くらいは。いい人もちょっぴり悪い人も、わたしのことを好きな人も嫌いな人も、みんな。

🦋

クリスマスの埋め合わせ。そう言って船橋はやってきた。例によって平日の夜に。

接待するのは私なのに。身の内に不満が湧きあがってくる。まるで自分自身がプレゼントだと言わんばかりに手ぶらなのも苛立たしい。かといって菜里子のほうもクリスマスプレゼントなど用意していない。ここ数年はずっとこんな感じだ。

それでも体を求められれば応じ、酒もつまみも出してやり、整えた寝床で眠らせてやる。結局のところ、習慣に従うのがいちばん楽なのだった。

店が混むから来られても相手できないよ。そう言われたらどうしようもなく、イブの夜もその翌日も会わずに過ごした。かといって、埋め合わせと言われるともやもやする。まるでこちらが会いたいとねだったみたいではないか。

そうだ、埋め合わせてもらうほどの空洞もないのだ、私には。どうしてこちらが与えられる側と決まっているのだろう?

起きたら文句を言ってやろうと思い定め、菜里子は手を動かす。冷凍庫からミックスベジタブルを出して炒め、軽くコンソメ味をつける。それとは別にスクランブルエッグを作る。ツナ缶を開けて、マヨネーズで和える。レタスをちぎって洗い、水を切る。ロールパンの真ん中にナイフで切れ目を入れ、オーブントースターで軽く焼く。電動ミルにコーヒー豆をざらざらと入れる。インスタントのコーンポタージュをマグカップに注いで湯で溶かす。火を使っていると、少しずつ部屋が暖まってくる。

「起きてっ」

シングルベッドを占領している男を揺さぶる。誰が泊まりにこようとひとりで眠る快適さを諦めきれない菜里子は、ひと晩ソファーを使ったのだ。肩を強めに揺すられた男は、むにゃ、と漫画のような声を出した。

のろのろと起きだした男の尻を叩いて洗面所に向かわせ、ダイニングテーブルに朝食を並べてゆく。コーヒーの香りが広がり始めるとせかせかした気持ちがようやく落ち着いてきて、いつものペースが戻ってきた。

寝巻き代わりの部屋着のまま、船橋はどすんと席につく。食卓を見て、その表情が初めて動く。

いつものチーズトーストじゃない、という顔だ。

「まずはロールパンの切れ目にレタスを敷くように挟んで。その上にお好きな具をお好きなようにサンドして召し上がれ。よかったらマスタードやケチャップも塗って」

「なるほど……」

腕をだらんと垂らしたまま船橋は口の中だけでつぶやく。「なるほど」は納得していないときの彼の口癖だ。菜里子はいらいらして先にレタスのトングをつかんだ。出社時刻までゆとりを持って起きているとは言え、仕事納めが近い年末の朝にだらだらされたくはない。

「男はさ」

コーヒーを啜った船橋が、溜息とともに言葉を吐き出した。

「なに？」

「男はさ、ワンアクションで食える料理が好きなんだよ」

朝食に苦言を呈しているのだと気づくのに数秒を要した。

「……は？」

「どっちかっつったら、サンドした状態で出してくれたほうがありがたいかな」

「甘えないで」

反射的に鋭い声が出た。ああ、これはまずい。久しぶりにわかりやすく怒ってる、私。菜里子の中で急速に負の感情が育ってゆく。

「のろのろ起きてきてなんなの？　っていうか『男は』ってなに？　主語が大きすぎるんじゃない？」

「……あ……いや」

「自分が男性代表のつもり？　へえ、そう」

レタスとミックスベジタブルを乱暴に挟み、大口でかぶりつく。この程度の作業が面倒だなんて、赤ちゃんかよ。嫌なら食べるなよ。自分で作れよ。強い言葉が胸の中に生まれては弾ける。雑に挟んだロールパンから、コーンやにんじんのかけらがぽろぽろと皿の上にこぼれ落ちる。

「要らないなら私食べちゃうからいいよ」

「要りますよ」

船橋はようやくパンを手にとり、緩慢な仕草でスクランブルエッグを挟んだ。その目の前にケチャップの容器をどんと置いてやる。

「でもさ、ちょっとは本当のことじゃない」

こんなにピリピリしてみせても、船橋の余裕は変わらない。もぐもぐと咀嚼しながら、こちらを労わるような表情を浮かべている。

「なにがっ」

「きみさ、俺以外に男を知らないじゃない」

スープに匙を入れようとした手が止まった。即座にリアクションできなかったのは、事実だからだ。彼が品のないにやにや笑いを浮かべていることが、顔を上げなくてもわかった。

「あのときさみ、相当無理してたでしょ。すぐわかったよ、ちょっとだけど血も出てたし」

あのとき。初めて抱き合った夜の彼の部屋の湿度が肌に蘇る。

気づかれていたのは無理もないことだった。でも今になってそれを言うのは、自分が優位に立つためでしかないだろう。

正確に言えば、船橋の前にも恋人はいた。専門学校のときと、専業になる前に絵画教室で働いていたときと。いずれも菜里子が恋愛よりも創作に命を賭けていることを察し、深い仲になる前に離れていった。紳士的すぎた彼らのおかげで、菜里子は三十一歳まで未経験で通していた。男の体というものを知らないまま、友人知人の出産報告を幾度受け取ってきたことだろう。

「……だからなんだって言うの、今更」

「いやだから、男とはどんな生き物か教えてあげる権利くらいあるでしょ、ちょっとは」

耳の後ろの太い血管がどくどく脈打っている。なんなんだこの男は、なんなんだ。

これだから恋愛なんてくだらない。不条理な上下関係ができるだけだ。私、そんなに暇じゃないんだけど。

早く会社へ行きたい。猛烈に環と亜衣に会いたかった。


仕事納めの日はきりりと冷えていた。雪は降りそうで降らない。いっそ潔く降ってくれたらいいのにと思う。

午前中打ち合わせに訪れた編集者は、「埼玉は寒いっすねえ」と襟を立て、肩をすくめて都内へ帰っていった。そう、埼玉は夏はとびきり暑く、冬はとびきり寒いのだ。

亜衣は昨日のうちに年内の仕事をすべて片づけ、一日前倒しで休暇に入っている。環が仕事に慣れてきた頃から、亜衣は有給休暇を積極的に消化するようになった。

「え?」

今年一年間の事業収支をざっと確認しようと思ったら、思わず声が出た。期待も予想も下回る数字だったのだ。

そんなものかなあ。ともすればパスワードを忘れてしまいそうなくらい長らくログインしていなかった経理ソフトの中をうろうろしながら菜里子は考える。売上目標額は達成しているけど、経費がかさんだせいか純利益の割合が予想以上に少ない。でも、そんなものかもしれない。資料のための書籍や画材、梱包資材。発送費に交通費。地味にいろいろかかっているのだから。もちろん、環を雇ったことによる人件費も。

アトリエNARIを設立して以降、経理も人事労務もクラウド会計ソフトを利用するようになった。日々の出納から月締め、確定申告に至るまで、経理業務は亜衣に丸投げしている。毎月、月初に収益レポートの画面で目標額を達成していることを確認する程度で終わっていた。常にイラストのことで頭がいっぱいだから、というのは言い訳だ。菜里子は数字と長時間向き合うのがどうにも得意でない。人事労務のほうをひとりで管理するのが精いっぱいだった。

まあいいや。ログオフしながら気持ちも切り替える。

下半期の締めは亜衣がやってくれることになっているから、そのときもう一度確認しよう。未入力のぶんもあるかもしれないし、たしか売掛になっているぶんもあった気がする。来年の確定申告までにはまた数字も変わっているだろう。

経理ソフトを閉じて、ホームページを立ち上げる。今年最後の書きこみチェックをしようと思った。予想と違わぬ名前が目に飛びこんできた。

『どんなに忙しくても休息は必要なもんですよ。今年の疲れは今年のうちに解消！　自分はひと足早く年末気分で温泉に一泊してきました。栃木県は日光の方へ。ところで鬼怒川って読めますか？　「きどがわ」じゃなくて「きぬがわ」なんですよねえこれが。いやはや、日本語ってムツカシイ。　猿丸』

『クリスマスは七面鳥を食べました。ターキーと言えば、トルコ人は国名が外国語表記だと七面鳥と同じスペルなのが嫌みたいですよ。近く正式名称が変わるかもしれませんね。グルジアがジョージアになったみたいに。えへん、今日は役に立つ猿丸豆知識でござえました。猿丸』

急にぐったりと疲労を感じた。重めの溜息が漏れる。いつものように当たり障りのない返事を打ちこめばいいだけなのに、どうしてもそんな気になれなかった。

「大丈夫ですか?」

環が小首を傾げてこちらを見ている。入社当時を思うとずいぶんリラックスしてくれるようになったな、と気づく。

「いや、ちょっとさ……ホームページのコメントがいつも同じ人からで」

「ああ、『猿丸』さんですね」

「そうそう、その人」

環が認識していたことに内心驚いていた。そんな場所までチェックしてくれているとは。

「悪い人じゃないんだけどさ。なんか、彼の個人的な日記を読まされているような気分になってしまって。もはや挨拶すら省略されてるし」

「わかります」

きまじめな顔で環はうなずいた。その耳たぶでピアスが揺れ、控えめな光を放つ。黒蝶貝のピアス。

「なんか彼が、彼だけがここのレギュラーみたいになっちゃって、前ほどいろんな人がコメントしてくれなくなった気がするの。どうしたらいいんだろ」

どうしたらいいかな、そう言いかけて直前で語尾を微妙に変えた。新人に愚痴を吐き解決策を求める経営者なんてと、急に情けなくなったのだ。

「はっきり言っていいと思います」

環は毅然と言い放った。その両目に強い意志が宿っている。この子はときどきこういう目になる。

「掲示板を私物化しないでって言っちゃっていいと思います。なんならわたしが第三者のふりして書きますよ」

「そ……、うん」

「たとえ悪意あるふるまいじゃなくても、自分の負担になることってあると思います」

たしかに。胸の中で深い納得を得た。

「ありがとう。毎回がっかりしながら受け取るのも、逆に失礼だもんね。私もこんな気持ちを来年に持ち越したくないし」

紙を折り畳むように自分の気持ちを整理しながら言うと、環が慈愛に満ちた笑顔になった。一瞬どちらが年上かわからなくなる。

「そうですよ。本当に自分を大切にしてくれる人っていうのは、自分との距離感を大切にしてくれる人のはずですから」

って、自戒なんですけどね。ぼそりと付け加えたときにはいつもの顔に戻っていた。

二十五歳か。自分が二十五のときって何してたっけ。ああ、絵画教室の最後の年を働いていた頃か。辞めることをみんなにどうやって知らせたものか迷っていたけど、結局みんなとっくに気づいていたんだよな。

「鬼怒川」くらい読めるっつーの！　そもそも「イラスト集も図書館に置いてあるの見ました」ってなによ、買ってくれてないいんじゃん！　などと環とさんざん笑い合いながら、書きこみへの返信を打ちこむ。キーボードの上を、指は軽やかに動いた。

『いつもありがとうございます。この掲示板はデザインNARIにご興味をお持ちの方がたどりつく場所でございますので、できましたら少しでも私どもの活動に関係のある内容をお書きこみくださいますと幸いです』

「あれっ？　ねえ、『お書きこみくださいさい』って日本語変じゃない？」

「え……『お書きこみくださいさい』ですか？　変ではない、ですよ……あれ？」

「なんか言葉のゲシュタルト崩壊起こしちゃった」

「『言葉のゲシュタルト崩壊』！」

ふいに腹の底からおかしさがこみあげてきて、ふたりでげらげら笑う。

このひとときがこの一年を総括するものかもしれないな、あるいは来年を予感させるものになればいいな。目尻の涙を拭いながら菜里子は笑い続けた。

畳のにおいがした。

目を開くと見知らぬ木目の天井があり、自分がどこにいるのか把握するのに時間がかかった。夢の手触りだけがぼんやりと残っている。なんだかとても疲れる夢だった気がする。

亨輔がこちらを見下ろしている。がばりと起き上がろうとして、手で制された。和室の隅に寝かされているらしい。持ち上げた頭を下ろすと、枕の中の蕎麦殻（そばがら）がぎゅぎゅ、と動くのを感じた。

「ごめんね」

ふいに謝られる。環がクリスマスにプレゼントしたシェットランドウールのセーターを着た亨輔は、見たこともないほど心配そうな顔をしていた。

「どうして？」

「いや、だから……俺のせいでこうなっちゃったから」

俺のせいで。その言葉の意味をさらに探ろうとした途端、喉の奥に酸っぱいものがつかえた感触が蘇った。

亨輔の運転で鬼怒川温泉郷に来ていたのだった。その道中を環は少しずつ思いだす。

世間の正月ムードが少しずつ解けてきた一月半ばの金曜の夜、突然「鬼怒川へ行こう、鬼怒川温泉」と亨輔は電話をかけてきた。去年最後の電話で掲示板の一件をおもしろおかしく報告したら「鬼怒川かあ。いいねえ」と変なところに反応していた亨輔だったけれど、まさか本当に誘われることになるとは予期できなかった。珍しく土日とも休みがとれることになり、旅行サイトで検索したら割引プランの宿が見つかった、行くしかないよね、と熱く語られた。なんともう予約を済ませてしまったのだという。

こっちの都合も考えてよね、予定が入っていたらどうするつもりだったのよ。ぶつぶつ言いながらも嬉しくないはずはなく、環は慌ててキャリーケースを引っぱり出して着替えや化粧品を詰めこんだ。亨輔にならば振り回されてもいいと思っていることをあらためて自覚する。あの書きこみをきっかけに決まった旅行というのも、なんだか複雑なものがあるけれど。

亨輔の運転する車に乗るのはほぼ一年ぶりだった。中央線沿いにある小さなアパートに住むにあたってやむを得ず車を持たない生活をしているものの、北海道出身の亨輔は時折運転をしないと気持ちが悪くなる体質らしい。彼にしてはスマートに手配していたレンタカーで栃木県日光市を目指した。オフシーズンだから比較的空いているらしいとのことで、なるほど紅葉シーズンはさぞや美しいであろういろは坂のカーブをぎゅんぎゅんと器用に運転してみせた。ドライバーズ・ハイになってしまったかと、環は内心冷や汗を流した。

い、ろ、は、に、ほ、へ、と、ち、り、ぬ、る、を。ヘアピンカーブを走るたび、ひと文字ずつ看板が現れる。右へ左へ頭が振られ、環は自分が乗り物酔いをすることの多い子どもだったことを思いだした。

「ち」の字あたりで既に胃のむかつきを覚えていたものの、亭輔が楽しみだという華厳(けごん)の滝はけっして外すまいとひっそり耐えていた。エレベーターで地下へ降り、華厳というより豪快な滝の流れを下から見上げていると、大量に放たれるマイナスイオンのおかげか多少気分を持ち直したように思えた。

問題は下りのカーブだった。運転を楽しむ亭輔を動揺させたくなくて黙っているのも限界で、「ふ」の字あたりで打ち明けた。うそっ、そしたらもうまっすぐ旅館を目指すから頑張って、もうすぐだから。日光東照宮(とうしょうぐう)へ行くのを急遽キャンセルして、亭輔は車を温泉地へ向けた。けれどわずかに間に合わず、車を停められる場所に来ると環は山道に転がり出て嘔吐(おうと)した。予定より三時間も早くチェックインした宿でうがいと洗顔を済ませると、そのまま気絶するように眠りこんでしまったのだった。

昼間に長時間眠ったことなどいつ以来だろう。思いだせないくらい昔だ。基本的に体が丈夫な環は、風邪で寝こむこともめったにない。

「ほんとにごめん。気分、どう?」

「……悪くはない。でも吐いたせいかな、変な後味の夢を見てた」

「どんな夢?」

「うーん……」

つかまえようとした夢のしっぽはするりと逃げて、さっきまで鮮明に残っていた瞼の裏の風景は儚く消えてゆく。不如意感だけが手元に残されていて気持ちが悪い。

むぎゅっ。ふいに両手で耳をつままれた。

「耳をね、こうやってマッサージするといいんだって。テレビで言ってた」

環の両耳を亨輔はやさしく上下左右に引っぱり、全体を回転させるように回した。

「内耳の血行をよくするといいんだって。気象病の人への対策って言ってたけど、車酔いにも効くかなあと思って」

最後にぱたんと折り畳まれた耳からは、自分の血が血管を流れるごごご、というかすかな音がした。体調への影響のほどはわからないけれど、耳周辺の凝りがほぐれ、ぽかぽかして気持ちいい。

「ありがとう。とりあえずなんかだいぶ気持ちいいよ」

「よかった。大丈夫だったら起きてこれ飲んで。脱水起こしちゃまずいから」

差しだされたポカリスエットのペットボトルを受け取りながらゆっくり体を起こすと、涙がひと粒すっと頬を流れた。目の乾燥や反射的なものだとわかっているのに、夢の余韻のような気もして心がわずかに乱れる。大丈夫？　また確認されてさすがに申し訳ない気分になり、大きく肩を回してみせてからポカリスエットに口をつけた。

時計を見るともう四時過ぎで、ここへ着いて二時間は眠りこんでいたことになる。その間温泉にも入らずに環の様子を見ていてくれた亨輔に、じわじわと感謝が湧きあがってきた。

「川の音がする」

ゆっくり立ち上がって窓辺に近づく。障子、ガラス戸、網戸と順番に開いてゆくと、せせらぎの音が大きくなった。眼下に小川が流れていて、その向こうには夕闇を背負った林が鬱蒼と茂っている。おお、と唸ったあと小さなくしゃみが連続で出て、また亨輔に心配された。

「すごいすごい、非日常感。いい部屋だね」

「うん。たぶん急なキャンセルが出たんだろうね。『直前プラン』ってやつで通常料金の半額になってたから」

「そうなんだ」

「クリスマスも正月も慌ただしかったから、少しは喜んでもらえればと思って」

彼の気遣いに胸がじんわりと温かくなる。クリスマスプレゼントはまたよくわからないインドの置物だったけれど、こんな時間を作ってくれるのだからやっぱり最高だ。

聞き慣れない鳥の声、濃厚な緑のにおい。実家や会社からずいぶん遠いところへ運ばれてきた気がした。冷気が肺を満たしてゆく感覚が心地よい。

濃い緑を目にしていると、サディスティック・バタフライのアーティスト写真がふと脳裏に浮かんだ。山々を背に、風に吹かれるアイドルたち。菜里子の故郷の嵐山町で撮影したと聞いているが、どんな町なのだろうか。いつか「聖地巡礼」をしてみるのもいいかもしれない。

思いをめぐらせていると、頰のあたりに亨輔の視線を感じた。キスをするのかな、でもさっき吐いたばかりだからもう少しちゃんとうがいしてからがいいなとぐるぐる考えていると、耳たぶに彼の指先が触れた。

「このピアスやっぱりいいね。なんだっけ、黒蝶貝?」

環のときめきをよそに、恋人はしげしげと環の耳を見つめてそう続けるのだった。

温泉に体を沈めると、ようやく体がさっぱりした。宿の名前が散らされた柄の浴衣を着て、夕食の膳に向かう。すっかり調子を取り戻した環の胃に懐石料理はするすると収まってゆく。卵形の器に収められた茶碗蒸しや海老のゼリー寄せ、カラフルな手毬寿司は見た目にも美しく、写真に撮りたいという気持ちが湧いてきた。

「ねえ」

お膳の上できれいに箸を使う亨輔に呼びかけてみる。

「ん？」

「亨輔はさ、料理の写真とか撮る女って嫌い？」

ふぇ？　間の抜けた声を返されて、愚問をぶつけてしまったことを悟る。

「いや、いい、なんでもない」

「……ああ、そういえばたまちゃんってあんまり撮らないよね」

錦糸卵の載った手毬寿司を口に放りこみ、咀嚼しながらまじめな顔になる。昼間のことがあったので栃木の地酒を諦めて烏龍茶にしたけれど、やっぱり呑みたい気分になってくる。

「自分がこれから消化吸収排泄するものをいちいち撮るのって意味不明かな、病気かな。世界に開陳しなければセーフなのかな」

「なになに、どうしたの急に」

「昔付き合ってた人が言ってたの。やたら料理を撮らないところがいいって」

互いの過去の恋人について話題にすることを、これまではなんとなく避けてきた。でも、細かいことを気にしているのは自分だけなのではないかという思いがふいに強くなった。案の定、亨輔は顔色ひとつ変えずにふうんとうなずいた。

「別に、撮りたい人は好きに撮ればいいんじゃない。人とも料理とも一期一会って思うし」

「……そっか」

「料理の数だけ、料理を作った人と間接的に出会ってるわけだしね。感謝の気持ちで撮る人もいるんじゃない。きれいなものとかうまそうなものを写真でコレクションするっていうのもさ、文化の発達によって生まれたひとつの趣味なんだから、意味なんかなくていいんだよ」

「うん」

長年とらわれていた言葉を、今度こそ手放す。ばいばい。胸の中で小さく手を振ると、スマートフォンを取り出して料理を撮り収めた。本当に手放さなければならないのは、物事の判断基準を他人に委ねがちな自分の軸のなさかもしれないと思いながら。

「これでお母さんたちにも見せられるしね」

「たまちゃんはほんとにお父さんお母さん好きだよな」

「……うん」

即答しようとして、小石につまずいたような気分になる。ケイスケくん、と間違えた名を口にする父を思いだして、恋人の顔が直視できない。

だめだ、話題を変えよう。食事を再開しながら思考を巻き戻す。竹を削って作られた匙を、茶碗蒸しはとぷんと飲みこんだ。

「前の人は、撮る人だったの？」

「へ？」

「さっき『たまちゃんってあんまり撮らないよね』って言ったから。前の彼女は料理の写真撮る人だったのかなって」

「なになに、今日はそういう話したい気分なの」

「……そうだよ、悪い？」

開き直ると、亨輔はちょっと笑った。

「歳の離れた人と付き合ってたって言ったよね」

「うん。友達のお母さんだったから」

「えっ」

それは聞いてない。

「言っとくけど不倫じゃないよ。シングルマザーだったんだ。ちょうど二十歳上だったけどそんなに年齢差も感じなかった」

視線をわずかに逸らしたまま亨輔は喋る。目の前の自分ではない、遠い面影に思いを馳せるような表情を見せられて、ちくんと胸が痛む。

「写真を撮るのが好きだったな。携帯でも一眼レフでも撮りまくってた」

自分の知らない、今より若い亨輔の写真がぎっしりと詰まったカメラロールを想像した。自分が振った話題なのに複雑な気分になる。衝動的に亨輔のお猪口に手を伸ばした。

「あっ」

熱燗にした日本酒が喉を滑り落ちてゆく。脳がじんわりとほぐれて気持ちいい。

「もう一杯」

「ちょっとちょっと、あなたさっき吐いたんだから」

「もう全然平気だもん」

「呑みすぎてまた体調悪くなったら、できないでしょうがっ」

えっ。

目の前に、怒りながら照れる恋人の顔があった。今度はちゃんと環の目を見つめていた。

ヨーグルトの黴を見た瞬間、小さな悲鳴が出た。表面を覆うもさもさとした白い黴と、その中心部に目玉のように開いた緑色の黴。

油断していたなあ。ポリ袋に中身を移しながら溜息が漏れる。こういうことにならないよう、ヨーグルトは食べきりサイズのものを買うようにしていたのに。普段は行かないスーパーで大きな容量のものが安く売られていたからつい、手を伸ばしてしまった。結局それから船橋は一度しか来なかった。

待てよ。一度閉めた冷蔵庫の扉を再び開いて冷気の中に顔を突っこみ、マーガリンを取り出した。わずかにぬるつきのある蓋を開けて確認する。案の定、こちらも表面に黒っぽい黴が繁殖していた。

こんなこと、以前はなかった。乳製品を取り揃えておけばあの男が喜ぶからと、自分ではそれほど食べるわけではないのに常備していた。彼は頻繁にここへ通っていたから、黴の生える暇なんてないほど速いペースで消費していたのだ。

まあいいか。年末に腹の立つことを言われて以来、彼のＬＩＮＥにはほとんど返事をしていなかった。「あけおめ～」という新年の挨拶に対してもスタンプひとつ返しただけで済ませていた。訪れが減るのも無理はない。

急にばからしくなって、菜里子はそのまま冷蔵庫内の断捨離を始めた。残りわずかな状態でずいぶん経ってしまったマヨネーズの容器をキッチン鋏でぱっくりと切り裂き、中身をスプーンで取り出して、朝食の残りとまとめて捨てる。しばらく使っていない豆板醤（トウバンジャン）やマスタードのチューブも同様に処理をすると、スパイシーなにおいが無駄に漂い始め、換気扇を回した。野菜室の奥からは干からびたきゅうりが出てきて、うあああ、と呻いてしまう。こんな姿はとても見せられないな。幻滅されちゃうな。自分をまっすぐに見つめる環の顔が浮かんだ。

　冷蔵庫が片づいて汚れた容器もきっちり洗ってしまうと気分がすっきりして、船橋のことなど頭からきれいに消えていた。誰にも会わないまま終わろうとしている正月休みをようやく有意義に使えた気がしてくる。

　タイミングよく洗濯機からコース終了のメロディーが流れてきて、ふんふんと鼻歌を歌いながら脱衣所に移動する。ごく自然にサディバタの持ち歌を口ずさんでいる自分に気づいて軽く驚く。他のメンバーはこういうこと、あるのだろうか。順子は。明日香は。恵は。

　会ってもいいのかもしれないな。唐突に思った。

　順子に言われたように久しぶりに四人で集まって、腹を割って話せばいいのかもしれないな。今すぐは無理でも、オリンピックイヤーにあたる来年とか。しかも東京開催だし。それまでには気持ちを立て直せるかもしれないな。久しぶりに心の中に陽射しがあたっているような心地がして、テンポよく洗濯物を干してゆく。化学繊維のワンピース、無印良品の長袖インナー、カラータイツにコットンパンツ。下着だけはクリップハンガーに留めて室内のカーテンレールに引っかけて干す。美的センスには合わないが致し方ない。

　ここのところ、順子の愚痴を聞くことがめっきりなくなっていた。ｗｅｂメディアのライターに応募して採用されたのだと、去年の暮れに報告があった。家事や育児の隙間時間にパソコンやスマートフォンに向かっていた時間をお金に変えることができる、まるで錬金術、と菜里子にまでライター業を売りこみそうな勢いだった。

順子は昔から言語感覚が鋭敏で、中学時代は文芸部に所属していたと聞いていたくらいだから、菜里子は特に驚かなかった。一曲だけ、順子が作詞を担当したサディバタの持ち歌もある。ビジュアル系に寄せた歌詞の多いレパートリーからずいぶん趣向の異なる一曲が、そのおかげで誕生した。

鬱々とした彼女を心配していた日々が嘘だったかのように元気になり、とにもかくにもよかったと菜里子は安堵する。でもその安堵は愚痴の捌け口にならずに済む自分のためであるのかもしれないと考えると、罪悪感に苛(さいな)まれた。順子にしても、家庭内の問題の根本的な解決を見たわけではないだろう。けれどそれ以上踏みこむのは自分の役目ではない気がした。

ひとりぶんの洗濯はすぐ終わる。溜めこみさえしなければ。

冬空の下に衣類を干し終わると、そのままベランダの手すりに肘をついた。小さな路地を挟んで向かい側に建っているのもその両隣もマンションやアパートで、特におもしろみのない風景。それでも菜里子は気に入っていた。地元はあまりにも空が広すぎて、不自由な身との対比がせつなかった。このくらい空が狭く、このくらい空気が汚れているほうが、自分には似つかわしい。

ふと欲するものがあり、室内に戻った。ベッドの下に腕を伸ばし、暗がりからガラスの灰皿とジッポライター、それにメンソールの煙草のセットをつかみだす。

再びベランダに出て、ライターを点火した。湿気ているかもしれないと思った煙草にはちゃんと火がついた。少しずつ煙を吸いこむ。肺の奥深くまで吸いこまず、気道で止めるイメージで吸うのが咳こまないコツだった。

ふ――っ。細く細く煙を吐き出す。外気はうんと冷えているのに、喉元が温かくて妙な快感がある。

こうしてほんのときどき喫煙する習慣があることを、菜里子は誰にも話していない。

専門学校を卒業して新生活が始まる前に、ドイツへ旅行した。よくある旅行会社のツアーではあるが初日と最終日以外は自由行動になっている格安のプランで、実質ひとりきりの卒業旅行のつもりだった。

ノイシュバンシュタイン城にケルン大聖堂、ローテンブルクにライン川。いつかイラストのモチーフにしてみたいと思っていた観光名所をひととおり巡ったあとは、ひたすらマーケットを回った。目に鮮やかな野菜や果物、工芸品や日用雑貨を飽きずに見ながら歩いてゆくと、鈍い光を放つ緑のガラス器に目が吸い寄せられた。蚤の市らしく値切ってみたいと思ったのにドイツ語も英語もうまく出てこなくて、憐れに思ったらしいおじさんが一ユーロだけ負けてくれた。衣類に包んで大切に日本に持ち帰ったのがこの灰皿だ。

喫煙する習慣もないのにどうしても灰皿を灰皿として使ってみたくなり、コンビニに走って煙草とライターを買い求めた。恐る恐る吸いこんだ煙がピンクの肺をふわりと汚すところをイメージすると、なぜか気持ちが凪ぐのを感じた。肺がんになるのも衣類ににおいがつくのも嫌なので、癖にならないように数か月に一度だけと決めている。

こんなに空が高い冬の日は、好きでもない煙草を吸うのにぴったりだ。煙草の先を灰皿にぎゅっと押しつけると、自然と新しい一本に手が伸びる。

たったひとりで吸うこと。満たされすぎているときは吸わないこと。吸うときは三本まで。そんなルールを自分に課していた。誰も知らない小さな儀式のように。

かち。かち。かち。かち。

自分の操作するマウスの音が耳につく。

気のせいかもしれない。

いや気のせいじゃない。

収益レポート。損益レポート。現預金レポート。資金繰りレポート。会計ソフトのあちこちを開きながら、菜里子は嫌な予感がこみあげてくるのを感じた。

極端なズレではない。でも、明らかに何かがおかしいとわかる。年末に感じた違和感が蘇り、呼吸がわずかに乱れ始める。

仕事始めからの日々は飛ぶように過ぎ、決算の時期が近づいていた。来月は打合せの予定が詰まっており、少し大きな仕事も始まりそうなので、経理関係のことは二月半ばのこの時期にある程度進めておこうと、自分で描いた卓上カレンダーのチョコレートのイラストを見つめて誓ったのだ。デザイナーとしての仕事も抱えている亜衣に今年も丸投げするのは気が引けて、自分で会計ソフトを立ち上げた。

こんなに受注が増えたのに、こんなにあくせく働いているのに、だからこそ新人を雇い入れたのに、収益が去年や一昨年の今頃の水準と大差ない。もちろん伸びてはいるのだけど、支出の割合が高すぎて利益を食いつぶしている。どう考えても違和感の原因はそこだった。

取引画面で「支出」のみに絞って検索する。水道光熱費。地代家賃。通信費。旅費交通費。会議費。消耗品費。新聞図書費。様々な支出がずらりと並ぶ。亜衣が領収証やレシートを元に入力してくれたものだ。

ふう。精神安定剤のようにコーヒーを口に含み、再びモニターに目を凝らす。最近、視力が落ちてきている気がする。両目をぎゅっと強く閉じ、また見開く。

新聞図書費の異常な多さに、まずは気がついた。つまりは書籍代だ。

イラストの資料として、専門書や写真集を買うことは実際、わりと頻繁にある。個人事業主としてやっていた頃は、節約のため図書館で本を借りていた。忙しすぎて期限内に返却しに行けなかったり、うっかり絵具で汚してしまったりすることが何度かあり、買うほうが気楽だと思うようになった。経営が軌道に乗ってくると、必要経費だし節税のためにもなるしと割りきるようになっていた。

——でも、こんなには、買ってない。絶対に買ってない。

消耗品費も予想以上に項目が多く、しかも一件ごとの金額が大きい。画材はともかく事務用品でこんなに使っただろうか。えっ、この九千八百八十円ってなんだろう？　画面をスクロールするたびに、背中がすっと冷えてゆく。

目を背けることは、できない。確かめる必要がある。

もう何年も買い換えていない自分の鞄から、これまたもう十年選手となっている長財布を取り出した。小銭入れの仕切り部分に、小さな鍵を入れてある。スペアキーは亜衣が持っていて、そちらのほうが頻繁に使われている。

施錠してある机の引き出しを開け、キーホルダーの付いた鍵をつかみだした。ヤシの木とフラダンサーをモチーフにしたプラスチックのキーホルダーは、突起した「ＡＬＯＨＡ」の文字に塗られた赤い色が剝げかけている。誰にもらったハワイ土産だったか思いだせない。

バックヤードの奥に金庫は設置してある。ダイヤルを回して開錠し外側の分厚い扉を開けると、中に簡素な手提げ金庫が入っている。作業台の上に手提げ金庫を置き、菜里子はまた呼吸を整えた。

キーホルダーを揺らしながら手提げ金庫を開き、ようやく現金と対面する。

金種ごとに仕分けされた現金を手早く数えた。会計ソフトに表示されていた現金残高とは合っている。ここまでは大丈夫。まずはひと息ついた。

大きな金庫から、菓子の容器をふたつ取り出す。ヨックモックの缶とモロゾフの缶。会社の財産を菓子の容器に保管しているなんておかしいかもしれないが、実際使い勝手がよく代替品が思いつかない。

モロゾフの缶には通帳がしまいこんである。そろそろネットバンキングに切り替えようと思いつつ、制作に時間や神経を割いてばかりでついつい後回しになっている。

亜衣が昨日記帳してくれたばかりの通帳には、彼女の気配が残っているように感じられた。通帳残高も会計ソフトの数字と照合する。誤差はない。

私は何を確かめたいのだろう。いや、もうわかっている。落ち着け、落ち着こう。

ほぼ正方形に近いヨックモックの缶を開ける。当月分の領収証やレシートはここに収納してある。目玉クリップでまとめられたそれらの一枚一枚をめくってゆく。亜衣や環におつかいしてきてもらうことの多い大宮駅ビル内の書店の領収証を抜きだした。それらの金額の大きさに、菜里子は心当たりがない。心臓が痛いくらいに大きく脈打つ。

そもそも、個々の明細がわかるように、領収証にまとめるのではなくレシートのまま持ち帰るよう伝えていたはずだ。どうして。

作業台の上を散らかしたまま事務所に戻り、キャビネットのガラス戸を引く。こちらは就業中は常に開錠してある。背表紙に「二〇一八年」と印字したシールが貼られた青いファイルバインダーを引きだす。自分の机の上で開くと、表紙の内側に亜衣の字で「7年保管！」と書かれた黄色い付箋(ふせん)が現れた。業者との取引で発生した領収証やオンラインで購入したオフィス用品の領収証は、こちらに綴(と)じてある。

気になる領収証を手元にかき集め、じっくりと目を通してゆく。どれもこれも、該当する買い物をした覚えのないものだ。

すっかり冷めて酸っぱくなったコーヒーを口に含んだ。下腹が大きくへこむくらい深呼吸をする。落ち着いているつもりでちっとも落ち着いていない。だって、意味がわからない。わかりたくなかった。

嫌なリズムで拍動する胸に手をあてる。形容できない不安の波に襲われていた。アングリカの不払い未遂のときより、ずっと。

だって、これは。

これはどう考えたって——

「戻りましたー」

「お疲れ様でーす」

そのとき、昼休憩をとっていた亜衣と環が外から戻ってきた。

寒暖差にくしゃみが出た。この世には寒暖差アレルギーというものがあるらしい。花粉にも食品にも動物にもアレルギーのない環だけれど、意外な落とし穴があった。

亜衣とともに、最近できたカフェでランチをとってきた。コーヒー豆を種類ごとにぎっしりと詰めたガラスのキャニスターを店頭に並べ、インテリアの一部として扱っている店だった。料理の味やボリュームはまあまあで、コーヒーはやや酸味が強すぎた。内税で九百八十円。ぎりぎり三桁に収まるので、そこそこ良心的と思える範囲だった。

事務所に足を踏み入れた瞬間、異変に気がついた。

菜里子が顔面蒼白で立っている。デスクの上に青いバインダーが開かれたままになっていて、領収証の類が乱雑に散らばっている。

「菜里子さ――」

「話があるの。今、大丈夫?」

菜里子の目は、まっすぐに亜衣をとらえていた。首にマフラーを巻きつけたままの亜衣も菜里子を見つめ返している。ふたりの間に強力な磁場が生まれたような気配に、環はたじろぐ。何が起こっているのか皆目わからない。

「歯磨きしてからでもいいですか?」

亜衣は落ち着き払っていた。その様子が逆に環の不安を煽る。自分の机の引き出しから化粧直し用のポーチをつかみ出し、亜衣は給湯コーナーへ悠然と歩いてゆく。やがて、流水音とともにしゃかしゃかと歯ブラシを使う音が聞こえてくる。棒立ちのままの環の視線を避けるように、菜里子は着席し手で顔を覆っている。その華奢(きゃしゃ)な指の隙間から溜息が漏れている。

かすかにミントのにおいをさせて亜衣が戻ってくる。何かを決意したような眼差し。口元には微笑が浮かんでいる。

「ちょっとこっちに来てもらえるかな」

指示された亜衣は無言で菜里子の席まで進んだ。再び沈黙が落ちる。菜里子が言葉を整理しているのか、亜衣の発言を待っているのか。エアコンがぶうんと低く唸った。

「覚えてる範囲で構わないんだけど」

傍らに立つ亜衣の顔を見ないまま、菜里子が口火を切る。その声が震えている。

「この辺の領収証の内訳を教えてくれないかな」

亜衣は不思議な表情を浮かべていた。驚きをこらえているようにも、笑いを嚙み殺しているようにも見えた。

「ちょっと金額が……大きすぎるんだよね。何を買ったのか覚えてないかな」

沈黙が落ちる。心の底がひやりとするような静けさだった。

「たとえばこの……一万円超えしてるやつ」

菜里子が領収証の一枚をつかみ、亜衣の目の前に控えめにかざす。

「日付のところ見て。10月7日って書いてあるよね。カレンダーで確認したら日曜日だったんだけど、日曜日に書店におつかいなんて頼むわけないよね、休みだもの」

——あっ。

思わず大きな声を上げそうになった。

わかった。わかった気がする。菜里子が亜衣に問い質していることの意味を。そして、その裏づけとなる場面を自分が目撃していたかもしれないことを。

十月の日曜日だったはずだ、駅ビル内の書店でばったり亜衣と会ったのは。写真集や雑誌をどっさり抱えていた。ずいぶんためらいなく買えるんだなとうらやましく思ったことをはっきり覚えている。

まさか。まさかあれを、亜衣は自分で買わずに経費で落としたのだろうか。

否定したいのに、あのときのどこか気まずそうな彼女の様子が蘇る。彼女にしてはそっけなく環から離れたことも。

「何を買ったのか、一点だけでも覚えてないかな」

膝が震え始める。まさか。まさか。

菜里子の声も震えていた。亜衣は不思議な笑みを浮かべたまま押し黙っている。

「あの、そもそも、こういうことにならないようにレシートでもらってきてほしいって言わなかったかな。領収証にまとめられちゃうと明細がわからないから――」

「もういいですよ」

亜衣の声が菜里子を遮った。

「だいたいお察しの通りだと思いますよ。これも、これも、あとこれも、私的な買い物をさせていただきました」

視界がぐらりと揺れる。自分の耳にしたことが信じられなかった。

「本、だいたい写真集とかですね、あとアスクルのこれはオフィスチェアです。自宅でデザインやるときに普通の椅子だと腰が痛くって。商品の送り先を個別に変えることができるんですよ。知らなかったでしょう?」

「なんで……」

「なんでって? あなたがそれを言いますか? 制作に夢中で細かい経費のチェックもしないあなたが」

あなた。なんて冷たく響く二人称なのだろう。

「明細、知りたいですか？　お店に領収証持って行けばレシートと引き換えてくれると思いますよ、ああいうのって保管してあるはずですから」

いつかこのときが来ると覚悟していたのだろうか。亜衣は饒舌に語り、両腕を上げてうーんと伸びをした。この状況に不釣り合いなほどリラックスしたふるまいを見せると、ちらりと環に目を向けた。思わず飛び上がりそうになる。ぞくりとするほど不敵に美しい眼差しだった。

「……ねえ、六十九万円だよ」

菜里子の声は、今やはっきりと震えている。その胸中を思うと胸が締めつけられる。

「私が今、ざっと見ておかしいなって思ったぶんだけで、六十九万円あったよ。けっして小さい金額じゃないよね？　どうして？　お金に困っていたの？」

「へえ、珍しくちゃんと計算したんですね」

こんな状況にもかかわらず亜衣のほうが余裕があるように見えるのは不思議だった。ずっと持ったままの鞄の持ち手が手首にずしりと重力を与えている。

「それじゃああたしも訊きたいんですけど、ホームページ制作の費用の相場ってご存知ですか？」

「……え、えっと」

「三十万から百万ですよ。あたし、アトリエＮＡＲＩのホームページ、ゼロベースで作ったんですよ？　菜里子さんがやたらオリジナリティにこだわるから、ＣＭＳも使わずに。知り合いのＳＥやwebプログラマーに頭下げて手伝ってもらって。それでいくらかでも給料上げてくれました？」

搾取っていうんですよ、そういうの。」言い放つと、亜衣は菜里子にくるりと背を向けた。自分の机の前にかがんで引き出しをがしゃんと開くと、奥のほうから大きな紙袋を取り出した。ファッションブランドのロゴの入った白いショップバッグだ。

がさっ。がさっ。紙袋の中に、亜衣は自分の私物を乱暴に突っこみ始めた。

搾取。

その不穏な言葉が鼓膜の中にこだまして動けない。

ホームページ制作のことを亜衣がそんなふうに思っていたなんてつゆ知らなかった。その事実に打ちのめされていた。

社内に技術者がいて、業務時間内にそのスキルを使って専門性の高い仕事をしてもらうのは搾取にあたるのだろうか。ああそうか、特別手当か何かを支給するべきだったのか。それか、やっぱり入社当初から役職をつけるべきだったのだ。亜衣はこんな小さな会社の従業員なんかじゃなく、専門職で食べてゆけるほどの人材なのだから。

しかし今そんなことを持ち出すなんて。そんなのフェアじゃないのでは。そもそも、経理不正の話では。おかしい。おかしいよ。

「ちょっ、ちょっと、亜衣さん」

困り果てたような環の声で我に返った。亜衣は自分のデスクの中身を猛然と紙袋に突っこんでいる。がさっ。がさっ。どさっ。がしゃっ。

かけるべき言葉も見つからないまま、菜里子はよろよろ立ち上がる。膝にうまく力が入らない。目の前にちかちかと幾何学(きかがく)模様が明滅し、どさりと腰を下ろした。本当にめまいを起こしたようだった。

「環さん」

　手を動かしながら亜衣は環に呼びかける。

「え、あ、はい」

「共有フォルダに引継ぎ用のファイルを入れてあります。あたしの名前がついたファイル。ロックかけてあります。パスワードはmorilove_1224」

　環を見もせずに作業しながら亜衣はよどみなく喋る。え、え、と環はかわいそうなくらい焦っている。

「そこに環さんにもできそうな業務をまとめてあります。ホームページの保守運用は菜里子さんじゃ無理でしょうから、若い環さんが頑張って。それかWordPressに変えたっていいですよ全然」

　氷上を滑るがごとき舌の回転。まるでこの事態を予見していたかのようだ。

　――いや違う。いつかこんな日が来ることを亜衣はわかっていたのだ。いつだって辞められるようにぬかりなく準備してあったのだ。脳がかすかに痺れる。

「ごめん、あの、お給料が足りなかった？　生活が苦しかったの？」

　なんの効果も期待できない言葉が虚しく口をついて出てくる。

「生活？　まあそうですね。仕事のことしか頭にない菜里子さんにはわからないでしょうけど、あたしには推しもいるし、もっとでっかいことやりたいっていう夢もあるんで」

　回答になっているのかいないのかわからない返事を菜里子はぼんやりと聞く。不正は六十九万円どころではないのであろうことだけが察せられた。

　引き出しの中をすっかり空にしたらしい亜衣は、さらに別の紙袋を取り出した。その口をデス

ざざざざざ。

クの縁にあてて広げ、デスクの上のものを乱雑に突っこむ。ペン立て、メモパッド、ハンドクリーム。椅子に取り付けてあった、シートタイプの骨盤調整チェアも取り外す。しまいには肘から下をワイパーのように使い、デスクの上のものを直接流しこむようにして袋に収めてゆく。どざざざざざ。

「あたしのこと訴えるなら訴えていいですよ、横領は横領ですから。でも返せるぶんは返します。口座番号暗記してるんで、随時振り込みます。雑収入にでもしておいてください」

これほどまでにわかりやすい事態に接しても、菜里子の頭には亜衣と過ごした楽しい時間が浮かぶ。つい数日前には、バレンタインのチョコレートを交換し合ったばかりではないか。年末にはスペインバルで賑やかに忘年会をしたではないか。四月にはここでみんなと新元号の発表を聞きたいと言っていたではないか。会社の立ち上げからずっと、苦楽をともにしてきたではないか。菜里子さん菜里子さんと慕ってくれたではないか。

それとも、すべて、幻だったのか。

「ああ、そうだ」

いつのまにか亜衣はドアの前に立っている。いつものショルダーバッグを肩に下げ、ぎちぎちに膨らんだ紙袋をふたつも提げて、首だけねじってこちらを見ている。

あの袋、破れちゃいそう。大丈夫かな。もはや思考が追いつかないまま場違いな感想を抱く。

「あの人……船橋さんには気をつけたほうがいいですよ。それではお世話になりました」

九十度より深いお辞儀をし、亜衣はドアの向こうに消えた。一拍置いて、環が追いかける。

亜衣のデスクの上には、このビルとオフィスの鍵のほか、アトリエＮＡＲＩの卓上カレンダーがぽつりと残されていた。

反射的に追いかけていた。

幸いにもエレベーターはまだ来なくて、階段を選ぼうか迷っている亜衣の前に駆けこんだ。

なに？　亜衣は視線だけで問うてくる。大荷物なのにいつものスマートさは微塵も損なわれていない。この人は、そういう人だ。

「亜衣さん」

言葉がまとまらず、ただ名前を呼んだ。

「亜衣さん、辞めちゃうんですか」

「この状況でそれ以外ある？」

小ばかにするような響きが環の胸を刺す。これがこの人の本性なのだろうか。今までの姿が偽り？　どれもが毛利亜衣を構成する部分であることに変わりはないのだろう。

ずん、と鈍い振動があり、ふたりの目の前でエレベーターが開く。どの階もテナントが入れ替わるたびに大幅にリフォームはされているが、年季の入ったエレベーターだけはビルの築年数の古さを思わせる。

無言で乗りこむ亜衣を追い、閉まりかけたドアに手を挟んだ。乗りこんでくるとは思わなかったのか、亜衣が目を見開く。「1」のボタンは既に押されていて、ドアがゆっくりと閉じる。筐体はがこんとひと揺れしてから下降を始める。

「ひとつ持ちますよ」

亜衣の華奢な指先に食いこむ重そうな紙袋のひとつに手を伸ばす。亜衣が最後に詰めこんだ膝かけ用のブランケットがはみだしている。

「いいよ」

「でも重いでしょう」

「いいよ、さすがにタクシー使うから」

「じゃあタクシー乗り場まで」

ほとんどむりやり奪うと、亜衣は諦めたように前を向いた。袋は本当に重く、これほど私物を持ちこんでいたのかとあらためて驚かされる。

エレベーターがまた揺れて扉が開き、北風が吹きこんでくる。袋を持っていない左手で口元を押さえてくしゃみをしながら、亜衣に続いて外へ出た。

迷いのない足取りで、亜衣は駅前を目指して歩いてゆく。北風が彼女の黒い髪をばらばらと吹き乱す。ついさっき一緒に楽しく飲んだコーヒーの味がまだ舌の奥に残っているというのに、この人は去ってゆこうとしている。わたしから、社長から、アトリエＮＡＲＩから。環の胸に痛みが走り、目の表面がにじむ。

「亜衣さん、さっきの、どういう意味ですか」

足早に進んでゆく亜衣に呼びかける。北風が声をさらってゆく。

「最後に船橋さんがなんとかって、なんですか」

「そのままの意味だよ」

ふりむきもせずに亜衣は答える。すれ違うビジネスマンらしき男性のマフラーが風になびいて環の頬をかすってゆく。

「そのままって……」

「あの人、相当な女好きだよ」

風に乗って耳に届く言葉に肌が粟立つ。

「本当に菜里子さんの天然ぶりはすごいよね。クリスマス断られてる時点で気づけっつーの。どんだけピュアなんだか」

亜衣の言葉はどんどん毒気を増してゆく。クリスマスという単語に、環は思わず足を止めた。

「そもそもさあ、あの人ってイラストのこと以外はほんとに雑だしさあ、なんか極端なんだよね。ひとつのことに集中したらすぐに周りが見えなくなるし。おかげであたしがどんだけ尻ぬぐいさせられてきたと思ってるんだろ」

「もしかして……一緒に過ごしてたんですか、クリスマス」

不満を噴出させていた亜衣も数歩先で歩みを止めた。まっすぐにこちらを見つめる。ふたりは視線を切り結ぶように雑踏に立ち尽くす。

亜衣の薄い唇の端が持ち上げられた。それが答えだった。足の先から電流のような震えが遡上してくる。

「言っとくけどあたしだけじゃないよ。『湖』でスタッフに訊けばわかるよ。環さんも何かされた?」

もはや心臓が胸骨を突き破りそうだ。このショックは、菜里子には与えたくない。でも真実も知ってほしいような気がする。

どうして。どうして菜里子さんからそんなに何もかもを奪うんですか——

「ああ、環さんとも呑みに行ったたって言ってたっけ」

かつかつとブーティーの踵を響かせて、亜衣がこちらに歩み寄る。呆然としている環の指を一本一本剝がしとるようにして、紙袋を取り返した。触れ合った指先はひどく冷えていた。

「思ったよりつまんない子でがっかりしたって言ってたよ。でもそのおかげで貞操を守れてよかったね」

一瞬接近した彼女の両目が充血しているのを、環はたしかに見た。

くるりと踵を返す亜衣の黒いコートが風に翻る。細い両脚を包むボルドーのカラータイツが、鮮やかに目に焼きついた。その背中に呼びかける。

「亜衣さんもロッキー山脈の話で口説かれたんですか?」

ほんのわずかにその肩がびくりと震えた気がした。

無言のまま亜衣は雑踏に身を投じ、やがて見えなくなった。

「カルマはめぐるんだ」
いつか誰かに言われた言葉が蘇る。いや、それほど遠い過去じゃない。
亜衣がこれほどまでにきっちりと退職準備を済ませてあったことに、菜里子はまったく気づかずにいた。パスワードのかかったフォルダの中にはさらに細かいフォルダがいくつもあり、亜衣が主だって進めていたデザイン関係の取引の進捗が詳細にまとめられていた。各業者の担当者に送ってほしい退職の挨拶文までもが用意してあり、「以下本文です。切り取って送ってください」と書き添えてあった。「適宜印刷してお使いください」と書かれた中には退職届までが収められていた。その周到さが菜里子を圧倒した。
しかし何よりも菜里子の胸を締めつけたのは、デスクの上に放置された卓上カレンダーだった。

アトリエNARIのものは、もう要らない。亜衣の無言の意思表示のようで、悲しかった。

ドアが開いた。思わず立ち上がる。亜衣を追いかけていった環は、ひとりで戻ってきた。

「ごめんなさい」

菜里子が何か言う前に、環は震える声を放った。

「なんで環さんが謝るの」

「だって……」

「なんで環さんが泣くの」

ぼろぼろと大粒の涙を落とし始めた部下を呆然と見つめる。子どものように顔をくしゃくしゃに歪め、肩を震わせて環はしゃくりあげている。鼻の頭が真っ赤だ。

「環さんが泣いたら、私が泣けないじゃない」

「だって、だって、……こんなのってあんまりじゃないですか」

その様子では、最後に鋭利な刃物のような言葉でも浴びせられたのだろうか。こんな状況なのに環の心配をしている自分がふとおかしくなり、菜里子は少しずつ落ち着きを取り戻す。

よかった。少なくとも今、私には自分の代わりに泣いてくれる人がいる。

「ねえ、落ち着いて。とりあえずコート脱いで、あったかいコーヒーでも飲もう。今日は私が淹れるから。それか、いったんここ閉めて『湖』にでも行っちゃう?」

「だ、だめです!」

環が紅潮した顔を上げて叫んだ。その勢いに菜里子は気圧(けお)される。

「『湖』には、もう行っちゃだめです」

「え」

「行かないでください……行かないで」

　環はとうとうその場にしゃがみこんでしまった。膝を抱えて泣きじゃくっている。これはさすがにコーヒーなど飲んでいる場合ではないようだ。

「あの、ごめん、なんで？　どうして『湖』に行っちゃだめなの？」

　環に歩み寄り、震える肩に手を置く。コートの表面は冷たくて、外の寒さを思わせた。

　そういえば、捨て台詞めいた最後の言葉になぜか船橋が出てきた。船橋さんには気をつけたほうがいい、だっけ。亜衣が去ったらデザイン関係の仕事はどうなるのだというほうに思考が行っていてそれどころではなかった。もしかして、環はその意味を確認するために追いかけてくれたのだろうか。

「ねえ、私、船橋がどうとか言われたことスルーしちゃってたくらいには彼のことどうでもいいんだよ。だから教えて、何か言われたの？」

　洟(はな)をすすりながら、環はようやく顔を上げた。その頬を新しい涙が伝い、ファンデーションの上に筋ができてゆく。

「わたし、戸塚さ……菜里子さんにショック受けてほしく、ないんです」

「大丈夫だから、落ち着いて。私ももう大人なんだから、ある程度のことは受けとめる覚悟があるよ。それともこの先もやもやしながら過ごしたほうがいい？」

　そこまで言うと、環は考える顔になった。ずずっと洟をすすり、激しく瞬きをしている。なんだ、何を言われたのだ。木星の大赤斑(だいせきはん)のような渦が胸の中でぐるぐると動き始める。

「船橋さんが……」

「うん」

「船橋さんは、なんかあの、亜衣さんとも……」

最後まで聞かずともわかった。

心が、空白になる。

衝撃かと言われると、少し違った。頭の中でうまくイメージを結ぶことができない。

「……そうか」

「それだけじゃないって」

「えっ」

「亜衣さんだけじゃないって……『湖』でスタッフに訊けばわかるって、言って、ました」

なんだ、なんなのだ、それは。

年が変わってからほとんどＬＩＮＥのやりとりしかない男の顔が浮かぶ。一度だけ、例によってセックスが目的かのようにやってきて、あっさり帰っていった。それが気にならないほど菜里子は仕事に夢中だった。だからと言って、ずいぶんとばかにしてくれたものじゃないの。あの子も、あの男も。

「ありがとう、環さん」

大赤斑が激しく渦巻くのを感じながら菜里子は目を伏せ、深く息を吸いこんでゆっくりと吐き出した。ぐるると胃が動いて、急に空腹を覚える。昼を食べ損ねていたことを思いだした。

うん、こんなときにもしっかりお腹が空くのだから、私は大丈夫。

大丈夫、大丈夫。

大丈夫。

気もそぞろのまま、平常業務に戻った。

亜衣が携わっていた取引の進捗状況や業務のマニュアルは、引継ぎ用のファイルやクラウド内のスプレッドシートに細かくまとめられていた。菜里子用、環用、ふたり用。デザイン関連、経理関連、雑務関連。いったいいつから用意していたのだろう。そう考えると背中がぞくりとした。

あの突然の終焉(しゅうえん)を、彼女は予見していたというのだろうか。菜里子や環が彼女のほころびを見つけた瞬間、鮮やかに姿を消すことができるように。

だからと言っていきなり亜衣抜きの体制ですべてがスムーズに回るはずもなく、しばらくは菜里子とふたり、ばたばたと過ごした。亜衣の遺したテンプレートの挨拶文を貼りつけて送ると、「困るよ〜」と電話してきた取引相手もいた。謝罪や説明を繰り返しながら怒濤(どとう)の日々をやり過ごした。

デザイン関係の仕事は、さすがに縮小せざるを得なくなった。アトリエＮＡＲＩの事業はどうなってゆくのだろう。もどかしい思いを抱えたまま開いたInstagramから、「morilove」のアカウントはあっさりと消えていた。

「菜里子さん、わたし思うんですけど」

「うん」

「わたしたちのことやアトリエＮＡＲＩを本当に憎んでいたら、こんなに丁寧に引継ぎ残したりしないですよね。むしろ困らせてやれって思うはずですよね」

主語がなくても伝わる。菜里子はふんわりとうなずいた。

「単に完璧主義なのかもしれないけど……でも、少なくとも悪意の塊だったわけじゃないっていうか」

「うん」

「なんの慰めにもならないかもしれませんが……」

「うん」

菜里子の相槌は、静かに広がって消える水紋のようだ。あの日からずっと、こんな感じだ。きっと今、業務体制だけでなく自分の心も立て直そうとしているのだろう。

環は必死に脳を働かせ、自分のすべきことを考えた。菜里子が打ち合わせで外出したり、制作のためバックヤードにこもったりするたび、これまでと違って環が事務所に長時間ひとりきりになった。考える時間は充分にあった。

乗り越えなければ。この受難を乗り越えなければ、自分がなんのためにここへやってきたのかわからない。焦燥が環を突き動かす。

亜衣の引継ぎを読みこみ、web検索し、大学時代の教材を引っぱり出し、書店や図書館に通い、自分に必要な文献を熟読した。こんなに頭を使うのは学生時代以来かもしれない。

怒濤の二月が終わろうとしている。

「ああ！　月締め！　っていうか決算！」

菜里子が机に伏せて呻いた。このときを待っていたのかもしれないと環は思った。

「わたしやりますよ」

「……えっ」

「引継ぎもありましたし、自分で経理ソフトいじってみたらわりと簡単でした。日々の出納も、月締めも決算も確定申告も、たぶん全然問題ないです」

「え……」

「お忘れかもしれないですけど、わたし経営学部出身なんですよ。前職では経理業務もひととおりやってたんですよ。だから」

そこまで一気に言って、環は息継ぎをした。

「経理の仕事、これからは正式にわたしにやらせてもらえませんか。あとできれば営業も。やれるだけやりますので、お願いします」

菜里子の表情は大きなモニターに遮られて見えない。やがて、か細い声が環の耳に届いた。

「……いいの？」

「はい。亜衣さんほど優秀な人材じゃないですけど、でもわたしも役に立ちますから」

ああ、結局その名前を出してしまった。苦い思いを噛み潰しながら立ち上がり、頭を下げる。

菜里子の顔が安堵に緩むのを見て、自分の胸にも感慨が湧きあがってくる。

「ありがとう。きりがいいから、来年度からちゃんと肩書き付けるね。名刺も作り直さなきゃね」

「うわあ……」

「でもひとつ勘違いしてる」

「えっ」

勘違い。その単語に環は敏感だ。わずかに青ざめる。

「あなたはさ、既に充分助けてくれてるんだよ。それにさ」

菜里子が慎重に言葉を選ぶ気配が、ふたりを隔てるモニターの奥から伝わってきた。

「役に立つとか立たないとかじゃないんだよ。環さんを……私は必要としてるよ。もっとずっと深い意味で」

一瞬、うまく咀嚼できなかった。数秒のちに、巨大な喜びが体の中で膨らむのを感じた。喉に熱い塊がせりあがってくる。

宝物のような言葉を今、受け取った。もしかしたら、恋人の甘い囁きよりもときめく言葉を。

木製のドアを押すと、ドアベルがしゃららんと澄んだ音で鳴り響いた。

「いらっしゃいませおひとり様ですかあこちらへどうぞ」

抑揚のない、どこにも読点を打たないような台詞で接客をするアッシュグレーの髪の女性店員に導かれ、奥の席へ移動する。空席の目立つ店内を歩きながら周囲を確認する。あの男の姿はない。

窓際の席に案内され、腰を下ろす。テーブルに黄色のガーベラが活けてある。ワインボトルに麻紐を巻きつけて作られたその花器を、初めて見たときからひどく貧乏くさいと思っていた自分に菜里子は気づく。そもそもＢＧＭがビートルズとクイーンとレッチリだけって、こだわりがないにもほどがある。

「ご注文お決まりになりましたらお呼びください」

「あ、待って」

水とおしぼりを置いてキッチンへ戻ろうとした店員を呼びとめる。菜里子の意図を取り違えた店員はエプロンのポケットから伝票とペンを取り出してオーダーをとる構えになった。

「船橋さんとお付き合いしているのってあなた?」

恥じらいやそれによるためらいが生じる前に、用意しておいた台詞を喉から取り出した。もともと無表情な彼女の顔の上に、わずかな、しかしはっきりとした変化が表れるのを菜里子は見た。額にちくりと注射でも刺されたように、ぴりっとした刺激が彼女の神経を走ったのがわかった。

やっぱりそうか。彼が仕事着のまま菜里子の部屋にやってきたとき、背中に見慣れない色の長い髪の毛が一本付着していたことがあった。安っぽいドラマのような推理をさせられることになるなんて人生はわからないと、菜里子はどこか他人事のように思った。

「あ、えー、いや」

「いいのいいの、ただ確認しておきたくなっただけだから。何をするってわけでもないの」

「……少々お待ちくださいませ」

あくまでのっぺりとした声で言うと、彼女は今度こそ引き下がった。

しゃららん。数分後にドアベルを鳴らしたのは船橋だった。休憩か買い出しにでも行っていたのを彼女が連絡して呼び戻したのだろう。入ってすぐのカウンターに荷物をどさりと置くと、大股でこちらへ向かってくるのが見えた。不機嫌オーラを全身から放ちながら菜里子の席まで来ると、向かい側の椅子を乱暴に引いて腰かけた。

「どうなさいました、本日は」

「こんにちは。ご無沙汰しております」

口元だけで微笑み、男の視線をとらえる。相手の眉が一瞬顰(ひそ)められたのを見逃さない。それはそうだ。今、菜里子の全身から煙草のにおいがしているはずだから。

「……うちのスタッフに何か御用でしたか」

ああ、「そっち側」に立つわけだ。そりゃそうか、ここは彼にとっていわばホームで、自分はアウトサイダーなのだろうから。

「なかなか守備範囲が広いようで、よろしいことね」

芝居がかった台詞がすらすらと出てくることが我ながら不思議だった。自分は意外に役者に向いているのかもしれない。意味がわからない、という表情を男は作ったが、実際のところすべて理解していることを隠しきれていない。

「なんすか、それは」

「亜衣さんだけじゃ足りないなんて、ずいぶんいいご身分じゃない」

「……場所を変えようか」

「いい。すぐ終わるから」

グラスの水をひと口含む。胃壁を伝う水の冷たさが、思考をしゃっきりとさせてくれる。もう、この店には来ない。連絡もしないし来訪も待たない。貴重な人生の一秒たりとも、この男にはもう使うまい。家を出る前、煙草を立て続けに三本吸いながら心に決めたことだった。

「なんだよ、きみも結局めんどくさい女だったんだな」

低い溜息を漏らしながら、恋人だった男は低く笑った。少し離れた席で新聞を読んでいる老人に聞こえるか聞こえないか、ぎりぎりのボリュームで。

「なに、もしかしてこれ、水ぶっかけられたりしちゃう流れ？」

「するわけないでしょ」

余裕を見せてこちらを愚弄（ぐろう）しようという明確な意図を感じ、菜里子は心底呆れた。そうするほどの激情など湧かないんだよ、私。そう言ったら少しは傷ついた顔をするだろうか。

「でも早く言ってくれたらよかったじゃない。どうしてあちこちとずるずる関係したりするの」

開き直ったように脱力して椅子の背に体を預けている男を、これが見納めとばかりに見つめる。五年以上一緒にいたはずなのに、亜衣が去ったときのように思い出が蘇ったりしないのが不思議だった。今自分が見ている姿が彼のすべてのような気がした。

船橋は考える顔になった。考えているふりをしているだけなのかもしれなかった。ややあって、その唇がゆっくり開かれる。

「……毎日フルコースの料理を食べてたらさすがに飽きて、たまに口にするお茶漬けが妙に美味(うま)く感じたりするだろ」

「なにそれ……ひどい、亜衣さんに失礼じゃない！」

思わず大きめの声が出て、口に手をあてる。感情を消し去った顔で男は菜里子を見つめた。

「もしかして、自分がフルコースのほうだと思ってる？」

言葉の意味を理解したとき、菜里子の視界はホワイトアウトした。向かいに座る男がにやにや笑いを浮かべているのが気配でわかる。この人、こんなに品性に欠ける人だったっけ。

店の奥から先程の女性店員がこちらの様子を窺っているのが見えた。菜里子が勢いよく立ち上がると、ぱっとカウンターに身を隠す。陳腐(ちんぷ)なドラマを演じさせられている気がしてつくづく情けなくなった。

「きみの描く絵が好きだったんだけどね、俺」

ぼそりとつぶやく男と目を合わせないまま、鞄をつかんで席を立つ。床を踏み鳴らして歩き、店の外へ出た。背後でばたんとドアが閉まり、北風が菜里子に吹きつける。

ドアベルの響きが完全に耳から消えたとき、思いがけない解放感を感じた。

続いて途方もなく大きな疲労感がやってきて、膝からどっと力が抜けた。

『ごめんなさい、今日は休みます』

決算申告が無事に終わった翌日の朝に菜里子からそんなメールが届いてから、もう一週間が過ぎた。「今日は」が「今日も」になり、ずるずると休みが続くなんて、予想だにしなかった。

体調が悪いのだとも、心がふさいでいるのだとも、菜里子は明言しなかった。

どうやらデジタル制作できる仕事だけを持ち帰っているらしいことが、社内共通のアドレスで送受信される編集者や業者とのメールでわかった。取引に関わる最低限のやりとりだけはしているらしい。でもそれなら会社で作業してくれてもいいのに。自転車で通勤できる距離だと聞いているけれど、自宅から出たくないほどつらいのだろうか。

『この週末休んだら大丈夫になるような気がします。迷惑かけて本当にごめんなさい』

子どものように頼りない文章を、環は何度も何度も目でなぞった。

あれほどのことがあったのだ。もちろん休んでほしい。心も体も存分に休めて、癒されてほしい。

心の底からそう願っているのに、同時に心細くてたまらない。亜衣だけでなく菜里子までもが会社を去ってしまったような気がして、ひとりのオフィスで孤独を噛みしめた。

菜里子さん、一週間経っちゃいましたよ？　連絡したくなるのを、何度も思い留まった。郵便物を仕分けし、電話に対応し、雑務を片づけ、スキルアップのための勉強をし、バックヤードを整理した。やることはいくらでもあるのに、心の空洞はまったく埋まらない。

共有しているGoogleカレンダーを確認すると、大口の仕事の〆切が翌月に控えている。間に合うのだろうか。Webサイトに掲載されるイラストマップの仕事らしいが、亜衣がいなくても大丈夫なものなのだろうか。不安が環の胸を駆けめぐる。

――私は必要としてるよ。もっとずっと深い意味で。

あの尊い言葉は環の胸の中心部に収まって輝きを放ち続けているのに、当の菜里子は姿すら見せてくれない。

『そちらは大丈夫ですか？　町川さんも有休溜まってるはずだから好きに休んで構いません。場合によっては休業措置もとるのでご遠慮なく』

簡素な文章に泣きそうになった。そんなことをしたらアトリエＮＡＲＩという灯がこの世から消えてしまいそうで、次に出勤したとき会社ごと夢のようになくなっているような気がして、環は意地でも休まないことを決意した。

『ＮＡＲＩちゃんいる？』

電話に出たらＴＩＡの橋口だった。きんきん声が内耳に響き渡る。

「申し訳ございません。本日お休みをいただいております」

うっかり相手の名前を確認すらしないまま受け答えしてしまった。

『ええ？　ＮＡＲＩちゃんどうしたの？　珍しい』

「体調不良にてお休みをいただいております」

『体調不良ー？』

校則違反を見つけた生活指導の教師のような声でリピートされる。いつか彼に罵倒されたことがちらりと蘇るも、その記憶は不思議と環を煩わせなかった。

『いつ頃戻れるの？　大丈夫なの？　ちなみにあの子は？　ほれ、もうひとりの……え、辞めた？　そうか……じゃああんた、ひとりなの？　なんか困ったことない？』

　怒濤の質問を平べったい口調で受け流していると、最後はどこか同情的なトーンになって通話は終了した。

『孤独だよー　死ぬー』

　昨夜の残り物を詰めただけの弁当をデスクで開きながら亨輔にＬＩＮＥを送った。期待していなかったのに、数分後に返信が届いた。彼も休憩中だろうか。

『楽しいことを考えようよ。ホワイトデーにほしいものある？』

　一瞬、目下の悩みが遠ざかるほど困った。プレゼントのセンスが絶望的にない恋人に、普通にほしいものをリクエストしていいというのか。

『なんでもいい』

　砂漠の砂とか謎の布きれとかぬいぐるみとかインドの置物でなければ。

『身につけるものじゃないほうがいい？』

　身につけるもの？　悲しいくらい嫌な予感がした。

『ピアスは嬉しかったよ！　普通のアクセサリーは嬉しいよ～』

『でも指輪はあんまり気に入らなかったよね。仕事で筆とか洗ったりするもんね。ネックレスなんかはどう？』

　――は？　指輪？

　目の前がすっと白くなる。続いて火がついたように耳や頬が熱くなった。自分は指輪など贈られていない。それは自分じゃない。

　思わず通話に切り替えた。嫌な具合に胸がどきどきしている。

『うーい』

いつものようにのんびりとした声がやわらかく鼓膜に響く。

「ちょっと、指輪ってなに？　わたしもらってないんだけど。誰と勘違いしてるの？」

亨輔にかぎって、そんなことは。気づけば息切れしている。

信じたい。でも人間はわからないものだ。亜衣の裏の顔を見せつけられたあの日を思いだし、気道が狭くなったように苦しくなる。

『へ？』

「『へ？』じゃないでしょう。指輪ってなんの話なの」

『ああ……やっぱり気づいてなかったのか』

亨輔はからからと笑いだした。

『クリスマスも旅行のときも着けてきてくれなかったから、もしかしてそうなのかなって思った。もっと早く確認すればよかったね』

「ごめん、なんの話？　だからそれわたしじゃないって」

『悪い悪い、慣れないのに小細工しちゃって。誕生日にぬいぐるみをあげたでしょ』

「……え？　うん」

『あのうさぎ、よく見た？　腕のところに指輪が』

てんちょーっ。通話口の向こうで呼びかける女性の声がした。

『ごめん、ちょっと売り場から呼ばれた。またあとでね』

ツー、ツー、ツー。終話音が鼓膜を打った。

病院は奇妙に甘いにおいがした。

消毒用のアルコールや薬品のにおいと病人たちの体臭が混じり合って、こんなにおいが醸成されるのだろうか。人の体が死へ向かうとき、細胞が何か特別なにおいを発するのだと、子どもの頃次兄から聞かされて気分が悪くなったことを思いだす。大腸がんで入院していた父方の祖父を見舞ったときだった。それからほどなくして祖父は亡くなった。自分たちはがん家系のサラブレッドだ、と今にして菜里子は思う。

足取りはこんなに重いのに、パンプスのヒールの音が響きすぎている気がする。点滴をしながらよたよたと歩くパジャマ姿の女性と、なんとなく目が合わないようにしながらすれ違う。

大部屋だろうと勝手に思っていたら、意外にも個室を与えられているという。病状や手術の方法について事細かく説明をされたが、最終的に胃の四分の三を切除したという大雑把な理解しかできていない。

『母、手術完了。入院は今週いっぱい。見舞いに来られたし』

長兄からまた電報のようなメールが届いたとき、反発する気力は湧かなかった。むしろ、いっそのこと全部片づけてしまおうと思ったのだ。

信頼していた部下も、恋人だと思っていた男も、自分を欺(あざむ)いた挙句に離れていった。今ならどんなストレスも鈍く感じるはずだ。

呼吸を落ち着かせ、頭の中を整理しながら、菜里子は母のいる病室を目指す。エレベーターに乗り、渡り廊下を歩いて、教えられた部屋番号のある棟にたどりつく。ナースステーションの脇を通るとき、いくつかの視線が向けられるのを感じた。母がお世話になっていますと挨拶をすべきなのだろうが、どうにも気が進まなかった。

廊下の突き当たりに近い病室の前で足を止めた。きっと患者が入れ替わるたびに消して書き直されるのであろう小さなプレートに、丁寧とは言えない字で「戸塚万里子様」と書かれている。

無機質な扉は半分ほど開かれたままになっていて、カーテンに囲まれたベッドの中に人の形に膨らんだ寝具の影が見える。腹の底がどんよりと重くなる。内臓を引き上げるようにして息を吸いこむと、こんこんと扉をノックした。

カーテンが内側から開かれてゆく。今日訪れることを兄から聞いていたのだろう、母は菜里子を見ても驚いた顔をしなかった。努力してそうしているようにも見えた。

「ああ、来たの」

「うん」

最後に顔を合わせたのは祖母の法事のときで、もう十年近く経っている。思えば祖父母はみんな早めに亡くなった。自分も長生きはしないだろうなと、病人を目の前にして考える。

白髪や皺が増え、ひとまわり小さくなったように見えるものの、意外に肌艶は悪くない。誰かが差し入れしたのか自分で買ったのか、膝の上に読みさしの女性週刊誌が置かれている。パステルピンクのパジャマが絶望的に似合っておらず、何か着るものを手土産にすればよかったと思いながら、備え付けのサイドテーブルに紙袋を置いた。

「なにそれ」

「栗鹿(くりか)の子。お母さん好きだったでしょう。消化も悪くなさそうだし」

母の好物を覚えていたことをアピールする気はなかったが、ちゃんと考えて買ったことを示したかった。事あるごとに菜里子の選択を否定する人だから。

術後しばらくは、揚げ物など油分の多い食品はもちろん、きのこ類や海藻類なども消化に悪いため避けるべしと、どこかの管理栄養士のブログに書いてあった。デニッシュやクロワッサン、揚げてあるタイプの煎餅（せんべい）などもＮＧ。一日三回の食事と二回の軽食を、少しずつ食べること。自分なりにちゃんと調べたつもりだ。

ベッドの脇にスツールが一脚置いてある。さりげなく距離を離しながら腰かけた。

「体は平気なの」

術後の経過は良好だと聞いてはいたけれど、病人へのマナーとしてたずねる。

「平気なんだけど、傷口はかなり腫れててね」

「そう。どこにも転移がなくて抗がん剤は不要なんでしょう」

「それはよかったんだけどね」

今、母と会話している。そのことが非日常の極みだなんて、普通の人からしたら理解できないだろう。

「まだそんなに腕なんか動かせなくてさ。悪いんだけど」

ちっとも悪いと思っていない口調で、母は言った。

「髪、洗ってくれない」

おそらくそのようなことを頼まれるだろうと心づもりしていた。

共同のシャワー室までゆっくりと移動した。「入室は付き添いの方一名のみとします」と書かれているが、言われなくとも三人以上入るスペースなどない狭いブースだ。裸足になると急に心許ない気分になる。バスチェアに母を座らせ、こちらへ突き出すようにして頭を下げてもらう。

その体勢で腹は痛まないのか心配に思いつつ、手のひらに湯を受けながら温度を調整する。

母の体に触れるのは、いったい何年ぶりだろうか。ひょっとしたら物心ついてから初めてなんじゃないだろうか。不思議な気持ちになりながら、母の頭皮にシャワーの流水を浴びせてゆく。母が御守りのように握りしめていたシャンプーセットのケースを開き、手のひらを窪ませてシャンプーを泡立てる。うなじと頭頂部に泡を置き、濡れた髪に思いきって指を差しこむ。指の腹を立ててわしわしと洗ってゆく。されるがままになっている母は幼い子どものように見えた。泡のついた手でレバーを切り替え、再び吐水させる。

「お母さんさあ」

流水音に紛れて言ってしまえ。この気持ちがくじけないうちに。何十年も抱えて歩いている荷物の置き場所を、さすがにそろそろ見つけたいから。

「お母さんさ、私がアイドルやめたくてやめたこと、本当は知ってたよね？　病気のせいなんかじゃなかったたってこと」

母は答えない。シャワーの音だけが狭い空間に響く。

「結局私をアイドルにして一発あてようって思ってたんでしょ？　働かなくてもいいように」

ざあああ、ざざざざ。母の頭にシャワーの湯を浴びせ、細かく浮き出るシャンプーの泡を流しながら、まるでなんでもないことのように言った。返事はない。

「お兄ちゃんたちには好きなようにやらせて、私だけ犠牲になれば生活が回ると思ったんでしょ？　私が本当にやりたいことになんて興味なかったでしょ？」

きゅっ。水道のレバーを「止」の位置に戻すと静寂が訪れた。うなだれたままの母の髪を軽く絞って水気を切り、コンディショナーをなじませる。あの美容師さんどうしてるかな。無事に元気なお子さん産んだかな。一瞬場違いなことを考え、そのくらい自分の心に余裕があることに勢いを得て、菜里子はさらに口を開く。

「私、人前に立つことを喜びとするようなタイプじゃなかったんだよ。むしろ目立つの嫌いだったんだよ。ステージの上で歌うのは特別な経験にはなったけどさ、そのせいで友達からも距離を置かれてたんだよ、知らなかったでしょ？　アイドルより普通の女子高生がよかったよ。普通に部活して、普通にバイトして」

「なんでそれお父さんに言わないの？」

突然母のくぐもった声が聞こえた。ぎょっとして口をつぐむ。

「なんで手術したばっかのお母さんに言うの。言いやすい相手を選んで言ってるんでしょ。そういうのってどうなのよ」

「え、いや……」

「そういうところがだめなんじゃないの、いつまで経っても」

ぱちん。ぱちん。硬質なものが裁断される音が断続的に響く。

「お父さあん」

芸能人の温泉番組を観ながら広げた広告の上で足の爪を切る父の背中に向かって呼びかけた。

「お父さん、工具箱的なやつってあるかな」

返事はないが、そのまま続けた。父は本題に入ってから初めて反応することが多い。白髪の交じった頭がようやくこちらを向いた。

「なに？　工具箱？」

「うん。ニッパーとか丸ペンチとか使いたいの」

　小学校の、あれは五年生だったか六年生だったか。夏休みの自由研究が手つかずのまま二学期が始まりそうで困っていると、父が工作を手伝ってくれた。ベニヤ板を糸のこぎりで裁断して作ったうさぎの操り人形。あのとき父が物置から出してきた青い工具箱が、まだ環の記憶の底で存在感を放っている。

「ああ……」

　視線を自分の足に戻して父は低く唸る。ぱちん。ぱちん。ファッションセンターしまむらの広告の上に、父の白い爪が弾け飛ぶ。

「庭の物置かな……ペンチなら入ってたかな……」

「とりあえずペンチがあれば助かる」

「今じゃなきゃだめか？」

　億劫さを隠しもせずに言われて、環は怯んだ。

「明日でいいよ、あるってことがわかれば充分だから。ありがとね」

　へらへらと笑って話を終わらせた。キッチンの冷蔵庫から飲みたくもない麦茶を取り出し、強化ガラスのコップに注ぐ。テレビの中で名前しか知らない俳優が豪華な食事にはしゃぐ声が聞こえる。

　お父さん、ペンチを何に使うのか訊いてもくれなかったな。自室へ向かって階段を上りながら思わず溜息がこぼれる。あんなに大儀そうにしなくてもいいのにな。

　母が入浴中のバスルームから、シャンプーや入浴剤の香りの湯気が廊下に漏れだしている。夕食の残したにおいに、父が自室で吸う煙草のにおい。雑多な要素が入り混じって、我が家のにおいを構成している。亭輔の部屋とも、東京でひとり暮らしをした部屋とも違うにおい。

部屋に戻り、子ども時代からそのまま使い続けている学習机の前に座る。油性ペンの染みやカッターの跡が残る塩化ビニールのデスクマットもずっと変わらない。いったいいつから挟んであるのだろう、キャラクターもののステッカーやメモパッドからちぎったメモ用紙、何かから切り抜いた郵便料金早見表が、それぞれの定位置をずっとキープしている。「平成十五年」という文字がふいに意識に入ってきて、えっ、と声が出る。郵便料金が数年おきに改定されていることは、会社で郵便物の発送業務に携わっているので知っている。自分の怠惰に呆れながらデスクマットをめくり、早見表を抜き取った。手の上で数秒間持て余したのち、意味なく二つ折りにして足元のごみ箱に落下させた。

なんだろう。酸素濃度が突然薄くなったような気がする。

首を回して視線をめぐらせれば、目に映る世界は急に頼りないものに見えた。母の趣味で取りつけられたひと世代前のセンスのカーテン、カバーの色褪せた少女漫画だけで構成された本棚、額装された小学校時代の習字コンクールの賞状。東京で手に入れたものなど何もなかった。今更ながらおかしさと虚しさがこみあげてくる。

袖机の引き出しからココア色のうさぎのぬいぐるみを取り出した。その左腕の付け根にはまっていた指輪を抜き取る。裏側に目を凝らすと読みとれる刻印は、若者に人気のブランドの名前だ。環が船橋と呑みに行っている間にも、机の中でひっそりと闇を映していたプラチナリング。いったいどうやってこんなサプライズを思いついたのだろう。いったいいつのまに環の指輪のサイズを調べたのだろう。いったいどうして自分は恋人の贈り物をきちんと確認していなかったのだろう。世界の表層を撫でるだけのような雑な生きかたしかしてこなかったような気がして、わっと泣きだしたくなる。

　ここのところ毎晩そうしているように、環は指輪をそっと自分の左手の薬指にはめた。うさぎの左腕にはまっていたということは、左手に着けていいんだよね、亨輔。

　じじっ。じじっ。じじっ。スマートフォンが震え、ＬＩＮＥのグループトークが活発に動いていることを知らせる。志保。弓子。そして寺井。声がけに応じてくれた仲間たち。友達と思っていいのだろうか、寺井も含めて。いつのまにか、あたりまえのつながりが心からありがたいと感じている。

「頑張らなくちゃ」

　トーク画面を確認してひととおりリアクションを済ませると、オンラインショップのサイトを開く。「ピアス　作る　道具」で検索をかけると、思っていたよりずっと安価な工具がずらりとヒットした。父に工具箱を探してもらったり借りる許可を得たりしている間に、こちらを利用したほうが発注から受けとりまでさくっと済んでしまいそうだ。自宅の庭が、ｗｅｂの向こうよりも遠く思える。

　複雑な思いを抱きながらも検索画面をスクロールしてゆく。自分は現代人なのだとつくづく痛感しながら、小さな液晶画面の上で視線を忙しく動かした。

　先程よりわずかに重みを増した左手の薬指が、部屋の照明をきまじめに反射している。

　東武東上線が新車両に入れ替わっていたのはさっきまで知らなかった。

昔はまるで苔のような風合いの緑色のシートだったのが、清潔感のある青の素材になっている。その快適さはどこかよそよそしく、菜里子は遠慮がちに尻を沈め、向かいの座席でスマートフォンを操作する乗客たちの頭と頭の間から窓の外をぼんやり見つめる。上り電車が進むにつれ、窓の向こうの田畑の面積が少しずつ少なくなってゆく。

予定していた通り、実家には立ち寄らずまっすぐ大宮へ帰る。それでも、目を閉じれば家の中の有り様が条件反射で目の裏に浮かんでくる。ついさっきまでそこにいたように、ありありと光景を思い描くことができる。両親が祖父母から譲り受けた、五人家族には手狭な古い一軒家。

居住人数の三倍ほどの靴がごちゃごちゃとあふれかえった玄関。誰かの靴を踏みつけながら中に入ると、黴くささを含んだ浴室の湿気がむっと押し寄せてくる。壁のフックには冬物の外套（がいとう）やマフラーが夏でも外されることなくごちゃごちゃと掛けられている。

裸足で歩けば、ざらつく床が砂粒や細かなごみの存在を足の裏に伝えてくる。部屋の四隅には髪の毛や陰毛が埃と一緒に絡まりあっている。

統一感のないちぐはぐな家具や小物。期限の切れたクーポン、学校や地域のお知らせがマグネットで秩序なく貼りつけられた冷蔵庫の扉。キッチンも洗面所も風呂も、水回りは赤くぬるぬるした黴が覆っている。テレビ画面もビデオデッキも指で字が書けるほど埃で覆われ、あらゆるリモコンは常にべたべたしている。テーブルにはこすっても落ちない汚れがこびりつき、状差しには郵便物や支払い関係の督促状が無造作に突っこまれていた。ごみ箱にはごみがあふれて常に中身が盛り上がっており、その上に新しいごみを載せるようにして捨てるのだった。レースカーテンは黴で真っ黒だった。アンモニア臭が漂うトイレの便器は黄ばみ、たいてい便座は上がったままになっていて、誰かの尿が飛び散っていた。たいして広くもない家の隅々にまで怠惰が染みついていた。

十九歳になる春に家を飛びだしたときの記憶だけれど、今もさほど変わっていないだろうと確信している。いや、菜里子が出て行ったことでさらに悪化している可能性もある。あの家のどこかで、父は今日もごろごろと放恣な姿を晒しているのだろう。

「気づいた人がやればいい」それが我が家の合言葉だった。たしかに、誰かひとりが押しつけられているよりずっとましだったのかもしれない。けれど、あの家でいつも「気づく人」は菜里子だけだった。

小学四年生のとき、仲の良かった友人三人組でお泊まり会をした。物心ついてから誰かの家を訪れたのは、それが初めてだった。

自宅を提供してくれた友人の母親が、美しく髪を結いあげ化粧をしていることにまずは驚いた。隅々まで掃除が行き届き、インテリアの洗練された室内はホテルのようだった。あるべきものがあるべき量であるべき箇所に収められ、菜里子の家のように生活感が剝きだしになっていたりなどしなかった。紅茶とブラウニーという見慣れぬおやつや手のこんだ夕食を、菜里子は緊張しながら味わった。

さらに衝撃を受けたのは入浴時だった。バスタブの八割が湯で満たされた風呂を、菜里子はテレビの中でしか見たことがなかった。菜里子の家では常に二割ほどしか湯を張らなかったし、どの家庭もそうなのだと思っていた。ドラマや映画では演出のためになみなみと湯張りしているのだと。水道代やガス代の節約のための習慣であることを、母に確認するまでもなく確信した。

どうやら、自分の家は普通じゃない。もうひとりの友人の反応のなさを見てもそれは明らかだった。

父親が定職に就いていないことをクラスに広めたのは誰だったのだろう。

菜里子が小さい頃に会社で何かやらかして、いわゆるリストラに遭ったらしい。そのことは兄たちから聞いて幼いながらに理解していた。その後いくつかの職場を転々とするものの、菜里子が高校に上がる頃には常に家で過ごすことを選択していた。いったいどこが分岐点だったのだろう。家事をするでもなく、日がな一日ごろごろしながら新聞や週刊誌を読み、テレビを観ていた。朝からスポーツ新聞を持って開店前のパチンコ屋の行列に並ぶこともよくあった。たまに景品の板チョコや缶ジュースを持ち帰っては尊大な態度で配った。父を覆っていた倦怠や諦念のようなものが、いつしか一家を丸ごと飲みこんでいた。母はたまにパートに出てはすぐに辞めた。父と一緒に昼間から酒を呑んでいる日もあった。

高校の頃クラスで浮いていたのは、アイドル活動をしていたことだけが原因ではなかった。貧困家庭であることがばれていたからだ。正確には、貧困家庭なのにアイドル活動をしていたから、なのだろう。いたたまれなかった。せめて普通にアルバイトをさせてほしかった。変色しよれよれになった下着がクラスメイトの目に触れないよう、体育の授業の前後の着替えを猛スピードで行う癖がついた。

サディバタの衣装を洋裁の得意な明日香の母親が手作りしてくれることになったと伝えるなり、母は叫ぶように言った。うちは非課税世帯だから材料費は割り勘できないって言っといて、と。衣装代はもちろん矢嶋が経費で落としたのだが、あんなことを本当に伝達させられたなら娘がどんなに肩身の狭い思いをすることになるか、母は一瞬でも考えただろうか。

『ごめんね。明日からお弁当はセイちゃんたちと食べることになった』

美和からの簡素なメールがまた蘇る。涙を流した顔の絵文字が文末に添えられていた。明日からあなたに居場所はないよという通告が、あんな絵文字ひとつでマイルドな印象になるとでも美和は思ったのだろうか。どちらかと言えば泣きたいのはこちらだったのに。

あの頃、どうやって生活が成り立っていたのか。その疑問が解消したのは長兄の結婚披露宴の席だった。久しぶりに会った親戚たちとの世間話の流れで、父の弟、つまり菜里子の叔父にあたる人物が一家に継続的な援助をしているのだと菜里子は初めて知った。

叔父と父との間で、具体的にどのような約束が交わされていたのかまではわからない。大手企業の幹部である叔父もその家族も、思えばいつ会っても羽振りがよさそうに見えた。生活のゆとりから来る心の余裕が、仕草やふるまいからにじみ出ていた。

叔父一家は季節ごとにやってきて、菜里子の家で夕食をとった。家はそのときだけきれいに片づけられた。決まった店から寿司をとるのが常だった。帰り際、叔父は菜里子たちきょうだいそれぞれにポチ袋に入った小遣いを渡し、それが菜里子の貴重な収入源だった。あれがなければ画材も買えなかったし、美和とマクドナルドに行くことさえできなかった。

品のよい衣類に身を包んだ年下のいとこたちは、いつも菜里子たちをどこか冷めた目で見ていた。カードゲームやボードゲームの誘いを丁重に辞し、長兄の本棚からいつも同じ図鑑をとって部屋の隅に行儀よく座り、黙々と読むばかりだった。愉快とはほど遠い数時間を、寿司と小遣いのために耐えた。親たちの「帰るぞー」のひと声で、いとこたちはバネのようにぱっと立ち上がって玄関へ向かうのだった。

あの訪問の意味を知って、菜里子は膝から崩れそうになった。一家の生活がきちんと回っているか、おかしなことになっていないか、常識人の叔父は確認しに来ていたのだ。自分の目で確認してから生活費を直接手渡しすることにしていたのだろう。菜里子の両親が寿司をとり、叔父の小遣いがそれを相殺（そうさい）しているのだと思っていたが、それすらも全額叔父の負担だったようだ。いとこたちの距離感の意味を知ったときの羞恥は、言葉では言い表せない。自分たちは彼らにとって下等生物だったのだ。

矢嶋から振り込まれるアイドル活動の報酬は、未成年だからという理由で母が通帳ごと口座を管理していた。明細だけでも見せてもらおうとすると、「なによ、どんな大金だと思ってるのよ」と一蹴された。だから、菜里子は自分が当時いくら稼いでいたのか知らない。それについて考えすぎると心が激しく痛むので、意図的に思考を鈍麻（どんま）させて活動を続けていた。

――ヌードにでもなんにでもなっちまえ。

サディバタへの加入が決まる少し前、父が放った言葉だ。

芸能人になって稼げばいい、菜里子は女なんだから。金かけて育ててきてやったんだから。俺に似て器量は悪くないんだから。グラビアアイドルだっていいんじゃないか、人気商売なんだから。

父がカメラマンとなってオーディション用の写真を撮影したときに言われたことだって、忘れたくても忘れられない。

――なあ、その胸元もうちょっと開いたほうがいいんじゃないか。

ああ。記憶の回路を閉ざしていたのに。

つーっ。涙がひとすじ、頬を伝ってゆく。

――言いやすい相手を選んで言ってるんでしょ。

母の言葉は本当にその通りだ。でも、だって、思いだしたくなかったんだもの。生傷が癒えないままなんだもの。

瞼の裏が熱くなり、また新しい涙がこぼれた。菜里子の前に立っていた若い女性たちがぴたりと会話をやめたので、なおさら目を開くことができなくなった。

ベージュのステンカラーコートに、ラベンダー色のマシュマロパンプス。少しだけ春を意識したコーディネートに身を包んでいても、見てくれる同僚はいない。

ひとりで戸締まりをし、外へ出る。暦の上ではとっくに春なのに、風はまだまだ冷たい。他の階に入っているテナントはどこもまだ営業していて、アトリエＮＡＲＩのある四階だけが照明を落としている。

駅のほうへ体を向けたとき、ビルの陰に誰かが立っているのに気づいた。もう会うこともないと思っていた人物。

「どうも」

目が合うと、船橋はへらっと笑って片手を挙げた。その脇を通りすぎたいのに足が動かない。不覚にも見つめ合う格好になった。

最後に会ったときより髪がだいぶ伸び、ぼさぼさと言っていいほどだ。環が着ているのとデザインのそっくりな、オリーブグリーンのステンカラーコート。手に提げた紙袋は、環もよく知っている洋菓子メーカーのものだ。

「弊社に何か御用でしょうか」

「今日、ホワイトデーじゃない」

ああ。菜里子さんに――。冷え冷えとしたものが心の表層を撫でてゆく。

「今更どんな顔して……」

思ったままが口に出た。船橋はにやつきながら顎を突きだしてみせた。

「こんな顔して」

「菜里子さんならずっと来ていませんよ」

「なんかそうみたいだね」

菜里子があのあと「湖」に行ったのかどうかはわからない。彼とどんな話をしたのか、あるいはまったくしていないのかも知らない。それでもこの状況について互いに納得済みであれば待ち伏せなんかしないだろう。そもそも、会社でなく自宅を訪れれば会えるのだから。

「亜衣さんはお元気ですか?」

「元気だよ」

間髪を容れずに船橋は応じる。紙袋を持っていないほうの手をコートのポケットにしまい、首をストレッチするようにゆらゆらと左右に傾け、不躾(ぶしつけ)な視線を環に浴びせている。自分がこの人と対等であったことなど一度もなかったな。今更ながら環は思い知った。

大丈夫。左手の薬指にはめた指輪ごと握りこむように、ぎゅっと拳をつくる。

「じゃあ、亜衣さんにだけ渡せばいいじゃないですか……」

「大人はそんなに単純じゃないんだよ」

ああ、そう。こちらを大人とも思っていないのに、酒席に誘ったんですね。薄ら寒い気持ちになった。

——思ったよりつまんない子でがっかりしたって言ってたよ。

亜衣の言葉が再生されて強い感情があふれだしそうになったとき、ぽんと肩に手を置かれた。

その強度で、服や髪のかすかな香りで、それが恋人の手だとわかる。

「早く着いたから迎えにきちゃった。ん、どなたさま?」

船橋を顎で指してたずねる。泣きたいほどの安堵が押し寄せる。

「菜里子さんの、例の……元彼さん」

「あ、ああ……」

環からだいたいのところを聞いている亨輔は無表情で船橋を見つめ、それから思いだしたように会釈をした。ぽかんとしている船橋が、急に子どものように幼く見えた。

「行きますか」

鞄を持っていないほうの手をとられ、歩きだす。ホワイトデーの今日、亨輔がwebで調べて見つけたダイニングバーでしっぽりと呑む約束をしていた。今回はちゃんと「二十代〜三十代向け」「デート利用に人気の店」という条件で検索してくれたそうで、カクテルの種類の多さに定評があり、食事メニューも充実しているらしい。

不愉快でしかない邂逅(かいこう)だったはずなのに、北風の中にひとり取り残される船橋がふと憐れに思えた。歩きながら振り返ると彼はまださっきの場所にぽつんと立ち尽くしていて、紙袋だけが薄闇の中で白く光って見えた。

「すごい空だな」

亨輔に言われて視線を持ち上げる。紫と赤の混じった禍々(まがまが)しいほど鮮やかな夕焼けは、街にかぶさってくるかのような迫力があった。菜里子が担当した書籍の装画でこんな色遣いの空を描いたものがあったことを思いだす。自分が今日にしているのと同じような夕焼けを、いつか彼女も見たのかもしれない。あるいは今も見ているだろうか、この街のどこかで。

「夕焼けは羊飼いの喜び」

遠い昔に何かで読んだ言葉がふと口からこぼれる。

「ああ、天気のことわざだよね。朝焼けは羊飼いの悲しみ、だっけ」

「うん」

「俺の地元でさ、低緯度オーロラが観測されたことがあったんだって。昔」

つながれた手に、心なしか力がこめられたように感じられた。

「低緯度オーロラ？　初めて聞いた」

「俺の生まれる何年か前の話なんだけどね。地球が滅びるのかと思うくらい空が真っ赤だったたって、父さんたちがよく話してた。燃えてるみたいだったたって」

東北より北へ行ったことのない環にとって、亨輔の出身地である北海道は未知の大地だ。石狩（いしかり）鍋という言葉でしか知らない石狩市に、低緯度オーロラという新たなイメージ材料が加わった。

「そっかあ……日本でもオーロラが見れることあるんだ」

「うん、あんまり知られてないけどね。いつかたまちゃんと一緒に見たいな」

なにそれ。

一瞬、プロポーズでもされたのかと思った。脈拍が上がった。よくよく考えるとちっともそんなことは言われていないのに、自分たちが赤い空の下で愛を誓い合うイメージが瞼の裏に浮かび、ダイニングバーに入店したあともなかなか消えてくれなかった。

ぶるっ。スマートフォンの振動を感じた。

いや、気のせいだ。だってスマホは部屋の中に置いてあるのだから。ベランダの手すりに肘をつき、集合住宅に切り取られた狭い空に向かって、菜里子は深々と紫煙を吐き出す。

会社を休み始めてからひと月が経とうとしていた。

自宅から自転車で通える距離だというのに、翌日はきっと行こうと思い定めて眠るのに、朝がくると体がベッドに留めつけられたように動けない。濡れた毛布のようにずっしりと四肢が重い。自分の地元へ行って戻ってきただけで、パワーゲージがゼロになった。もう、世界のどこへも出て行ける気がしない。

不毛な想念だけがぐるぐると回転する。事務所にはまだ亜衣がいて、てきぱき動き回っているような気がする。ふらりと船橋がやってきて、自分をランチに誘う。しかし彼は亜衣と夜を過ごすことになっている。ふたりはふたりだけにわかる言語でやりとりし、愚鈍な菜里子を嗤いながらアトリエＮＡＲＩの経費で酒を呑み、情を交わす。自分は何もできずに、愛想笑いを貼りつけたままおろおろと立っている。「あんたが腹黒いから」「そういうところがだめなんじゃないの、いつまで経っても」――母の声が降ってくる。

なくしたと思っていた鉱物図鑑をオンラインで再購入しようとしたら、中古品の情報が出てきた。『帯に少々絵具が付着していますが、本体にダメージはなく美品です』。そう書き添えられたその写真に写っているのは、どう見ても菜里子の図鑑だった。そんなことがさらに心に追い打ちをかけた。

自分を律するのをやめると、煙草の本数が一気に増えた。肺の奥まで煙を吸いこんでも特に苦しくなることはないと気づいてしまい、ベランダでひとり喫煙するのがすっかり習慣になった。毛細血管がじんわり広がってゆくような感覚は心を平らかにしてくれる。

新しい一本に火をつけようとして、でもやっぱり先程の振動音が気になっている自分に気づく。何か呼ばれたような気がしたのだ。

緑の灰皿を抱えてベランダから室内に戻る。吸い殻入れにしてあるおもちゃのようなバケツに灰皿の中身を移し、煙草セットをベッドの下に押しこむ。スマートフォンはベッドの上に放りだしてあった。どすんと倒れこむとスプリングがぎしりと大きく軋んだ。自堕落な生活のせいで、体重が二キロ以上増えている。頬や口の周りにニキビができ、白髪も一気に増えた気がする。次にカラーリングしに行くときは白髪染めを選ばなければならないかもしれない。

すっかり煙草のにおいが染みついてきたシーツの上でスマートフォンのホームボタンを押す。LINEのメッセージが届いていた。

「TAMAKI★」が脳内で町川環に変換されるまで二秒ほどかかった。入社時にIDを交換し合ったものの、業務時間外に連絡し合うことはほとんどなく、仕事の引継ぎや確認が発生するときは会社用のEメールアドレスを使ってきたから。

『社長、お体に変わりはないですか。会社のほうは特に支障なく回っております』

トークルームに現れた環のメッセージを見て、本文には書かれていない重要なことを菜里子は思いだした。何やってるの、私。この子にお給料を支払わなければならないじゃないの——。カレンダーを見て青ざめる。支払日は明日だ。

けれど、その下に貼りつけられている動画が気になる。なにこれ。小さなキャプチャー画像に目を凝らす。

どこかの住宅の室内。壁を背に四人の人物が直立している。それぞれの衣装は白、紫、水色、そして黒。思わずがばりと上体を起こした。

『ところでこのたび、このようなものを作りました。精いっぱいの気持ちです。もしもお気を悪くされましたら本当に申し訳ありません。お手隙の際にご確認願います。※SNS等にはいっさいアップいたしませんのでご安心ください』

わけもわからぬまま、菜里子の手は三角のPLAYボタンをタップする。

白、紫、水色、そして黒の衣装をまとった人物は顎を引いて静止したまま、すぐには動き出さない。けれどもう、わかる。くっきりとした予感が菜里子の胸に芽吹く。だって、これ、あれでしかない。それにしたって水色の衣装だけは男性だ、しかも大柄の。そして——向かっていちばん右側に立つ黒の衣装の女性だけが、菜里子のよく知る人物だった。

紫の小柄な女性がきっと顎を上げ、ハリのある声で叫ぶ。

『それでは聴いてください！　わたしたちのデビュー曲、「emergence」！』

ツインギターが絡み合うイントロが始まる。エイトビートのバンドサウンド。あの頃細胞に記憶させるほど聴きこんだ曲が今、内耳に流れこんでくる。名づけようのない感情が胸に湧きおこり、呼吸を忘れた。

音源はCDだろう。レアものとは言え中古市場に出回っていることを菜里子は知っている。

音楽に合わせて四人は踊りだした。

『emergence　さなぎの中から

emergence　生まれくる者よ』

あのYouTubeの動画がきっとまだ残っていて、それを見て真似しながら覚えこんだのだろう。自分たちが振りコピされる日が来るなんて。思わず頰を両手で押さえる。体温が、上がっている。

まだフォーメーションが複雑化する前の横一列のままのダンスとは言え、マスターするのは大変だったことだろう。ややぎこちないが練習量を感じる動きだった。ルリに扮する大柄の男性の意外なキレのよさに、腹の底からくつくつと笑いがこみあげる。もともとダンスが得意なのかその表情には余裕があり、わざと取り澄ましたような顔で踊り続ける。マシロ役にはやや照れがあり、ムラサキ役は満面の笑顔。そしてアゲハの環は、どこか泣きだしそうな表情だ。その顔に、ぐっと胸を突かれる。

『孤独を抱きしめる青い夜　苦しみはいつまでも続かないさ
　思いだして仲間の笑顔　冷たい手をつなげばほら羽ばたけるから』

　さすがに声に出して歌ってこそいないものの、それぞれがそれぞれのパートに合わせて口パクしているのには驚かされた。歌詞が頭に入っているのだ。「冷たい手をつなげばほら」のパートを担当する環と、画面越しにきっちりと目が合う。あの頃の自分と環がシンクロして、アゲハというひとつの存在になる。

『僕らがさまよう道にほら　こぼれ落ちた言葉を拾おう
　anytime　anywhere　光振りまきながら進め』

「――なんなのよ」

　気づけば笑い泣きしていた。なんなのよ、なんなのよもう。腹を抱えてげらげらと笑いながらベッドの上に転がる。

　これ、順子に見せたい。恵にも、明日香にも送りたい。喜んでくれるかな。一緒に笑ってくれるかな。

　ぬるい涙が次々にこぼれてはシーツに沁みこんでいった。

菜里子が再びオフィスに顔を出した三月の朝を、環は一生忘れないと思った。

「ごめんね」

ブラインド越しに注ぎこんだ朝の光が作る縞模様。その中に立つ菜里子は美しかった。以前より肌が荒れていても、カラーリングした髪の毛の根元が伸びてきていても、美しかった。

「環さんほんとにごめんね」

ありがとう。その瞳の中にたくさんの感情が去来しているのを見た。胸がつまって環は何も言えなくなった。

業務の引継ぎや不義理を重ねていた取引先への連絡を、菜里子はものすごいスピードで行い始めた。一時抹消されていた車が再びナンバープレートを取りつけられて公道を走るように、アトリエＮＡＲＩは息を吹き返した。もしかしたら断ることになるのかもしれないと思っていたイラスト制作の案件を受けているのを見て、環はほっと胸を撫で下ろした。

必要最低限の業務をひととおり済ませると、静寂が訪れた。

ふう。

菜里子と環の溜息が重なった。

一拍置いて、菜里子が弾けるように笑い始めた。あはははははは。

「……もう、ほんとにまいっちゃったよあれ。なんなのあれ」

目に涙を溜めて笑い続ける。動画のことを言っているのだとすぐにわかって、環も笑いだす。

ルリ役を務めたのがアングリカの不払いから救ってくれた司法書士だと話したときの菜里子は

いいリアクションをした。

「なにあれ、なんであんなに上手いの？　彼」

「わたしもまさか参加してくれるとは思わなかったんです」

志保と弓子を誘うところまでは予定通りだった。弓子の誕生日を祝うカラオケボックスに、寺井もやはり現れた。二曲だけだがサディスティック・バタフライの曲が入っていて、「emergence」を歌い終えた環はふたりの友人に事情を話し、頭を下げた。おもしろいこと好きの志保が食いついてくれたのは予想の範囲内だったけれど、チアリーディングをやっていたことがあるという弓子がその場で協力に同意してくれたのには驚きとともに大きな安堵を覚えた。さらに、寺井が横からぼそりと言ったのだ。四人ユニットならひとり足りなくないですか？　と。

「いや、まさか彼がドルオタだったなんて……」

足りないひとりぶんは亨輔にやってもらおうと思っていたのに、思いがけずその場でメンバーが充足してしまった。寺井はローカルアイドルを追いかけるおたくで、知名度が低いほど応援したくなるのだという。真新しいスポンジが水を吸収するようにサディバタについて調べこんでいった彼は、環よりも早く振りつけをすべてマスターしてしまった。

YouTubeの動画を共有し、自主練習をベースとしながら、なんとか時間を繰り合わせて集まり、短期間で完成させた。撮影場所は志保の部屋を借りた。四人のシンクロ率は高いとは言いがたいものの、バラつきもなくそれなりのものができた気がした。

衣装はそれぞれのメンバーカラーのワンピースを同じブランドの色違いで揃えた。オンラインショップはサイズ展開が豊富で、寺井が着用する4Lサイズの水色のワンピースも難なく入手できた。

本当はドレスを手縫いしたかったのだけれど、時間も技術も圧倒的に足りなかった。それで、ピアスだけでも作ろうと決意して――

「あれがカンフル剤になったなあ」

「よかったです……怒られてもしょうがないものなのに」

許可のない振りコピなど、人によってはばかにされていると感じるかもしれない。それが何より恐れていたことだった。

「怒るわけないよ。ねえ、ユニット名はないの?」

「え、わたしたちにですか?」

「うん。振りコピユニットにだって名前があったっていいでしょう」

「いやあ……なにも考えてなかったですね」

「なかったら私が考えていい? 『デザート・オブ・デザート』ってどう?」

「え? え?」

「いや……なんでもない」

と、菜里子はそのまま額を押さえて低く呻いた。

「んー……頭痛い」

「えっ、大丈夫ですか」

「大丈夫。昔から気圧の変化に弱いの。こういう季節の変わり目とか、すごく苦手」

「気圧ですか……」

以前から、菜里子は時折こんなふうに苦しそうな表情のまま額を押さえていることがあった。気圧の変化のせいで頭痛がしていたのか。話しておいてくれたらよかったのにという気持ちと、今知れてよかったという気持ちがないまぜになる。

　ふとひらめいて、環は席を立った。

「あの、効くかわからないんですけど……耳をマッサージさせてもらってもいいですか？」

「耳？」

「はい。あの、気象病の人は内耳の血流をよくしておくといいって聞いて」

　意表を突かれた様子の菜里子の背後に回りこむ。

「ちょっと失礼します」

　以前なら考えられない自分の行動に自分で驚きながら、菜里子の耳にそっと触れる。ぴんと皮の張ったすももの果実のような感触が指先に伝わる。

　鬼怒川の旅館で亨輔が自分に施してくれたときの手順を思い起こしながら、耳の上部・中部・下部と耳たぶを順に軽く引っぱり、回す。耳全体をぱたんと折り畳む。菜里子はされるがままになっている。その耳たぶには小粒のパールのピアスがぽちりと留められている。

「なんとなくだけど……気持ちいいかも」

「本当ですか」

「うん」

「わたしも彼氏にやってもらったんです。車酔いで三半規管をやられたときに」

「そうなんだ。優しい彼氏さんだね」

「そんなそんな……まあ、優しいほうなんだと思いますけど」

「彼氏かあ……」

　背後に立っているため菜里子の表情はわからないけれど、きっと遠くを見ているような顔をしているのだろうと思った。

「私は恋愛は向いてないみたい。いろいろ心配かけてごめんね」

ホワイトデーに船橋が訪ねてきていたことを言うべきか逡巡した。あの禍々しい夕焼けの下で白く光っていた、洋菓子店の紙袋。

「結婚もね、したい人はばんばんすればいいって思ってる。でも私は結婚する動機があるとすれば、変な男から守ってほしいと思うときなんだよね。男から守ってもらうために男と結婚するって、ナンセンスというか」

わかりますよ。菜里子の耳をこねくり回しながら、心の中だけで返事をする。

環が耳から指を離すと、菜里子は心なしかさっぱりした顔で振り返った。

「なんかさっきよりちょっと楽になった。気のせいじゃないと思う」

「ほんとですか……よかったです」

「やっぱり人と会うべきだね。引きこもっててても煙草の量増えるだけだし」

言ってから、菜里子はしまったという顔をした。煙草。初耳だった。

「煙草、ですか」

「あ、うん」

まるで喫煙が教師に見つかった生徒のような気まずい顔で目を逸らす。形容できない感情が痛みとなって環の胸に走った。成人している相手、なんなら自分の上司に対して、どうしてこんな気持ちになるのだろう。どうしてこの人はわたしを安心させてくれないのだろう。

「……環さん、なんて顔してるの。煙草くらい誰だって吸うでしょ」

「そうなんですけど……でもなんか、嫌なんです。そんな……ゆるやかな自傷行為みたいで」

自殺行為と言いかけて直前で言い換えた。大げさだよ、とひとしきり笑った菜里子は数回瞬きをして、気持ちのチャンネルを切り替えたような顔になった。

「じゃあ環さん、私と呑みに行ってくれる?」

環が酒好きなのは知っていた。歓迎会のとき自分で言っていたし、忘年会でも顔色ひとつ変えずにスペインビールをすいすい呑んでいたから。けれど、こんな趣味のよいダイニングバーを知っているなんて聞いていない。
入店するなり、あ、と声が漏れるほど、菜里子は心をつかまれた。内装から照明、テーブルや椅子、ペーパーウェイトやカトラリー入れに至るまで、すべてが自分を心地よくさせるセンスで統一されていた。気取りすぎず無難すぎず、意外性を大事にする加減が絶妙だった。メニュー表のデザイン性の高さは、どこに外注したのかたずねたくなるほどだ。
他の席との間隔にゆとりがあることや、大きめの窓がもたらす開放感もポイントが高い。店員たちはさりげなく客の様子をチェックし、呼びつけられる前にテーブルへ向かう。無駄のない動きで酒や料理を運び、やりすぎでない程度に親しみをふりまく。環に勧められて呑んだアペタイザーは今の気分にぴったりで、心の細胞にまで沁み渡った。唯一、値段だけがあまりかわいくはないが、今夜は自分が奢ろうと決めていた。
こんな店が環の行きつけなのかと問えば、最近彼氏に連れられてきて知ったばかりだとあっさり答える。その気取りのなさ、心根の明るさが信頼できるのだ、自分の心に確認するように菜里子は思った。環からは、虚栄心や利己心のようなものがいっさい感じられない。濁りのない水の入った容器を持って歩いているような人だ。

「ああ、なんだか強いお酒が呑みたくなっちゃった」

充実した料理メニューから何品か注文し、分け合いながら胃に収めると、そんな甘い戯れのような言葉がぽろりと漏れた。既に三杯目のカクテルを呑んでいる環は、保護者のような顔で菜里子を見た。実際、今日の環はどこか大人っぽい。珍しく髪をまとめ、アシンメトリーなデザインの黒いニットワンピースを着ている。恋人から贈られたのか、左手の薬指にはプラチナリングが輝き、耳たぶにはちかちかと光を放つピアスが顔の動きに合わせて揺れ続ける。

あの動画を観て思ったのだ。もう、アゲハはあなたでいいよ。あなたがアゲハになればいい。

「本当ですか。菜里子さん、お酒はそこまで呑まれないのでは」

「うーん、そう思いこんでただけの節もあるかも。今日は呑みたい気分だから来たんだもの、いいじゃない」

煙草よりはまだお酒のほうが、空気も汚さないしコミュニケーションになるし、いいと思わない？　重ねて言おうとして、煙草というワードにまた環の表情が曇ることを思ってやめた。

「わかりました」

環の目の中の光が、急に変わった。

「それなら、わたしのおすすめを呑んでくださいますか？　強めのお酒でいいんですね？」

豊かな頬に間接照明が落とす髪の毛の影が、環に妙な迫力を与えている。

「ブランデーは大丈夫ですか？」

その勢いに呑まれながらうなずくと、環は視線で店員を探した。黒いタブリエエプロンの紐を腹で結んだ男性店員がすかさずやってくる。環はメニューも見ずに注文した。

「ニコラシカをふたつください」

聞き慣れない酒の名に、あの動画の再生ボタンを押したときのようなわくわくする気持ちがせり上がってきた。今夜はエスコートされる立場をとことん楽しもう。

やがて、先程とは別の店員がカクテルを運んできた。ブランデーの注がれた小ぶりのリキュールグラス。その口にレモンの輪切りが蓋をするようにかぶせられ、さらにその上に山形に固められた白い砂糖がちょこんと載っている。そのビジュアルは予想していたどんなものとも違っていた。

「え、何これどうやって――」

「先にわたしが呑みますね」

店員がさりげなく取り替えていったおしぼりに軽く指先を押しつけて拭った環は、砂糖を包むようにしてレモンスライスを軽く折り畳んだ。

「まずはこれをこのまま口に入れます」

「えっ」

「そしてレモンと砂糖が口の中で渾然一体（こんぜんいったい）となったところで、ブランデーを一気に流しこみます」

「……えええ」

戸惑う菜里子をそのままに、環は砂糖を包んだレモンをそのままぽいっと口に放りこんだ。リスのように頬を膨らませて咀嚼しながらいたずらっぽい笑みを見せると、頭を反らしてグラスの中身を一気に口の中へ注ぐ。琥珀色の液体がすーっと吸いこまれてゆく様はどこか爽快感を覚えるものがあった。なんていい呑みっぷりだろう。

「はーっ、効く～」

白い喉をごくりと上下させて満足げな息を吐くと、こちらに微笑みかけた。

「菜里子さんとこれがやりたかったんです。はい、いっちゃってください」

「え、えっと……レモンは皮ごと食べちゃうんだよね」

「そうですね、でも農薬とか気になる場合は残してもいいと思いますし、お好みで」

「あ、ちなみに当店は無農薬のオーガニック栽培レモンを使用してございますので」

このやりとりをさりげなく見守っていたのだろうか、男性店員がトレイを胸に抱えて通りすぎながらフォローの言葉を添えてくる。

「うーん……」

漫画の中でしか見聞きしたことのない「ええい、ままよ」という台詞は、こんなときに使うのだろうか。心を決めると、菜里子もおしぼりで指先を拭った。グラスに載ったレモンを砂糖ごとそっとつまむ。環と同じようにひと口で頬張った。口の中でレモンの果汁と砂糖のざらざら感、酸味と甘味が混じり合ってゆく。レモンの皮を細かく嚙み潰すと、そこに渋味が加わった。未体験の食感だった。

「んん、んんん……」

「はい、嚙んで……嚙んで……よく嚙んで……」

菜里子の初体験を完全に楽しんでいる環は、節をつけて歌うように言う。生(き)のままのブランデーを呑んだためか、さすがに頬が紅潮してきている。

「渾然一体となったところで……呑む！」

はいっ。心の中だけで返事をして、グラスの脚をつかむ。ごくん。芳醇(ほうじゅん)なブランデーで口の中のものを一気に流しこんだ。勢いよく食道を下り胃の中に落としこまれたアルコールで、全身の血管が拡張したような気がした。

脳がじんわりとほぐれて気持ちいい。なんという爽快感。今、何かが自分の中で浄化された。

その手ごたえを、たしかに体で感じた。

「……はーっ、効く」

口調を真似て呼気を吐き出すように言うと、環は光をふりまくように笑った。

「菜里子さん、もうすぐ誕生日ですよね」

目の前に小さな包みが差しだされる。酔いが回り、ふわふわした手つきで受け取った。赤いリボン形シールの貼られたセロファン袋の中に入っているのは、どう見てもピアスだ。金具の先に青い蝶のチャームが取りつけられている。

「ほぼ二十年ぶりのお返しです。自分で作りました」

「ええっ！」

今日いちばん大きな声が出る。自作のプレゼントなど、もらうこと自体が人生で初めてだ。

「すごい、こんなの作れるの？」

「意外に簡単なんです。チャームは既製品を使っただけですし。でもどうしても黒いのがなくて。これだとルリさんですね」

「たしかに……でも嬉しい。すっごく嬉しい、ありがとう」

「あの、菜里子さん」

環は居住まいを正した。

「ん？」

「酔った頭でいいので、聞いていただきたいのですけど」

次に何を言いだすのか、もう自分はわくわくしている、と菜里子は気づく。

「わたし、黒蝶貝のピアスを作りたいんです。アトリエＮＡＲＩで」

予想の斜め上の言葉が降ってきた。

つややかに煮あがった椎茸に包丁を入れると、甘辛いタレがじゅわりと染みだして指先を汚した。

にんじん、かんぴょう、刻み穴子、桜でんぶ。小皿やバットに入れられてダイニングテーブルに並んでいる具材は、すべて母が用意してくれたものだ。環はせいぜい椎茸をスライスし、具材と酢飯を混ぜこむ程度の労力を提供するだけだ。

背後では、ガスコンロの上で母がフライパンに薄焼き卵の生地を広げている。小鍋に作った寿司酢のにおいが鼻を刺激する。炊飯器が単音で童謡の一節を鳴らし、炊飯が完了したことを知らせた。

新年度から父が部署異動するという。事実上の昇進であるらしい。それを祝うため家族の好物であるちらし寿司を作ると母が言って、昔ながらの大きな寿司おけを久しぶりに出してきた。自分も役職に就いたばかりなんだけどな。環の胸中は少しだけ複雑だった。それでもちらし寿司のできあがってゆく工程を目にしていると、やはり心が躍る。

ダイニングテーブルの主役が寿司おけになる。炊きたての白飯を寿司おけいっぱいに広げてゆく。もわもわと顔を包む湯気の中、白飯のひと粒ひと粒がくっきりとそそり立っている。

母が小鍋から寿司酢を掬い、まんべんなくかけてゆくそばから、環は大きなしゃもじでかき混ぜた。酢のツンとしたにおいが鼻腔に充ち、食欲が刺激されるのを感じる。

椎茸もにんじんもかんぴょうも煮穴子もごまも、次々にばらばらと散らされて酢飯の上に着地する。底から掬うように大きくかき混ぜていると汗がにじみ出てきて、首にスポーツタオルでも巻いておけばよかったと後悔する。混ぜこむ作業は腕の力を使うので、この工程はいつからか環の担当だ。

母がはたはたと扇ぐうちわには、いったい何年前のものかという色褪せた広告が貼られている。母は昔から物持ちがいい。このしゃもじも、具材を取り分けるのに使った皿や小鉢も、環の幼い頃からずっと現役だ。

「ああ、お腹空いた」

「さ、お父さんが帰ってくる頃だね。仕上げ仕上げ」

母の手が小鉢と寿司おけを行ったりきたりして、酢飯の上に錦糸卵が載せられてゆく。ごま、刻み海苔、そして桜でんぶがふわふわと散る。わあ、と思わず声が出る。環はこの瞬間を見るのが何より好きだった。誰がなんと言おうと、この世で最も美しくおいしいものは母の作るちらし寿司だと、子どもの頃から思っていた。

「お、ちらし寿司か。久しぶりじゃん」

帰宅するなり食卓を覗いた父が弾んだ声を出した。

「お父さんの昇進祝いだって。ちなみにわたしも役職に就いて、新しいブランディング企画を進めることになったんだけど」

「ほー、すごいすごい」

ネクタイを緩めながら父はすたすたと脱衣所へと歩いてゆく。どんなに疲れていても、どんなに帰りが遅くなっても、父は絶対に入浴を済ませてから食卓につく。

どんな役職か、どんな企画か訊いてくれないんだな。覚えのある痛みが環の胸を走る。他愛ないやりとりをするという習慣をいつからなくしていたのだろう、わたしたちは。

今夜は決めていた。もやもやを麦茶で流しこんだりしないと。

あの出社拒否の日々の中で、菜里子の母親が胃がんを患い手術したことを、環はあのダイニングバーで初めて聞かされた。十五年以上も実家に帰らず、親族の冠婚葬祭を除いて顔を合わせていなかったこと。絵を描いて生きる道を反対され、家計を助けるために半ば無理やりオーディションを受けさせられていたこと。歪な親子関係について、本望ではなかったアイドル活動について、かさぶたの内側を見せるような口調で、あの夜菜里子は語ってくれた。

――体調不良が直接の理由じゃないんだよね。

すっかり酔いの回ったとろんとした目で、それでもその中に光を宿しながら、

――地味な病気になって、むしろ助かったと思ったんだよね。アイドルやめられる口実ができたから。母の傀儡じゃなくなるから。

知らなかった。全然知らなかった。運と才能に愛された人生なのだと思っていた。自分はアゲハの、ＮＡＲＩの、戸塚菜里子の何を見てきたのだろう。

ちらし寿司はおいしかった。誰がなんと言おうとこの世で最も美しくおいしいものは母の作るちらし寿司だ。けれど、恋人と食べる窯焼きピザも、同僚とつつくパエリアも、上司と呑む強い酒も、全部全部おいしくて特別だ。いちばんは、いくつあってもいい。

食事の間は、もうすぐ発表される新元号の話でもちきりだった。平成生まれの環は、初めて元号をまたぐことになる。

「お父さん」

寿司おけの中身が半分ほどなくなってきた頃、気持ちを強くして環は話しかける。

「小さい頃、大宮にアイドルを観に行ったこと覚えてる?」

改元が会社で扱う電化製品にどれほどの影響を与え得るかについて語り続けていた父は、水を差されたような顔で環を見た。

「嵐山町のご当地アイドルを観に行ったでしょう。言ってなかったけど、あの中のメンバーのひとりが今の会社の社長なの。イラストレーターのNARIさん」

「な、なになに?」

何の話が始まったのかと、父はかすかに顔を歪める。亭輔の口癖の「なになに?」とはだいぶトーンの異なる「なになに?」だった。

大丈夫。大丈夫。黒蝶貝のピアスとプラチナリングが守ってくれる。

「わたしが幼稚園の年長さんだったから、もう二十年近くも前の話なんだけどさ。嵐山町をPRするアイドルが大宮に来たことがあったじゃない? わたしがアイドル好きだからって観に連れていってくれたじゃない」

「二十年前の話? ちょっと覚えてないなあ……」

記憶をたぐろうともしていないことがわかる顔で父は答える。

「ほら、アルシェの前の特設ステージあるじゃん。あそこでサディスティック・バタフライっていう四人組アイドルがライブやって、じゃんけん大会もあって、わたし最後まで残ったじゃない。覚えてない?」

「そんなことあったっけなあ……」

そこまでディテールを提示したらさすがに思いだせるだろうという期待は打ち砕かれた。思いのほかダメージが大きい。環は母の顔を見た。先取りするように困り笑いを浮かべている。

「そんなことあったっけねえ。え、なに、そのひとが社長さんって？」

うん。わかってた。わかっていた。記憶の総量だけが興味や愛情のバロメーターじゃない。だけど――。腹の内側がしんと冷えたような気がした。

「……いいよ、もう。出会わせてくれてありがとうってだけだから」

硬くて重い沈黙が食卓に横たわる。父が鼻から息を漏らした。不愉快なときのサインだ。茶碗に盛った酢飯が艶を失いつつある。もういい、このまま斬りこんでしまおうと環は肚を決めた。指先でいくらしごいても絵具の取れない筆のことを思う。本来は真っ白な豚毛だというあの絵筆は、自分かもしれない。

「お父さんも、お母さんもさ、わたしが大学で何を専攻したか覚えてる？　卒論で何を扱ったかとか」

「……え、経済学部だから経済でしょ」

「経営だよ、お母さん」

「やだ、経営だった。似てるんだもの経済と経営」

「わたしの友達の名前、言える？」

発泡酒を啜りながら無言を貫く父の視線をとらえた。

「友達……」

「誰かひとりでもいいんだけど」

「……わからんなあ」

「そっか、そうだよね」

言いながら、鼻の奥がつんとした。

物心ついた頃から、どんなことだって無邪気に両親に話してきた。よく遊ぶ友達の名前も、嫌いな先生の話も、初めての恋人のことも。なんだって笑顔で受けとめてくれていたふたりの中に、それらが記憶となって蓄積されることはほとんどなかったのだろう。

見えていた世界の色が、反転してゆく。

かわいいと褒めそやし、なんでも自由にやらせてくれる優しい両親。でも気づいてしまった。彼らは愛情深いというより、繊細さの欠落した鈍い人たちであるということに。なんでも好きにやらせてくれることは、無関心の裏返しでもあることに。表面的な愛情は注いでくれるが、娘に対する深い理解や興味があるわけではないことに。

泣くほどのことじゃない。わかっているのに、目頭がみるみる熱くなり、視界がゆらめく。箸を置いて、両手で顔を覆った。食卓の空気がさらにずっしりと重くなる。

「親を試さなくてもいいだろう」

気まずさを不機嫌で上書きするように父は言い、無造作にリモコンをつかんでテレビに向けた。新元号をめぐる特集が組まれていて、女性アナウンサーの場違いに明るい声が流れだす。母は無言で立ち上がり、タッパーをとってきてちらし寿司の残りを詰め始めた。

菜里子さん。わたしもだめでした。うちにも、また違うタイプの歪さがあることがわかってしまいました。だけど、今まで見ないふりをしてきただけかもしれません。もうわかりません。なにも。

「……お父さん」

ずっと洟をすすり、ひとつ息を吐き出して、顔を上げた。

「わたしが最初の会社、電子機器メーカーを選んだのは、お父さんの仕事に影響されたからだよ」

それと今度、できたら食洗機がほしいな。それだけ言うと、環は居間を出て階段を駆け上がった。

藁色のもっさりした前髪は当時のままだった。表情がほとんど動かないところも、ときどき右手の人差し指だけを激しくぱたぱた上下させるところも。

新元号「令和」が施行され、ゴールデンウィークが明けてすぐ、菜里子は都内のレコード会社で制作会議に出席していた。今人気の五人組アイドルFlozen Flowerが、今年の冬にファーストアルバムをリリースする。そのジャケットのイラストを担当することになったのだ。プロデューサーの矢嶋恒成と菜里子の関係を知る者は誰もいなかった。

方向性の擦り合わせや今後の進行の確認が終わり、参加者たちが三々五々会議室を出てゆく中、菜里子はわざとぐずぐずしていた。矢嶋もぐずぐずしているのが、空気でわかった。スタッフの最後のひとりがプロジェクターを片づけて出てゆくと、とうとうふたりだけになった。

「ロゴでわかったよ」

彼のほうから話しかけてくるとは思わなかった。内心驚きつつも、菜里子は口の両端を引き上げる。

「蝶のロゴだし、NARIって菜里子だろうし、すぐわかったよ」

「ご無沙汰してます」

パンツスーツの膝を揃えて会釈をする。産休が明けて戻ってきた美容師に白髪染めで染めてもらったミルクティー色の髪がふわりと揺れ、その先端が頰をくすぐった。

「あの頃来たくても来られなかったレコード会社に、こんな形で来ちゃいました」

「なにそれ、嫌味？」

矢嶋が脱力したように低く笑って、空気がほぐれた。

もう五十代半ばのはずだ。顔には年齢相応の皺が刻まれているが、放たれるエネルギーにはむしろあの頃よりも若さが感じられる。メジャーレーベルの仕事がもたらした活力や自信によるものだろうか。

今日の会議の参加者で唯一スーツを着ていなかった彼は、学生のようなマリンカラーのボーダーシャツにごわごわした素材の白いパンツを合わせていて、ちぐはぐに見えるけれど、それさえも狙ったおしゃれなのかどうか菜里子にはわからなかった。

都心の街らしく人工的に整えられた緑を眺めながら、近隣のファストフード店に移動した。業界人が数多く来店することで有名な店だと思いだしたのは、斜め前の席に時岡イチヤが座っていたからだった。テーブルの下で長い両脚を持て余しながら、マネージャーらしき女性と向かい合ってハンバーガーにかぶりついている。順子と、そしてもうひとりの顔がよぎった。

「そういえば、結婚するらしいよ近々」

菜里子の視線をたどった矢嶋がぼそぼそと言った。主語を省かれてもわかった。

「えっ、まじですか」

「小耳に挟んだ。極秘だからね」

そういえばこの人も業界人なのだった。ポテトの先端をケチャップにディップする矢嶋の頭頂部を菜里子は思わず見つめた。根元の黒い髪が一センチほど伸びている。この人も美容院ではカラー剤でぺったりと髪を撫でつけられたりするのだ。そう思うと、昔よりずっととっつきやすいと感じる。

「Flozen Flower、売れてよかったですね」

既に「フロフラ」という略称が世間に浸透し定着しつつあることは知っていたが、自分がそれを口にするのはまだなんとなく気恥ずかしいものがあった。

「まあね」

「おかげさまでお仕事を回していただけました。感謝してます」

「うん」

メンバーに読書好きの子がいて、菜里子の手掛けた装画の小説を手に、この人に次のアルバムのジャケットを描いてほしいとマネージャーに掛け合ったと聞いている。彼女の公式プロフィールに「趣味：美術館めぐり。好きな画家はモーリス・ドニとエゴン・シーレ」と書かれているのを見たときは、心臓が数ミリ飛び出た気がした。

しばし無言で食事をした。ざわめきと油のにおいの充満する店内はみるみる混み合い始め、レジから舗道に向かって長い列が伸びている。すんなり席を確保できたことが奇跡のように思えた。時岡イチヤは慌ただしく退店し、彼らが使っていた席にはスーツ姿のビジネスマンが座ってノートパソコンを広げている。

「恵とは連絡とったりしてるんですか」

たいして知りたいわけでもなかったのに、訊かないほうが不自然な気がして訊いた。矢嶋のほうも訊かれることを予期していた顔で、氷で薄まりつつあるアイスコーヒーのストローをくわえる。

「律儀に年賀状は来るよ。でもそのくらい」

「そうなんだ」

「人妻だしね」

「はあ」

妙な間が生まれた。ぼんやりとポテトケースに手を突っこむと目当ての感触は得られず、もう極小のかけらしか残っていないことに気づいた。

「たぶん誤解してると思うんだけど」

昔からすれば考えられないほど口数が増え、会話のキャッチボールがスムーズにできている。その声がざわめきで掻き消されそうになり、菜里子は心持ち前のめりになった。

「俺、ムラサキとは変な関係になったりしてないよ」

「いやいや……今更ですよ」

「ほんとなんだけど」

「でも」

「わかってるくせに」

ぼそぼそした声のまま、すねたように矢嶋は言った。

省略された言葉の意味が、静かに脳裏に降ってきた。


がさっ。

環の足元を生き物の影がよぎった。

「ひゃあっ」

思わず声が出る。

ほんの一瞬だったけれど、茶色い毛のある生き物であることはわかった。蛇よりも敏捷で、ねずみよりもずんぐりしていて、ごく短い後ろ足があった。随所に空いている土の穴のひとつに飛びこんで消えた。

「……もぐら？」

図鑑でしか見たことのない生き物に出会った興奮が、徐々に細胞を満たし始める。

キュイーリリキュイーリリ、ピチュピチュピチュ、頭上から降り注ぐ何種類もの野鳥の鳴き声は鬼怒川の宿を思いださせた。心が透明になってゆく。汚れてもいいスニーカーを履いてきてよかった。雑草や落ち葉を踏み、丸太の階段を上り下りしながら額の汗を拭う。「マムシに注意」の看板にぎょっとする。

埼玉県で生まれ育ったのに、嵐山町を訪れるのは初めてだった。

菜里子の育った町を自分の目で見たい。そんな気持ちが唐突に降ってきたのは数日前で、思い立ったとたん体の中に鉄の芯ができたかのようにいてもたってもいられなくなった。

サディスティック・バタフライの初めてのアーティスト写真を撮ったのは蝶の里公園というところなのだと菜里子から聞いていたから、あわよくばアゲハ蝶やオオムラサキにも会いたいという気持ちが膨らんだ。蝶のピアスを作る上で、モチーフと誠実に向き合う必要が、きっとある。

黒蝶貝のピアスを自分たちで作って商品化してみては。そう発案してくれたのは亨輔だった。こんな感じのアクセサリーって、他にないよ。俺、自分の店に並べて売ってみたいよ。あの温泉宿で顔を近づけてきた亨輔は、環のピアスをつまんで熱弁したのだ。

　東武東上線に乗ったのは何年ぶりか思いだせない。つきのわというかわいい名前の駅の次、武蔵嵐山駅で下車すると、ホームの前に雑草の生い茂る空き地が広がっていた。目立った商業施設は見当たらず、空があまりに広く、さいたま市界隈との違いに環は圧倒された。

「蝶の里公園に行きたいんですけど、どっちから出たらいいですか」

　改札で駅員にたずねると、手元の地図を広げて確認してくれた。

「西口ですねえ……ああ、でも、かなり歩きますよ？」

　紺色の制帽の下から環に心配そうな視線を投げかける。

「大丈夫です。ありがとうございます」

　父と同い年くらいの男性駅員が敬語で話してくれたことに嬉しさを覚えつつ、左右の壁に蝶の描かれた階段を下りる。この町はオオムラサキと鎌倉武士の畠山重忠を推しているようだ。駅舎の正面にも空き地があって環をさらに驚かせた。

　梅雨の晴れ間の曇り空の下を、Google マップと自分の健脚をたよりに歩く。軽食、駐輪場、エステ、空き地、ガソリンスタンド、銀行、駐車場、また空き地。オオムラサキの描かれたマンホールを踏んで、さらに歩く。フラワーショップ、デイサービス、墓地、新聞の営業所、空き地。

　人通りはごく少なく、文化の香りは薄い。点在する住宅のどれかが、菜里子の生家なのかもしれない。正確な住所は教えられていないし、なんなら今日ここへ来ていることさえ伝えていない。自分の足で歩き、自分の肌でこの町の空気を吸い、自分の感性でとらえたものを持ち帰りたかった。

　住宅街の中にぽっかりと現れたラーメン屋の前で立ち止まった。「B級グルメ　嵐山辛モツ焼そば」と書かれた幟（のぼり）に空腹を意識する。早めの昼食をとろうと決めて引き戸に手をかける。

カウンター席、テーブル席、奥には座敷もあり、客も店員も全員が男性だった。店内に体を入れるなり父の顔が浮かんだのは、子どもの頃父に連れられてこんな感じの庶民派のラーメン屋に入ったことを体が先に思いだしたからだ。気まずい昇進祝いとなったあの夜から二か月以上経っても、環は両親とぎくしゃくしたままでいた。家の中で屈託を抱えているだけではだめだという焦燥感が、自分をこの自然豊かな町に運んできたのかもしれない。

手前のテーブル席に腰を下ろしたとたんどっと汗が噴きだしてきて、これから辛いものを食べてさらに汗をかこうとしている自分がおかしかった。カウンター席で麺を啜っている作業服の中年男性がちらちらと視線を投げてきて、環が顎を上げるとぱっと顔を逸らした。

スープを添えて運ばれてきた「辛モツ焼そば」はピリ辛感が環の舌にはちょうどよく、豚の臓物の弾力がくせになり、夢中で咀嚼した。年末のスペインバルで食べたカジョス・マドリレーニョの食感が口の中に蘇る。あれからまだ半年ほどしか経っていないのに、ずいぶん遠いところへ運ばれてきたような気がした。

帽子をかぶり直してまた曇り空の下へ出る。梅雨時の湿った風が、耳たぶごと黒蝶貝のピアスを揺らす。

もしかして菜里子の母校だろうかと思いながら道路を挟んで向かい合う小学校と中学校の前を通りすぎ、喋る自販機で炭酸飲料を買い、Googleマップで方向を確認して歩道橋を渡る。左手に広がる沼地はもう、蝶の里公園の一部であるらしい。しかし、そこから入口にたどりついたのはさらに十分近く歩いてからだった。環のTシャツは汗で完全にワントーン濃い色に変わっていた。

モンシロチョウ、モンキチョウ、それから黒地にオレンジの斑点を持った蝶。今のところ出会えた蝶はそのくらいだ。あとは蜂(はち)とバッタと蜘蛛(くも)とカミキリムシ。入口近くの「オオムラサキの森」というエリアで手厚く保護されていたオオムラサキの蛹(さなぎ)は、枝ごと水切りネットのような緑色の網を被せた中にいて、葉っぱと区別がつかずよく見えなかった。「アゲハチョウの花園」を目指していたはずが、「シジミチョウの広場」「トンボの沢」「ホタルの里」とどんどん移り変わる表示に不安を覚えるばかりだ。足元はあまり踏み均(なら)されておらず、人影もほとんどなく、途中すれ違った首から手ぬぐいをかけた中年男性と一眼レフであちこちを撮影している若い男性がもの珍しそうな視線を投げてきた。

　何かに導かれるように、環は敷地の中をめちゃめちゃに歩き回った。水路に渡された木橋や丸太橋を渡り、木の根を踏み、背の高い雑草に腕をちくちくと撫でられながら足を動かし続けた。

　こんな緑ばかりのところで、カラフルな衣装を着たアイドルが撮影なんかしていたら、さぞ目立っただろうな。そう思ったとき、比較的視界の開けたエリアに立っていることに気づいた。雑木林を背にした草地。山の稜線(りょうせん)。もしかしたらこのあたりではないだろうか。汗ばむ手でスマートフォンを取り出し、今もweb上に残っているサディバタの公式写真を確認する。

「ここだ」

　背景が完全一致した。すごい。六歳のとき、親が見せてくれたチラシの写真。あの場所に来ちゃった。高揚が全身の皮膚を包み、喜びが熱い溶岩のように体の内側を転がる。ここなんだ。自分の足でたどりついた。嬉しい。嬉しい。嬉しい。

　握りしめたままのスマートフォンを操作し、最近またやたらと忙しそうな恋人に、強気に電話をかける。四コール目で出てくれた亨輔に、開口一番居場所を伝えた。

『え？　え？　なにやってるのひとりで』

「聖地巡礼」

キュイーリリキュイーリリ。野鳥の鳴き声が降ってきて、環の耳と耳に押しあてた端末の間に入りこむ。

『すげえ、めっちゃ鳥の声』

「亭輔、わたしやっぱりもう一度家を出ようと思ってる」

えっ。亭輔の声が、また鳥の声に搔き消されそうになる。膝に力をこめて声を張った。

「あのね。亭輔が言ってたみたいに、わかり合うって距離をゼロにするためじゃないと思うの。あの家はやっぱりお父さんとお母さんの家だし、お父さんともお母さんとも、わかり合うために離れたほうがいいような気がするの。じゃないとわたし、いつまでも甘えた子どものままだし、勝手にいろんな期待しちゃうから」

『……そうか』

「でもね、亭輔との距離はやっぱりゼロがいいの」

ずっと温め続けていた言葉をようやく喉から解き放った。

「どうせなら亭輔と住みたい。毎日一緒がいい。嫌なら断って」

沈黙を鳥の声が埋めた。すぐ近くでカエルの声もする。

『……今日、何時までそっちにいるの？』

返事の代わりに亭輔は言った。

最初から最後までひとことも発しなかった。

矢嶋の二十年ぶんの想いがこめられている気もしたし、突発的な性的衝動かもしれなかった。どちらでもよかった。自分が自分の体をこんなふうに使うことができると知れただけで満足だったし、船橋巧を最初で最後の男にする気など毛頭なかったから。

でも、もうこんなことはないだろう。ゆるやかな自傷行為みたいで嫌だと環に泣かれるのは避けたいから。肌を重ねたばかりの男より、部下の女性の涙を思うほうが胸が甘く疼く。

ラブホテルの部屋に備え付けられた電気ポットの頼りなさを久しぶりに体験しながら、インスタントのコーヒーを淹れた。自分と同じシャンプーとボディーソープの香りを放っている男と、ガラステーブルを挟んで向かい合う。ぐちゃぐちゃに寝乱れたベッドが視界の端に映っている。

「お時間は大丈夫なんですか」

慎重に湿り気を排除したトーンでたずねた。ドライな声を出せたと思う。

「うんまあ、夜から打ち合わせがあるくらい」

「そうなんですね」

丁寧に淹れたコーヒーが大好きだけれど、インスタントにはインスタントの良さがある。ひと口啜るたび、昂りが波のように引いてゆく。

「きみは？　社長さんなんでしょ」

「私はこのあと戻ってクライアントワークとオリジナル制作が」

「多忙だねえ」

「久々に個展やることにしたんで」

亜衣がいなくなって、ブックデザインやｗｅｂコンテンツの仕事をこれまでのボリュームで受注することができなくなった。そのぶん、原点に立ち返ってイラストレーターとしての仕事をメインにしてゆこうと考えている。思いきって冬あたりに個展を開催することも決めた。そしてもうひとつ、大事なプロジェクトも動き始めている。

「一個だけ教えてほしいことがあるんです」

白いカップの縁をなぞりながら問いかけた。

「私にピアスをくれたこと覚えてますか？　黒蝶貝の」

「……え、うん」

この部屋に入るなり唇を重ねてきたときにすらなかった照れのような感情が、矢嶋の顔に表れた。胸の奥に疼痛（とうつう）を覚える。

「あれってどこで買ったものだったのか覚えてますか？　市販品ですか？」

「え？　そういう話なの？」

「はい、そういう話です」

――黒蝶貝のピアスを作りたいんです。アトリエＮＡＲＩで。

手練れの男のように自分を酔わせたあと、きまじめな顔に戻って切りだした環を思いだす。

――会社の象徴となる商品を作って、アトリエＮＡＲＩそのものをブランド化しませんか？

いったいいつから準備していたのか、翌日会社で企画書まで出してきたのには驚かされた。黒蝶貝が持つ他のアクセサリー素材にはない独自の魅力や用途の幅の広さがみっちりと書きこまれ、必要となるパーツや工具のコスト試算があり、研磨・加工を依頼できそうな業者までリストアップされていた。蝶の形をしたピアスのデザイン案に、菜里子は目を奪われた。

立体物の制作に手を出そうなどとは、これまで考えたこともなかった。ましてやアクセサリーだなんて。

今は自宅でこしらえた手づくり作品を気軽に売り買いできる時代だ。各種ハンドメイドマーケットプレイスをはじめ、ネットショップサービスやフリマサイト、ネットオークション。そのようなアプリやサイトが充実し、盛り上がっているのを菜里子も知っている。プロ顔負けの滴るようなセンスを光らせて、市販品のようなクオリティーと手作りならではの独創性で作られた作品たち。扱われる様々な商品カテゴリーの中でも、ピアスや指輪といったアクセサリーはメインストリームで、市場は飽和状態のはずだ。一介のイラスト・デザイン会社が安易に参入できるような世界ではないと思う。

それでも心が動いたのは、一連のことで環に対し頭が上がらないせいではない。熱意に押し負ける心地よさに流されたせいでもない。環の企画がよく練られた具体性のあるものだったこと。そして、蝶。

ずっと、自分の過去がしんどかった。薄埃をかぶったままの記憶を見ないふりしていた。公式プロフィールではアイドルのアの字も出すことはなかった。あの頃を経て今の自分がいることは、ゆるぎない事実なのに。

親の意向に沿った結果とはいえ、一羽の蝶として懸命に羽ばたいていたつもりだった。あの頃の自分を、町川環というひとりの少女の人生にまで影響したサディスティック・バタフライを、中途半端に隠したり否定したりするのは、もうやめたい。でもそれにはきっかけが必要だった。

イラストレーターとして開業してからも、法人としてアトリエＮＡＲＩを立ち上げてからも、蝶のモチーフは自分のアイデンティティーとして大切に使い続けてきた。どうせ決別することのできない過去なら一生付き合い続ける覚悟を固めるほうが、人生に対して誠実な態度であるような気がした。黒蝶貝のピアスを自分たちの手で作りだし、世界に羽ばたかせるというのは、過去の自分をしがらみから解き放つ行為でもあるような、そんな鮮やかなイメージを持ったのだ。

「ええと……市販品では……なかったんだよね」

顎のあたりをしきりに掻きながら矢嶋はもごもごと話した。

「と言いますと」

「俺の姉貴が石垣島で民宿をやってるんだけど」

話がぽんと飛躍したように思えた。

「石垣島？」

「うん。お客さんのひとりから黒蝶貝の存在を教えられてなんかひらめいたとかで、自分でピアスとかネックレスとか作って土産品として売ってたんだよね。もともと手芸とかそういうの好きな人だったから」

「え……素材の加工とかは？」

「うーん、そこまでは知らないけど、それはさすがに業者使ったんじゃないかな」

そうか、彼の姉が作ったものだったのか。今にして知る入手経路は、どの想像とも違っていた。そうか、石垣島からやってきたピアスだったのか。

「お姉様のご連絡先って伺ったら失礼でしょうか？」

「え、別にそんなことないと思うけど……民宿のホームページがあるくらいだし」

「会社で黒蝶貝のピアスを作りたいと思ってるんです。あの黒蝶貝をどこで入手できるのか知りたくて」

環と一緒に試作品を作ろうとした菜里子は、肝心の黒蝶貝の調達でつまずいていた。いくつかの業者から取り寄せた黒蝶貝のサンプルは、どれもこれもがどうにもしっくりこない。自分たちをつないだ運命のピアスの、あの質感や輝きにできるだけ近いものを求めていることにふたりは気づいてしまった。素材の違いなのか加工技術の差なのかわからず、こだわりを捨てられない環と菜里子は途方に暮れていた。

「あれっ、でも同業者に仕入れ先を訊くなんて非常識か……」

「ビジネスっていうより個人の趣味の延長みたいなもんだったから平気だよ。さすがにもう歳だからそんなちまちましたもん作ってないはずだし。石垣島の素材を使って広めてくれたらむしろ喜ぶんじゃない」

「そうなんですか」

「でもまさかそんなに気に入ってくれてたなんてね。イベントの景品にしちゃったくせに」

矢嶋は皮肉っぽく言って薄く笑った。世の中には不快な皮肉と愛すべき皮肉とがある。

「それ、実は戻ってきたんです」

「ええ?」

環とのあれこれをかいつまんで話すと、前髪をかぶった矢嶋の両目が記憶にあるどの瞬間よりも大きく見開かれた。

じじじっ、じじじっ。どちらかのスマートフォンが、部屋のどこかで振動音をたて始める。そろそろ日常へと戻る時間だと告げられたように感じた。この部屋の利用時間終了を告げる無粋なコールが鳴るまでには去りたいところだ。

「そういえば、大宮でもリリイベやることになりそうだよ」

姉の民宿の名前やホームページを教えてくれた矢嶋は立ち上がりながら言った。ちぐはぐに見えるコーディネートでも、業界人としての自信に満ちあふれて見える。もう、ふたりきりで逢うことはないだろう。それでもまたどこかで、意外な形で関わることになるかもしれない。

「Flozen Flower ですか？」

「うん。まさに大宮のあそこで」

ローズ、ガーベラ、リリー、カメリア、ポピー。五種類の花をモチーフにし、それぞれのイメージカラーを与えられた女の子たちは、セカンドシングルのミュージックビデオが若者を中心に話題になって注目され、認知度が高まった。相変わらずシリーズものが好きなんですねと言おうとしてやめる。自分のイラストを気に入って推薦してくれたカメリアをこっそり推すことにしたことも。

「ジャケット制作、頑張りますね」

座ったまま声をかけると、楽しみにしてる、と矢嶋はかすかに笑った。愛おしさを表す言葉にもっと種類があったなら、この感情を正しく表現できるのに。閉まるドアの響きを聞きながら菜里子は思った。

アゲハ蝶にもオオムラサキにも会えないまま、蝶の里公園の入口付近まで戻った。
オオムラサキの森活動センターという建物の近くに親子連れや老夫婦が何組かいた。小学生らしい男女の子どもたちが駆けまわり、揃いのチェック柄のシャツを着た老夫婦は蛹の保護ネットを覗きこんでいる。
活動センターの中でも見てゆこうかと木の階段に足をかけたとき、声が降ってきた。

「何か見つかりましたか」

管理人のひとりだろうか。麦藁帽をかぶり、綿ズボンの裾を長靴にたくしこんだ初老の男性がにこやかにこちらを見ている。

「あ、いや……オオムラサキにはまだちょっと早かったみたいですね」

「おや、それならいいものをお見せしましょう」

男性は建物の入口の隅に設置された机から何かを運んできた。環も階段を上ってそちらへ向かう。

「ほら、これ」

青々とした葉をつけた木の枝が、上半分を切り取られた二リットルのペットボトルに差してある。

「え」

「蛹です」

軍手をはめた指先で示されてわかった。葉っぱと見分けがつかない緑色の塊が控えめに膨らんでいる。おお、と体の深いところから声が漏れた。

「どうぞお撮りください。フラッシュは焚かないほうがいいですね」

言われるままにスマートフォンを出し、蛹を撮り収める。ここを訪れる客のほとんどはオオムラサキが目当てなのだろう、すっかり身についたもてなしのようだった。

すみませーんと階段の下から呼びかける声がした。先程見た老夫婦だ。

「はいはい」

環のためにペットボトルを捧げ持ってくれていた男性は鷹揚に返事をした。

「蛹がうねうね動いてるんです、角みたいのも出てきてて、こんな」

老夫婦は身振りを加えて興奮を伝えている。夫のほうは高そうな一眼レフカメラを首から下げている。

「もう羽化するんじゃないかしらって」

「ほう、何番でしょうか？」

「十九番」

「どれどれ」

男性は環にことわると、蛹のペットボトルを元の位置に戻し、用紙を挟んだクリップボードを取って戻ってきた。オオムラサキのエリアへ向かう三人の背中を環もなんとなく追った。

よく見ると、保護ネットにはそれぞれ数字を刻んだ小さな白いプラスチックの札が取りつけられている。じゅうきゅうばん、じゅうきゅうばん。ああ、これですね。ネットの中を確認した男性は老夫婦を振り返った。

「ああ、これはねえ、これからちゃんと蛹になる個体です」

「あら」

「やだそうなのね、お恥ずかしい。知識がないもんだから」

照れ笑いする老夫婦と一緒に、その場にいたみんなで蛹を観察した。目が慣れると、どのネットの中にもちゃんと蛹を見つけることができた。丸々とした青虫だったら直視できなかったかもしれない。いずれのネットの底にも茶色いぼろぼろしたものが溜まっていて、幼虫の糞だと聞いて環はぎょっとした。

「何匹かは、小学校の幼虫を預かってるんです」

「あんまりネットに近いところにいると、キリギリスなんかにやられちゃうんですよ。この間もやられたんです」

「幼虫時代の体の中身がいったん全部ばらばらになって溶けて、再構成されて蝶になるんですよ」

クリップボードに何やら書きつけながら、管理人らしき男性は滑らかに説明してくれる。

「すみません、これってなんて蝶だかわかります?」

いくぶん図々しくなって、環は先程スマートフォンで撮った写真を見せた。

「それはベニシジミですね」

「ベニシジミ……」

「今年はあったかいから黒いんでしょう」

気候が暖かいと色が黒くなるんですか? そこまで質問攻めにしてよいのかわからず、環は脳内にメモするに留めた。帰ったら、調べよう。

蝶の里公園に別れを告げ、灰色の空の下をさらに歩いた。この先にラベンダー園があるらしい。もはや何が目的かわからなくなっていて、なのに心はずいぶんと軽やかだった。幼い菜里子が訪れたかもしれないスポットをひとつでも多く回れたら、ここまで来た甲斐があるというものだ。

都幾川(ときがわ)にかかる大きな橋を渡った。川沿いはキャンプ場になっていて、嵐山渓谷をバックにバーベキューをする人々や川で水遊びする子どもたち、色とりどりのテントやパラソルが見下ろせた。欄干(らんかん)に寄りかかって先程買った炭酸飲料を飲みながら、日本の行楽のお手本のような風景をしばしぼんやりと眺めた。一度立ち止まると、膝や足の裏の痛みが意識された。

たどりついたラベンダー園は「らんざんラベンダーまつり」が開催されており、人で溢れていた。車で訪れる客が圧倒的に多いようで、「駐車場はこちらでーす!」「ラベンダー園はトンネルをくぐった反対側でーす！」と交通整理のスタッフが叫んでいる。

　平地に点々と植えられたラベンダーは多くがまだ花が開いておらず、一面の紫色をイメージしていた環はいくぶんがっかりした。ラベンダーの香りより、キッチンカーやテントエリアの食べ物のにおいが強い。それでも、花の蜜を吸うモンシロチョウや蜂に出会ったり、珍しい白いラベンダーがあったりして、充分に目を楽しませながら散策した。自分と同年代のカップルに頼まれ、スマートフォンでツーショットを撮ってやったりもした。

　摘み取り体験もせず、キッチンカーや屋台の誘惑にもなびかず、ひと束のドライフラワーだけを購入してラベンダー園を出た。駅構内の時刻表が示していた電車の本数の少なさを今更ながら思いだしたのだった。一本逃せば、この暑さの中で最大二十五分も待つことになる。それを思うと冷や汗が出た。

　都幾川の橋の上まで来たとき、前方にタクシーが停まった。

　ずいぶん中途半端なところで降車するんだな。そう思った次の瞬間、降りてきた人物の姿に息を呑んだ。

「え……ちょっ」

　亨輔は大きなストライドで歩いてくると、環を正面から抱きしめた。

「一緒に暮らそう、たまちゃん」

　環の肩に顔を埋めて、亨輔はほとんど苦しそうに言う。わずかな視界の隅でタクシーが遠慮がちに走り去る。

「どっか部屋借りて、ふたりで暮らそう。距離をゼロにしよう。俺から言いたかったのに」

「待って」

理性が甘く溶かされる前に、亨輔の体を自分から引き剝がした。ああ、言動が支離滅裂になりそうだ。自覚しつつも、突き上げてくる思いを口にしてしまう。

「黒蝶貝のピアスを商品化したら店に置きたいって、亨輔言ってくれたでしょ。でもそんなことしたら……わたしとずっと離れられなくなっちゃうじゃないの」

「へ？」

だめだ。わたし、亨輔が好きだ。どうやら自覚していたよりずっと強く、深く。

「たまちゃんは俺と離れたいの？」

「そんなわけないじゃないのっ」

「じゃあ別に離れなきゃいいだけじゃね？」

何か問題でも？　１＋１の解を訊かれたかのような顔と声音で亨輔は言う。

「自分からプロポーズみたいなこと言っといて、今更なんの心配してんの」

「……だって」

いいんだろうか。自分に期待することをやめたわたしが、他人に期待していいんだろうか。彼が自分に飽きないことを前提とした未来を描いてもいいんだろうか。

その広い背中にそっと腕を巻きつける。ドライフラワーのラベンダーがかさりと乾いた音をたてて橋の上に落ちた。こぼれ落ちた紫の花弁が足元に散らばり、小さな蝶の群れのように見える。

今日出会えなかったオオムラサキみたいだと環は思う。

川から風が吹き抜けてゆく。武蔵丘陵に見下ろされながらきつく抱きしめられる自分の体が、このまま多幸感で弾け飛んでしまいそうだった。

伴走

ある程度は予想していたつもりだった。それでも、掲示板を開くなり目に飛びこんできた言葉の羅列に胃がずんと重くなり、嫌悪感がこみあげる。

『ここならマジでデキる！　イケナイお姉さんとズブ濡れＳ〇Ｘ』

『初めての投資で二百万円ゲットｗｗｗ俺でもできたからみんなもやってみてｗｗｗｗｗｗ』

ああ、ああ、もうっ。苛立ちながら赤い「削除」ボタンをクリックしてゆく。承認前なので他の閲覧者の目に触れたわけではないが、だからこそ自分たちを狙い撃ちにされているような気持ち悪さを覚えた。

この半年ほど、いやもっと前からだろうか。掲示板に書きこまれるスパムや荒らし目的の文章が目に見えて増えた気がする。性風俗や金儲けへと誘うリンクを貼られた低俗な書きこみは、ただそれだけで菜里子の心を削った。

時には「自分だけがセンスあると思ってるの草」「独創性のなさで有名ｗｗｗ」といった菜里子への個人的な中傷も交じる。猿丸か。自分を直接知っている誰かなのか。考えたくもないのに、つい思考が引っぱられてしまう。自分に恨みを持つ誰かというと、もしや、まさか――

「どうしてこんなに一気に増えたかな。どこかに晒されたかな」

思わずつぶやくと、経費精算をしていた環が顔を上げた。

「あ、ごめん。掲示板の話。ホームページの」

「ああ……」

環は何か言いたそうな顔になった。大きな黒目をわずかに揺らし、眉根を寄せたあと、意を決したように口を開く。

「すみません。亜衣さんがいなくなったからだと思います、それ」

「えっ」

彼女の名前がこの事務所に放たれたのは久しぶりだった。その名を口にしないという不文律が、いつからかふたりの間になんとなく横たわっていた。必要に迫られたときにも、主語や目的語を省いて意味の通じる話しかたがすっかり身についてしまっていた。

「亜衣さんが……ってことではなくて？」

先程浮かんだ想像をおそるおそる口にする。環は即座にぶんぶん首を振った。

「いえ、逆です。亜衣さん、掲示板をこまめにチェックして、荒らしとかスパムとか消してくれてたんです。菜里子さんの目に触れる前に」

菜里子は言葉を失う。暖気を吐き出すエアコンの稼働音が短い静寂を埋めた。

「わたしもときどきはチェックしてたんですけど、つい他の業務よりも後回しになっちゃって最近は全然……ごめんなさい」

「ううん、そんな」

自分に見えていなかったことは、どれだけあるのだろう。彼女にしてやれなかったこと。防げたはずのこと。胸の内側が引っかかれたように痛む。

亜衣が去ったあと、ほぼ二か月おきに会社の口座に「モウリアイ」名義の入金がある。金額は三万円だったり、十万円だったり、二十万円だったりとばらばらで、工面するため奔走(ほんそう)する姿が目に浮かぶような気がした。これをどう処理したものか、環と一緒に日々頭を悩ませている。どんなに遅くとも次の決算までには扱いを決めなければならない。

しばらくの間、お互い黙って作業した。菜里子は白衣を着てバックヤードにこもり、個展のための油彩画に集中する。ここのところデジタル作画の割合が増えていたので、イーゼルを立てて制作する日々は久しぶりだった。お気に入りの白い豚毛の平筆はもうどんなにこすり洗いしても元の色がわからなくなってしまっている。筆洗油の濁りも限界を迎えている。そろそろ画材一式を買い換えるタイミングなのかもしれない。

モーリス・ドニのような少しくすんだピンク色をメインに使った水彩画は無事にレコード会社に納品され、Flozen Flower のアルバムは来週の発売日を待つばかりだ。

年明けに開催する予定だったNARIの個展は、制作が遅れて予定がずれこみ、来年三月の開催とした。池袋にある若者に人気のイベントスペースの日程を押さえることができたのはラッキーだった。招待状とフライヤーの制作は環に任せた。印刷用の画像データと発送用名簿の Excel ファイルを渡すと、環はその後を引き受け、印刷会社とスムーズにやりとりしながら進めていった。フライヤーを置かせてくれる商業施設を自分の足で開拓し、埼玉南部から都内まで回ってばらまいてくれた。肩に不必要な力が入り、どことなくぎくしゃくしていたあの頃の環は、事務所のどこを見渡してももういない。

そうだ、掲示板荒らしなんかに消耗している場合ではない。予定でぎちぎちに埋まった Google カレンダーを思いだすだけで、くらくらしそうになる。世界から飽きられずにいるこの貴重な時間を無為に過ごすことなどできないはずだ。

プロジェクト「黒蝶貝のピアス」は、少しずつだが着実に進んでいる。石垣島に住む矢嶋の姉とは、先月の末にようやく連絡がとれた。アトリエＮＡＲＩから送った問い合わせメールが迷惑メールフォルダに入り続けていたそうで、ある日突然かかってきた電話で菜里子は平謝りされた。棚上げしたままのＬＩＮＥスタンプ第二弾にもさすがにそろそろ着手しなくては。あの振りコピ動画をきっかけに、久しぶりのバタ会をやろうという話も持ち上がっている。

　仕事のこと。個展のこと。ピアスのこと。仲間のこと。自分が生き続けることを前提に組まれた予定たち。たくさんの予定に、自分は生かされている。

　ピアスが無事に商品化できたら、環の恋人が勤め先の店で扱ってくれるという。「さばく堂」と言えば首都圏で人気の個性派雑貨チェーン店だ。そんな願ったり叶ったりの話があるだろうか。恋愛が幸福な形で人生や仕事と結びついているらしい環が菜里子にはまぶしかった。ふたりが揃っているところをいつか見てみたいとひっそり思っている。そんなふうに他人に踏みこんでゆこうとする自分に驚きながら。

「ええっ」

　事務所から環の短い叫び声が聞こえた。

「ちょっと、菜里子さ……」

「どうしたの」

　制作中の菜里子を呼びつけるなんてめったにないことだった。作業台に絵筆を置き、白衣のまま事務所に顔を出す。環はモニターの前で固まっていた。

「亜衣さんから、メールです」

　環の背後からメールボックスを覗く。差出人欄に、たしかに毛利亜衣の名前があった。

まるで、さっきその名前を口にしたのが聞こえたかのように。

ダンボールのジャングルと化している床の上で、スマートフォンがぶるぶる震え始めた。通話ボタンを押すと母の声が耳に流れこんできた。

『大丈夫？　今夜ちゃんと布団敷いて寝れそう？』

「大丈夫だよ」

『カーテンは？　もう付いてるの？』

「まだだけど、ひと晩くらい平気だってば」

一緒に暮らそう。亨輔と約束を交わしてから半年が経っていた。

彼が雇われ店長からバイヤーへと転向する準備に追われていたことを、環はあのとき橋の上で初めて聞かされた。店で扱う様々な商品の、国内外の買い付けを任されることになったという。研修やら出張やらで慌ただしく時が消費され、それでもなんとか年内に引越しすることができた。

亨輔のセンスに任せていたらとんでもないことになりそうだと思い、町探しも物件探しも熱が入った。ふたりの職場の中間地点あたりを狙いつつ、複数の候補を立てて絞っていると、亨輔が言ってくれた。

——どんな条件よりも、たまちゃんが夜道で危ない目に遭わないで済むことを優先しよう。

それで今、駅から徒歩四分、賑やかな商店街を通ってすぐのメゾネットタイプの物件の二階で荷ほどきをしている。真冬だというのに、荷物を運ぶ引越しスタッフの体からはもわもわと白い湯気が立っていた。

環のほうにもさまざまな動きがあった。

「経理／営業／アクセサリーデザイナー」。菜里子が版下を作ってくれた新しい名刺に書かれた肩書きを初めて見たとき、環の感情は飽和状態になって思わず涙がこぼれてしまった。自覚していたよりずっと自分は泣き虫であるらしい。

ようやく黒蝶貝の仕入れ先が決まりそうなのだ。菜里子がアゲハだった頃のプロデューサーの姉、という関係性であるらしいその女性は六十近い歳で、問い合わせメールをきちんと確認できていなかった旨を電話で丁寧に詫びた。石垣島で夫とともに民宿を経営しており、若い頃から趣味で作っていたアクセサリーを島の土産品として近隣の店に卸していたらしい。

自分たちを結びつけたあのピアスが石垣島からやってきたものだということを、菜里子も今年の春に初めて知ったと語っていた。黒蝶貝を母貝とした黒蝶真珠が、石垣島の川平湾（かびらわん）で世界で初めて養殖に成功したということも。

『そうだそうだ、言い忘れてた。そっちにおいしいレアチーズケーキの店があるらしいんだけど』

ようやく安心を得たらしい母は話題を変える。

『帰るとき買ってきてちょうだいよ』

「いいけど、なんて店？」

家を出たばかりの娘に、もう帰省の話をする母。苦笑いをこぼしつつ、あのことを伝えるべきか、冷たい床の上にぺたんと座ったまま環は逡巡する。

先日、職場に思いがけないメールが届いた。

『ご無沙汰してます。毛利です』

差出人の名前を見ただけで内臓がきゅっと縮まった。けれど、続く本文はさらに心をざわめかせるものだった。

『ニュースで見てご存知かもしれませんが、中国の武漢市というところでやばいウイルスが出たみたいです。いわゆる関係筋というやつから聞いたのですが、これから世界中に拡大して大流行する可能性があるらしいです。日本に上陸するのも時間の問題だそうです。

まだメディアでは大きく報じられていませんが、飛沫感染なので、マスクや除菌スプレーが大量に買い求められるようになると予想されてるらしいです。どうか、これから買い物に行ったら少しずつマスクを買っておくようにしてください』

どうか身を守ってください。取り急ぎ失礼します。メールはそのように結ばれていた。

「……いや、『関係筋』って」

菜里子と笑い合おうとして、真顔になった。亜衣の父親は重慶の研究機関にいるのではなかったか。

『あら、あんまり長々喋っちゃ悪いね。亨輔くんによろしくね。年末、一緒にうちに泊まりに来たっていいんだからね。じゃあね』

「あ、お母さん」

慌てて言葉を滑りこませる。

『ん?』

「マスクを……マスクをね、見かけたらこまめに買い溜めしとくといいよ」

『え?　マスク?　なんで?』

ぴんぽん、ぴんぽーん。

「ただいまー。買えましたよーっと」

遅めの昼食を買いに行っていた亭輔の声が階下から聞こえる。商店街の端のほうにあった新潟のタレカツ丼の店でテイクアウトしようと、下見に来た日からふたりは決めていた。濃厚なタレの香りが階段を駆け上って環の鼻先まで届く。帰宅時はチャイムを二回、すばやく連続で押すことにしよう。決めたばかりのルールを亭輔はさっそく守っている。

『とにかく、元気でね』

電話を切って立ち上がる。まだぴかぴかの階段を駆け下りながら、どんなに忙しくてもこのきれいさをキープしたいと思う。

亭輔が開閉したドアから入りこんだ冷気にくしゃみが出た。

「ありがとうね」

受け取りながら、彼がタレカツ丼の他にも袋を提げていることに気づいた。書店のロゴの入った袋をぴんと張りつめさせているその辞書のような厚さの雑誌は、あの有名な結婚情報誌ではないだろうか。

「ついでに買ってきた」

環の視線をたどった亭輔は、事もなげに言った。

あのとき絵筆で描きとりたいと思った光景が今、当時見たのと逆方向に広がっている。頭、頭、頭。音楽に合わせて揺れ、ステージに向かってコールするたくさんの黒い後頭部。
近年のアイドル事情に菜里子は詳しくない。しかし、衣装の露出度は比較的控えめと言えるのではないだろうか。もしかしたら冬仕様なのかもしれないが、テレビで観た真夏のライブでも彼

女たちの衣装の丈は膝頭がちらちら見える程度の長さだった。菜里子はまずはそこに好印象を持った。

Flozen Flower のニューアルバムは、先週のクリスマスに無事発売された。都内でインストアライブをこなして回った彼女たちは、菜里子の年末休暇初日にここ大宮へやってきた。

このリリースイベントの後には特典会というものがあり、券を購入すると好きなメンバー、いわゆる推しメンと一緒にインスタント写真を撮ることができるらしい。レコード会社の担当者が熱心に教えてくれるのを聞いて、時代は変わったものだと年寄りじみた感想を持った。

「タイガー！　ファイヤー！　サイバー！　ファイバー！　ダイバー！　バイバー！　ジャージャー！」

四ツ打ちのリズムに合わせて、野太い声が聞こえてくる。自分たちの頃にはなかったオタ芸という文化がアイドルの現場に定着していることは知っていたが、目の前で見るのは初めてだった。北風の吹きつける中、観覧スペースの前方を陣取る男たちはTシャツ姿で叫び、踊っている。統制のとれたその動きは現場の空気をいやが上にも熱くしてゆく。

『咲き誇れわたしたち　虹の橋を渡って
誰も見たことのない世界へ　この彩りを届けよう』

五人の少女たちの声が響き渡る。

拳を突き上げ、フォーメーションをこなし、かがんだり立ち上がったりターンしたりと少女たちは忙しい。歌唱力が飛びぬけて高いというわけではないが、生歌にしては音程が大きく外れたりブレスの位置がおかしくなったりもせず、音響も安定しているため聴きやすいライブだった。ピンク、オレンジ、白、赤、紫。五つの色がステージ上を縦横無尽に駆けまわる。

そして、この観覧スペースにもひときわ目立つ色があった。鮮やかなセルリアンブルーのコートを着た金髪の女性が、ビビッドピンクのアノラックの女児を肩車している。無彩色の服装の客が圧倒的に多い中で、そのふたりはステージ上のアイドルたちとリンクしているように見えた。

「美和」

さりげなく移動して控えめに声をかけると、娘の脚で自分の頬を挟んだ旧友は「ふぇっ」と驚きの声を上げた。親しみと、かすかな警戒。もうそれに傷つきはしない。たぶん、きっと。もう慣れたから。

「Flozen Flower、好きなの？」

「うん、この子が」

そう言ってぺちんと娘の脛(すね)を叩く。この寒いのに、化繊(かせん)のスカートから伸びる小さな脚は剝きだしだ。菜里子など、とうとう百二十デニールのタイツに手を出したというのに。

「ローズちゃんにはまってて。ピンクが好きなもんだから」

「そうなんだ。カメリアもいいよね」

美和の頭頂部に両手でつかまった娘は、まっすぐにステージへ熱視線を送っている。以前会ったときに比べ体がひと回り大きくなった。まだ会話は苦手なのだろうか。

――あれ。この子、去年の秋の時点で五歳の手前じゃなかったっけ。

順子の子と同い年だと思ったのを覚えてるから、たぶん間違いない。ということは今、六歳のはずだ。環がこの場所でサディスティック・バタフライを観てくれたのも、六歳のときだったと言っていた。

不思議な符合に菜里子の胸はざわめく。このあたりで、こんなふうに自分たちを見つめていてくれたのだろうか、小さな環も。聖地巡礼などと言ってひとりで蝶の里公園にまで行ってきたという環。

「わたしもね、ここでライブやったんだ」

思わず口からこぼれていた。

「高校の、とき……」

「知ってるよ。あたし見てたもん」

驚愕して美和の横顔を見た。

「菜里子たちがライブやるって知って、嵐山からここに見にきたんだ」

正面を見つめたままぼそぼそ語る美和の声が、爆音で掻き消されそうになる。菜里子たちが立っているのは歩道に接した最後列で、ステージに興味のない通行人が時折邪魔そうに避けていった。

ここでライブをやったのは、美和がクラスで話しかけてくれることがもうなくなっていた時期だ。休憩時間も昼休みも菜里子はひとりで、孤独に自分を慣らしていた。どこにも根差さず、教室でひとり音楽を聴いたり本を読んだりしていてもおかしくないポジションを手に入れていた。教えてくれたらよかったのに。そう言おうとしたとき、美和の右目からこぼれた涙に呼吸を忘れた。

「ごめんね」

顔の両側を挟む娘の脚を握ったまま、美和はつぶやく。

「ごめんね。あんなに一生懸命活動してるってわかってたのにあたし、菜里子をひとりにして」

「え……いや……」

「別にセイちゃんたちとそんなに仲いいわけでもなかったのに」

『アンセムが聴こえるよ　ほら　Your life is so colorful
祝福が降り注ぐ　咲かそうよきみだけの花』

長い間奏に入り、ステージの五人が時間差をつけながらポーズを決めてゆく。その動きに合わせてメンバーの名前がひとりひとりコールされてゆく。ステージと客席の一体感が高まり盛り上がる見せ場だ。彼女たちのテーマソングとも言えるこの曲が菜里子はいちばん好きだ。ＣＤジャケットのイラストを手掛けるにあたって、そのアルバムを聴きこんだ。矢嶋の作るサウンドは相変わらず往年のビジュアル系を彷彿(ほうふつ)させるものだが、デジタル音が効果的にプラスされて現代らしい仕上がりになっている印象を受けた。

いつかまた会うことがあったら、Flozen Flower の歌詞を一曲くらい順子に書かせてみてはと提案したい。元アイドルだからこその視点や表現があるはずだとプレゼンしたい。アイドルのセカンドキャリアについて一緒に考えたい。

「たくみって言うんだ、この子」

流れる涙をそのままに美和は語り続ける。突然もたらされた情報を咀嚼するのに数秒を要した。思考の隙間に Flozen Flower の歌声が入りこんでくる。

「……たくみちゃん？」

「そ。中性的な名前でいいでしょ。この子の性自認がもし女じゃなかったとしてもすぐには困らないようにと思って」

同じ名前の男と付き合っていたことを言おうか迷ってやめた。美和のラディカルな考えかたや生きかたが、菜里子にはただただまぶしかった。世間の価値観に振り回されない彼女だからこそ、クラスの雰囲気に呑まれて菜里子を弾いたことは、自分自身にとっても傷となったのかもしれない。

ハンカチを手渡そうと思いショルダーバッグに手を突っこんだとき、来る途中ドラッグストアで購入した袋入りの不織布マスクがかさりと指先に触れた。

「あの、これあげる」

半ば押しつけるようにして手渡す。顔に疑問符を浮かべる美和に、これからインフルエンザが大流行するらしいから、と無理やり握らせた。

曲が変わった。平成初期のようなきらきらの王道アイドルソングだ。「ときめき」「大好き」「あなただけ」綿菓子のように甘い単語がちりばめられた一曲。矢嶋はこんな曲も書くようになったのだ。何度聴いてもおかしくて、マスクの下で微笑を浮かべてしまう。

「超絶かわいい、ローズ！」

「おーれーのっ、ローズ！」

コール&レスポンスの声が、腹の底から放たれる野太い歓声が、前列のほうから波のようにやってくる。

楽しい。シンプルに思う。アイドルのライブってこんなに楽しいものだったんだ。読書とアートが好きだというショートカットのカメリアの動きに、目が自然と吸い寄せられる。時を経て、今度は自分がアイドルに魅せられる立場に回ったことを強く自覚する。ステージの下でも、人生は楽しい。

美和の肩の上の娘が「ろーず」と小さくつぶやく声が、風にさらわれる前に耳に届いた。

『食洗機を買ったら、お父さんが食事の片づけ全部やってくれるようになったんだよ。俺が絶妙なセンスでセットしてやる、とか言って』

母は朗らかに喋り続ける。商店街は人ががらがらで、シャッターを閉めたきりの飲食店も増えた。

「そうなんだ。びっくり」

『あれ、結構コツがあるからねえ。なんでもかんでも突っこめばいいんじゃないし。だからってお父さん変わりすぎだよねえ』

「信じられないね」

鞄の内ポケットを探り、亨輔からもらった塩化ビニールの変な蛙のマスコットごと鍵を引っぱりだす。

『……やっぱりやめちゃうの？　結婚式』

急にトーンを変えてたずねられ、環は目を伏せる。

「うん」

『本当にそれでいいの？　後悔しない？』

「いいよ。来てくれた人たちが感染したりしたら申し訳ないもん。もうキャンセル手続きしちゃったよ」

そっか。諦めきれないような母の溜息に、胸がきしりと痛んだ。

今年一月に国内で確認された新型コロナウイルスは、あっという間に日本中を駆けめぐった。

感染による重症化、そして死亡が世界中で増え続け、大パンデミックとなった。マスクや除菌グッズがたちまち品薄状態となり、インターネット上で高額転売されるほどになった。亜衣のメールの通りだった。

緊急事態宣言が出され、飲食業や観光業は大打撃を受けた。今年の七月に予定されていた東京オリンピックは「一年程度の延期」となった。人が集まるイベントの実施は自粛するのが世の中のムードになった。

これは本当に、わたしの生きてきた世界なのだろうか。そのあまりの変わりように、環はときどき足を掬われるような気分になった。

汗っかきの環のために暑い季節を避け、冬の頭に挙式と披露宴を行うことになっていた。会場を押さえ、衣装を合わせ、料理や引き出物を選び、招待客リストを作り、式の進行の細かい部分まで決めようとしているところだった。披露宴の余興として、デザート・オブ・デザート——結局、菜里子の発案を採用した。砂漠に住むミツツボアリという蟻のことらしい——の四人で振りコピをすることまで話が進んでいたのに。感染に気をつけながらブライダルエステに通い、全身脱毛した上に四キロも痩せたのに。

「本当にごめんなさい。ルールでして、例外がまだ認められておりませんで」

式場の担当者は、心から申し訳なさそうに頭を下げながらキャンセル料を求めてきた。それでもぎりぎり五か月前に決断したため、見積金額ではなく内金の五十パーセントの金額で済んだのは幸いだったと言える。いいじゃん、給付金の範囲に収まったんだし。亨輔はからりと笑って慰めてくれた。

『昔はウイルスじゃなくてビールスって言ったんだよねえ』

果てしなく続きそうな母の話を、家着いたからじゃあね、とわざとそっけなく打ち切った。いくらなんでも電話の頻度が高すぎて苦笑してしまう。あのちらし寿司の夜、自分への無関心を言外に難じられたと受け取り、母なりに頑張っているのかもしれない。父でさえ誤入力だらけのLINEを頻繁に送ってくる。いずれも緊急性のない雑談ばかりで、もういいよ、もうわかったよと思いながら都度、当たり障りのない言葉を選んで返信を送る。

遠い距離でもないのに結局あれから全然実家に顔を出していないのだから、さもありなんというところかもしれない。親子のちょうどよい距離感は、まだまだ手探りで求めてゆく必要がありそうだ。

ぷしゅっ。人感センサー型のディスペンサーが吐き出したアルコールを、指先をそろえて受けとめる。すっかり染みついた動作で指の股にまで馴染ませながら、靴を脱いで脱衣所へ向かう。メゾネット住宅は熱効率が悪いのが難点だ。冷房も暖房も、すべての部屋に行き渡るまでには時間がかかる。夏場と冬場は光熱費の高さが悩みの種だ。それでも独立した空間が多いのはやはりありがたい。物理的距離は、ゼロにしたい日もそうでない日もあるから。

「暑すぎ。無理」

もぎとるように外したマスクから、汗のしずくとひとりごとがこぼれ落ちた。ファンデーションも口紅もうっすら付着しているその不織布マスクを環はしばし見つめ、それからごみ箱に押しこんだ。最近ようやくマスクが安定的に供給されるようになったからいいものの、少し前まではよれよれになるまで洗って繰り返し使っていた。

がらがらがらがら。うがい薬でうがいをしながら、環はあの日の菜里子の横顔を思いだす。結婚式のキャンセルも悔しいけれど、個展の中止だって相当な事件だった。

今年三月に予定されていたNARIの個展のために菜里子がどれほど心血を注いできたか、環はいちばん近くで見てきた。会場のほうから断りの電話が入ったときの、完全に表情の抜け落ちたあの顔が忘れられない。

——もういいよ、もう諦めるから。大丈夫。

それ、全部シュレッダーしちゃって。せっかく作ってくれたのに本当にごめんね。菜里子に言われ、環は身を切られる思いで自分の作った招待葉書をシュレッダーに飲みこませた。印刷した宛名の多くは個人情報のため、そのまま廃棄するわけにいかなかった。蝶が舞い飛ぶ美しいデザインが施された一千枚の葉書は紙くずになり、清掃業者に回収されていった。

フライヤーを置かせてもらった商業施設には、廃棄してもらうよう電話で依頼した。その数は意外に多く、菜里子と環は手分けして粛々と電話をかけ続けた。ホームページや最近立ち上げたばかりのTwitterアカウントで流してしまったお知らせについても、中止の旨と謝罪を投稿する。浸水したボートのように、心がずぶずぶと沈みこんでいった。

——ほんとに大丈夫だよ。友達の子どもが今年小学校に上がるんだけどね、その入学式すら中止になったんだもん。やり直しのきかない一生ものの行事がだめになるほうが深刻だよ。

また気圧の変化による頭痛に苦しめられているのか、デスクに肘をつき耳をマッサージしながら菜里子は言った。まるで自分自身に言い聞かせるような声だった。

仕事帰りに買ってきたふたりぶんのタレカツ丼を袋に入ったままダイニングテーブルに置き、どさりとソファーに腰を下ろす。夏至を過ぎると急に日が短くなったように感じられる。無人の部屋を夕焼けが染め上げていた。いつか聞いた低緯度オーロラの話が、そのとき見ていた禍々しい夕空が、映画の一場面のように脳裏に蘇る。亨輔は今夜も遅くなるらしい。

バイヤーになったばかりでコロナ禍に見舞われた亨輔は、海外への買いつけ出張が実現する見通しがまったく立たないまま、結局店舗業務に駆り出されている。週の半分はリモートワークになった環とは違い、毎日電車に乗って通勤し、以前と変わらず接客業務にあたっている。そのうち感染してしまうのではないかと気を揉む日々が続いている。

それでも、だからこそ、暮らしをともにしておいたのは大正解だった。ただでさえすれ違いがちな生活の中で、「不要不急」かもしれないと悩んでデートすることさえままならない日々を送っている恋人たちが、世の中には今どのくらいいるのだろう。自分はきっと、それに耐えられるほど強くない。

ローテーブルの端で、折り畳まれた用紙があかあかと照らされている。

もう、こんなところに気軽に置かないでよ。シミでもついたら困るじゃない。婚姻届をなんだと思っているのだろう。

先に書けるだけ書いておくよと亨輔が預かっていたその用紙がそこに置かれているということは、自分が書ける欄はひととおり埋めたのだろう。二つ折りにされた用紙をぺらりと開く。ずぼらな性格のくせに、亨輔の字は下手すると環よりきれいだ。油性ボールペンで書かれた字を目で追って、「婚姻後の夫婦の氏」の欄を二度見した。「妻の氏」のチェックボックスにレ点がある。

「え、え、え」

婚姻届をつかんだまま思わず立ち上がる。自分の喉まで夕陽に焼かれたように熱く、脈動が激しくなる。

たしかに、言ったけど。「『谷環』って字面、名前っぽくないなあ」とか、「『タニタ・マキ』だと思われちゃうなあ」とか、さんざん懸念事項をぶつけたけど。改姓したら仕事の上で困るのはどちらか話し合ったらかかる負担は同じだとわかって、彼も「じゃあ俺が町川亨輔になっちゃいますか～」と軽い口調で言っていたけど。冗談なのだと、思っていた。少なくとも自分は、彼の姓になることを受け入れた上での戯れのつもりだったのに。

ニコラシカを呑んだときのように、胸の奥がじわりと熱くなる。その熱が高速で全身に広がってゆくのを感じる。

そうだった。あの人、心にもないことなど言わない人だった。

気づけば、手汗でふやけてしまいそうなほど婚姻届の両端を強く握りしめている。どうして自分はいつまでたっても弱い人間なのだろう。パソコンのOSをアップデートするように簡単手軽に強くはなれない。せめて、弱いまま強くなりたい。大切にしてくれる人を思いきり大切にできる程度には。

夕陽に染まったソファーに再び倒れこんで、幸福が体中を激しく駆けめぐるのに任せた。チャイムが二回押されるのを狂おしいほどに待ち焦がれながら。

汗の粒がマスクの下で生まれる気配がする。

暑さの質には種類がある。そっとマスクをずらし、折り畳んだハンカチで鼻の頭の汗を拭きとりながら、菜里子は思う。

煮えるような暑さ。溶けるような暑さ。焼け焦げるような暑さ。離島ターミナルまでの舗道はきまじめに照りつける太陽で焼かれ、菜里子は照り焼きにされるかと思った。けれど、温度が高いわりにカラッとしていて不快指数は高くない。船がひとたび出航してしまえば、海風の強さが暑さを相殺してくれる。南の島の暑さは、埼玉のそれとはなんて違うのだろう。マスクさえなければ、こんなふうに顔に汗をかくことなどないだろう。

海の色は七度変わる。昔、どこかでそう聞いたことがある。浅瀬では明るく、深い場所は濃く。日の光で、時間の経過で、繊細に変化する。

エメラルドグリーンを水で薄く溶いたような透明度の高い海は、吸いこまれそうな美しさだった。海底の砂は白く、ぼやぼやと黒っぽく見える部分は珊瑚。デッキから海面は意外に近く、波を切り裂いて進む船体が吹き上げる水しぶきが腕に、顔に、ぴしぴしと飛んでくる。

「気持ちいい」

マスクを剥ぎ取ってこの海風を思いきり吸いこみたいけれど、それはできない。デッキには自分たちの他にも何組かが出ており、海にスマートフォンをかざしながら歓声を上げている。

「酔ってない？　平気？」

「平気です、今のところ」

白いTシャツの袖や裾を海風でめいっぱいはためかせながら、環は深く顎を引いた。以前、恋人の運転する車で気分が悪くなり粗相をしてしまったという環は、飛行機の離陸前にも飲んでいた酔い止めの薬を服用していた。

羽田から飛行機で石垣空港へ。そこで済むはずだったのが、急遽竹富島へフェリーで渡ることになった。環とふたりで旅すること自体が初めてなのにいきなりの長距離移動、さらにスケジュール変更となかなかにハードだ。朝の五時半に羽田空港で待ち合わせるところから始まったので、一日がとても長く感じる。どこでも眠れることが特技という環はフライト中、器用に睡眠をとっていた。自分の隣でリラックスして瞼を閉じている、その寝顔は愛おしかった。沈黙を恐れて喋り続ける必要がないこの関係が、しみじみと嬉しい。

矢嶋の姉の新垣（あらがき）という女性は、菜里子たちがサディスティック・バタフライを結成する数年前に石垣島を旅行し、現地で知り合った男性と結婚して民宿を開いたという。電話でやりとりする中で、彼女に黒蝶貝を売ってくれた人物の情報を得ることができた。独自の仕入れルートを持つ貝殻問屋の高齢男性らしい。今も細々と交流があり、仲介することは可能だという。

『でもねえ、ちょっと変わった人なんですよ、あのおじいさん』

人のよさそうな声をややひそめて新垣さんは語った。

『顔なじみのお客さんにじゃなきゃ卸さないって言うんですよ。私からも説得したんですけどね』

「そんな」

『サンプルだけお送りすることはできそうなんですけどね……』

スマートフォンは所有しておらず、ECサイトなどのオンライン購入システムもいっさい持たないという。いったい何時代を生きているのだろうか。

ここまで来て諦め、こだわりを捨てて別の業者から取り寄せるなんて考えられなかった。そうなると選択肢はひとつしかない。力技だが、直接会いに行って「顔なじみ」になるしかない。インファイトだ。

「社員旅行も兼ねて、一緒に買いつけに行かない？　石垣島に」

環にそう切りだしたときの照れくささと高揚は、まだ菜里子の胸に息づいている。環の目が歓喜に輝くのを見て、自分が緊張していたことに気づかされた。恋人にプロポーズする男性というのは、こんな気分に近いものを味わうのではないだろうか。いや、男性とはかぎらない。コロナ禍の日々の中で既婚者となった環は、自分からプロポーズし夫が改姓したと教えてくれた。

稀有な存在ではなくなってゆくだろう、美和も、環も。結婚はしない人生を歩む菜里子にも、そのことは見通せる気がした。

新型コロナウイルスの感染拡大には波があり、幸い現在は最初の大流行に比べればいくらか落ち着いている。政府が「Go To トラベル」なる施策まで打ち出したくらいだ。旅費は、亜衣の返してくれたお金を使えばいい。コロナについての情報をいち早く届けてくれた彼女には、完全に憎まれていたわけではないのかもしれない。今でもよくわからない。けれど、菜里子はそのわからなさをそのままにしておきたかった。

渡島（とどう）の意志を伝えると、新垣さんは「ぜひうちに泊まって」と歓迎してくれた。あなたの弟さんと寝たんですなどとは口が裂けても言えないな。胸の中でよくわからない懺悔（ざんげ）をした。

新垣さんから訪問日程を伝えてもらい、了解を得ていたにもかかわらず、石垣島へ着いてみると目的の宮良（みやら）という男は竹富島へ移動してしまっていた。

「ごめんなさいね。今朝、急に行っちゃったんですよ。しばらくそっちに滞在するって」

心底すまなそうに報告する新垣さんは、全身こんがりと日焼けしており、矢嶋によく似た目をしていた。少し猫背で前傾ぎみなところも矢嶋を思いださせた。

「え……」

落胆を顔に出さず、驚きだけを抽出してリアクションするのに苦心した。

「わざわざうちに寄って、置いて行ったんですよ。ほら」

メモパッドから破りとられた紙片を菜里子に手渡した。宿泊先らしき施設の名と住所、電話番号まで書きつけられている。電話番号は市外局番から始まる固定のもので、メールアドレスの類はない。

「あなたたちを試しているんでしょう」

「そんな……」

「よかったら、ぱっとフェリーで行ってきたらどうかしら。十分ちょっと乗れば着きますよ」

「えっ、そんなに近いんでしたっけ」

心の中に光が差した。大宮から都心に出るより近いではないか。

「うちの部屋は空けておきますし、大きな荷物もお預かりしますので。今日はお疲れでしょうから明日でもいいと思いますよ。ただ気まぐれな人だから、そこからまたどう動くか……」

「いや、すぐ行きます」

菜里子より早く環が答えた。竹富島行きのフェリーは、感染症を考慮していくらか減便はしているものの、問題なく乗船して当日中に帰ってこられる本数があった。

予想以上に大きな街を有していた石垣島が少しずつ遠ざかる。真っ白な波を引きながら、船は竹富島を目指して進む。高速で走るためか覚悟していたほど揺れは大きくなく、足元に感じるモーターの駆動が楽しい。吹きつけるたび肌にかすかなべたつきを残す潮風は、環のTシャツや菜里子のワンピースの裾を大きく膨らませる。

「――会えるかなあ」

出航前、メモに書かれていた宿に電話して受付に言伝を頼んでおいた。対応については個人情報なのでと言葉を濁されたが、宮良がそこに投宿したことは言外に確認できた。

「会えますよ。会えなかったら、そこからまた考えましょうよ。なんとかなりますよ」

環の豊かな頬に、最近少し短めに整えられた黒髪が散る。結婚は紙切れ一枚だけのことと言うが、既婚者になったばかりの環の顔には柔らかさとしなやかさが加わったような気がする。それもまた勝手なイメージかもしれない。私たちは、与えられたイメージを通してしか物事を見ることができない。それでも、知りたいと思う。

石垣島に着いてすぐに昼食をとる予定だったのが、船で体を揺らされることを考えて空腹のまま乗船することになった。竹富島のおいしいものなど調べてこなかったけれど、環となら何を食べても、あるいは道に迷って食べ損ねても、豊かな時間になりそうな気がする。あのとき必死だったよねと笑い合う自分たちが、この先の未来にきっといるような気がする。

恋人よりも必要で、親よりも近くにいたい。出会った頃にはなかったこの感情に名前がほしいと、白波を見つめながら切実に思う。

船は航路をまっすぐに突き進み、船頭の方向には緑に覆われた島がぐんぐん迫ってくる。環の耳たぶの黒蝶貝のピアスがちらちら揺れて複雑な光を放つ。そして菜里子の耳には、環から贈られた青い蝶が揺れている。

海風に体の形をなぞられながら、この喜びを手放さないようにと、つかまっていたバーにさらに力をこめた。

本書は書き下ろしです。

黒蝶貝(くろちょうがい)のピアス

2023年4月21日　初版

著者
砂村(すなむら)かいり

装画
カチナツミ

装幀
西村弘美

発行者
渋谷健太郎

発行所
株式会社東京創元社
〒162-0814 東京都新宿区新小川町1-5
03-3268-8231（代）
http://www.tsogen.co.jp

D T P
キャップス

印刷
萩原印刷

製本
加藤製本

 ISBN978-4-488-02891-6　C0093